# チャンドラー講義

LECTURES on RAYMOND CHANDLER

諏訪部浩一

講談社

# チャンドラー講義◉目次

目次


第一講　イントロダクション　7

第二講　チャンドラー以前のチャンドラー
——詩とエッセイ　29

第三講　パルプ作家時代
——短編小説　51

第四講　マーロウ登場
——『大いなる眠り』　75

第五講　シリーズの始まり
——『さよなら、愛しい人』　99

第六講　弱者の味方
——『高い窓』　121

第七講　戦争の影――『水底の女』　145
第八講　チャンドラー、ハリウッドへ行く――映画シナリオ　167
第九講　依頼人のいない世界――『リトル・シスター』　193
第一〇講　「人間」としてのマーロウ――『ロング・グッドバイ』①　219
第一一講　チャンドラー文学の到達点――『ロング・グッドバイ』②　243
第一二講　未完のプロジェクト――『プレイバック』　271
引用文献一覧　301
あとがき　315

# チャンドラー講義

装画　AICON
装幀　小柳萌加
画像　Getty Images

第一講

# イントロダクション

本書執筆のきっかけは、『群像』編集部からの「講義依頼」だった。日本の文芸誌でアメリカの探偵小説作家を扱う連載をするというのは想像さえしていなかったことであり、どのような形で進めていくべきか悩んだのだが、結局、「講義」として依頼されたのだからと開き直り、大学での授業と同じやり方で準備することにした。つまり、まずはとにかく作品を一通り読み、数冊の伝記に目を通し、作家に関する大まかな見方を持った上で、代表的な研究書などをチェックしているうちに「授業期間」が始まってしまい、あとは「講義原稿」を作成しながら考えていくことになったわけだ。

だが、そのようにしていつもと同じ作業をしながらも、いつもとはどうも勝手が違った。これはおそらく、扱う対象があの、レイモンド・チャンドラー（一八八八－一九五九）だったからなのだろう。およそ小説を読む人間で、チャンドラーを、あるいはフィリップ・マーロウを知らない者などいない。マーロウといえば、おそらくシャーロック・ホームズに次いで、世界で二番目に有名な私立探偵なのだから。それはすなわち、「名言集」が出版されてしまうほど熱烈なファンがいることはもとより[*1]、チャンドラーの小説を読んだことがない人でさえマーロウを知っている、そして翻っていえば、チャンドラーに関しても何らかの「イメージ」を持っていることを意味するだろう。

そのイメージは、ひと言でいえば「ハードボイルド」ということになる。チャンドラーといえばハードボイルド探偵小説の完成者であり、マーロウといえばハードボイルドの美学の体現者だというわけだ。そうしたイメージが、マーケティングにとって有意であることは間違いないだろう。第一長編『大いなる眠り』の刊行時、版元のクノップフ社は、書評用献本の表紙に「一九二九年にハメット『血の収穫』をお送りし、一九三四年にケイン『郵便配達夫はいつも二度ベルを鳴らす』をお送りした我々は、一九三九年にレイモンド・チャンドラーと『大いなる眠り』をお送りします」と（だんだん活字を大きくしながら）印刷したが（Moss 64）[*2]、それから八五年が経過した現在の日本においても、いまだにチャンドラーは全長編（と全短編までも）の翻訳が容易に入手可能である。そのようなハードボイルド作家が他には一人もいないことは、「ハードボイルド＝チャンドラー」というイメージが圧倒的に強固であることを示唆するのではないだろうか。

もちろん、まさにそうした「イメージ」が強力であるからこそ、読む気にならないという人もいるだろう。この問題はハードボイルド小説が男性的なジャンルだと思われていることとも関わっているだろうが、より広い文脈においては、チャンドラーという作家の評価に長らくつきまとってきたものであるともいえる。要するに、彼の作品は「ただの探偵小説」なのか、それともそれ以上の「文学」なのか、ということだ。

チャンドラー自身の意識についてはひとまず措いておくが、少なくともこの作家の生前、同時代の書評では、彼の作品は概して探偵小説のサブジャンルとしてしか見なされていなかったし、死後も一九七〇年代まで、一部の（特にイギリスの）評者がその文学性を称揚することはあっても、例えばダシール・ハメット（一八九四－一九六一）から切り離して単独で評価されることはほとんどなかった（Van Dover, "Chandler" 20）。そう考えてみれば、一九六三年に初のモノグラフ（Philip Durham, *Down These Mean Streets a Man Must Go: Raymond Chandler's Knight*）が出版されてから八〇年代の半ばに至るまで、チャンドラーを扱った初期の批評がもっぱらその「文学的な質」を擁護しようと努めたのは（Norman 750）、自然なことであったというべきだろう。

ただし、八〇年代には、そうした状況に変化が生じてきた。一つには、チャンドラーが「都市小説」という文脈で論じられるようになったことがある。*3 とりわけ八〇年代から九〇年代にかけて、マイク・デイヴィスの『要塞都市ＬＡ』（一九九〇）などの充実したロサンゼルス論が多く書かれ、その成果を、やはりその頃から盛んになった文化研究的アプローチをとる論者が熱心に摂取し、活用するようになっていった。優れた小説はしばしばある時代／場所の雰囲気を豊かに伝え残すものだが、「シティ」から「メトロポリス」へと変貌する時期のロサンゼルスを描いたチャンドラーの作品群は（海野 一八七）、こうして大いに注目を集めることになったのである。

もう一つ触れておきたいのは、八〇年代に、文学にせよ映画にせよ、「ノワール」の再評価が起こったことだ。この再評価がなかったら、ハメットでさえ——あるいはジェイムズ・M・ケイン（一八九二－一九七七）にしても——いまほど読まれているかは怪しいだろうが、チャンドラーはここでも批評的関心の的となった。『大いなる眠り』は有名なフィルム・ノワール『三つ数えろ』（一九四六）の原作であるのだし、何よりチャンドラー自身が、ケインの『殺人保険』（一九三六）の脚本化を担当して傑作『深夜の告白』（一九四四）を生み出したのだから、ノワールについてまとまったことを語ろうとすれば、チャンドラーの存在は視界に入ってこざるを得ないのだ。

このようにして、二〇世紀の終わり頃には、チャンドラーはロサンゼルスという都市を舞台にしたノワール小説の書き手として、いわば再定位されることになった。「ハードボイルド」から「ノワール」へという批評的文脈の変化は、マーロウという「キャラクター」への注目から彼を含む「世界」への注目への移行と考えておけばひとまずはよいだろう。そしてこの再評価／再定位の過程において、チャンドラー作品は——いつの間にか、というべきか——「ただの探偵小説」ではなくなっていった。一九九五年に権威ある〈ライブラリー・オブ・アメリカ〉シリーズに七つの長編（加えて一三の代表的短編、一本の映画脚本に、いくつかのエッセイや手紙までも）が二巻本として収められたことは、その何よりの証左だろう。

したがって、現在のチャンドラー批評においては、チャンドラー作品の文学性をわざわざ考える／擁護する必要などないということになるのだが、「講義」としては、それによってこぼれ落ちてしまう部分も気になってくる。例えば、右にあげた批評史に従えば、「チャンドラー＝ハードボイルド」というイメージは、現在ではほとんど時代錯誤ということになるのだろうが、それですませてしまっていいのかという問題がある。なるほど、村上春樹が『水底《みなそこ》の女』の訳者あとがきで述べているように、「「ハードボイルド」という言葉（用語）、またそれが指し示す領域そのものが、今日にあってはもうそのリアリティーと有効性を徐々に失いつつあるのではないかという気がしないでもない」（「これが最後の一冊」四三九）。だが、村上がその直前で「こういうことを言うと、また一部の反感を買うかもしれないが」と書いていることからも推されるように（四三九）、やはり「チャンドラー＝ハードボイルド」というイメージはまだ強固に存在するのだろうから、それについては——とりわけマーロウというキャラクターについては——考えてみなくてはならないと思っている。

もっとも、そうするのは「一部（の読者）」の存在を意識してのこと（だけ）ではない。チャンドラー批評から「ハードボイルド」という主題が薄れていったのと、チャンドラー作品の「文学性」が問題とならなくなったのが、同時期であるという現象に鑑みてのことである。つまり、チャンドラー作品はまだ「文学」として十分に検証されておらず、ましてやそれを「文学」として吟味するためには、いささか逆説めくのだが、「ハードボイルド」というイメージにも——たとえそれを崩すためにであっても——一定程度は付き合ってみなくてはならないのではないか、ということだ。「文学」とジャンル小説（大衆小説）の境界に拘泥《こうでい》するのは時代錯誤であるとするのは、それこそ現在を過去に投影した時代錯誤にすぎない。そもそもチャンドラー自身が、ハメットを先人として出発し、探偵小説というジャンルを強く意識しながら執筆していたのだから、彼の作品を「文学」として読むためにはなおさら、時代的コンテクストを捨象することなどできないはずだ。

時代的コンテクストを意識しながら「文学」として読むということは、必然的に、チャンドラーをハメットの後継者として読むというだけでなく、モダニズム時代の作家として読むことに通じる。一八八八年生まれのチャンドラーは、モダニズム時代の代表的詩人T・S・エリオット（一八八八－一九六五）や劇作家ユージーン・オニール（一八八八－一九五三）と同い年であり、いわゆる「ロスト・ジェネレーション」の作家達——よく比較されるF・スコット・フィッツジェラルド（一八九六－一九四〇）やアーネスト・ヘミングウェイ（一八九九－一九六一）、そしてウィリアム・フォークナー（一八九七－一九六二）——と同時代人であり、当時の作家に精神的衝撃を与えた第一次世界大戦に従軍している。「LA文学」ということでは必ず名前が出てくるホレス・マッコイ（一八九七－一九五五）やナサニエル・ウェスト（一九〇三－四〇）といった存在も念頭に置いておくべきだろう。

しかしながら、前もって強調しておけば、チャンドラーはここまでに名をあげた――ハメットやケインを含む――ほとんどの面々より少し年長であるにもかかわらず、本格的な作家デビューは遅かった。彼はモダニスト達と同世代だとしても、活動の時期は少しずれている。つまり、同時代人達がモダニストらしい傑作を書いているとき（『グレート・ギャッツビー』は一九二五年、『日はまた昇る』は一九二六年、『響きと怒り』は一九二九年の出版）、彼はまだ小説を書いてさえいないのだ。チャンドラーを読んでいると、同時代作家の作品と似ているようで似ていないという印象を受けるのだが、それはこの「ずれ」に起因するところも大きいのかもしれない。

そのように考えてみて気づかされるのは、チャンドラーという作家が、さまざまな面において「ずれ」を感じさせるということである。実際、手紙や伝記――チャンドラー研究を大きく前進させたフランク・マクシェインによる伝記（一九七六年刊）には邦訳があり、日本でも広く参照されてきただろうが、その後に出版された伝記で明らかになったいくつかの事実も折に触れて紹介していきたい――を読むと、チャンドラーという人間が、一貫して「自分は他人とは違う」と思わされる状況にあるばかりか、ある意味では自分からそうした状況に身を置くことにしていたように見えてくるのだ。

例えば、若くしてイギリスに渡って教育を受けた結果、自分をアメリカ人のようでもありイギリス人のようでもあると――あるいは何人でもないと――感じていたこと。同世代の相手を避けるかのように一八歳年上の女性と結婚するも、まもなく酒に溺《おぼ》れるようになり、高給を得ていた職を大恐慌の時代に失ってしまったこと。「文学」を書きたいとしながら探偵小説を書き続け、それでいて作品の「文学性」を褒められるとそれに対しても違和感を口にしてしまうこと。そして文句ばかりいいながら映画業界に長く関わったことを想起してもいいだろう。何度も転居を繰り返したことが象徴的に示すように、[*4]チャンドラーはどこにいても居心地が悪い人間だったのである。

おそらくチャンドラーにとって、「自分は他の人とは違うのだ」という意識は、生涯にわたって彼を苛《さいな》んだ疎外感であり、それを反転させた自己肯定でもあった。冷淡にいってしまえば、これはチャンドラーという人間がずっと未熟なままであったことを意味するのだろう（エドガー・アラン・ポーを思わせる晩年の醜態などを知ると、ますますそう思えてしまう）。だが、この意識は近代以降の「人間」にとって普遍的な、宿痾《しゅくあ》のようなものであるともいえようし、そうした意識を「ロマンティック」と呼んでよいなら、それは「現代を生きる孤独な騎士」フィリップ・マーロウの創造主にいかにも相応《ふさわ》しいはずである。モダニズム時代のアメリカ作家達は「近代的自我」をそれぞれの、多彩なやり方で探究し、小説の可能性を押し広げた。「自分の居場所」をついに持てなかった作家による、マーロウという「ハードボイルド」な主人公の造形には、近代的な主体性をめぐる複雑な問題が、深く埋めこまれているはずなのだ。

　そうした観点から話を戻せば、ハードボイルドという「イメージ」でチャンドラー／マーロウを「知ってしまう」ことは、チャンドラー文学が提示し体現しているはずの近代的主体の複雑さを、単純化してしまうことに通じかねない。いうまでもないことかもしれないが、そうしたイメージのためにチャンドラーを好む人は、そうしたイメージのためにチャンドラーを敬遠する人と、チャンドラーの小説を読んでいないという点において、実はさして変わらない。チャンドラーを読みさえすれば、そうした「イメージ」がくっきりと浮かび上がることなど、本来ないはずなのである。

　事実、というべきか、これはなかなか珍しい現象だと思うのだが、この作家に関しては、どの作品が代表作なのかという点に関してさえ、あまり意見が一致しない。日本では圧倒的に第六長編『ロング・グッドバイ（長いお別れ）』（一九五三）の評価が高いものの[*5]、現時点におけるアメリカのチャンドラー研究では、最も人気がある作品が『大いなる眠り』、最も完成度が高い作品が第二長編『さよなら、愛しい人（さらば愛しき女よ）』（一九四〇）、そして最も野心的な作品が『ロング・グッドバイ』という見方が一般的だろう。第三長編『高い窓』（一九四二）、第四長編『水底の女（湖中の女）』（一九四三）までの前期作品を評価する論者も多いし[*6]、第五長編『リトル・シスター（かわいい女）』（一九四九）

をベストだとする批評家もいる（Ruhm 182）。

作品に関する評価が一致しないという現象は、チャンドラー文学の本質に関する共通理解がないことを意味するだろう。「チャンドラー＝ハードボイルド」というイメージをふまえていえば、その「ハードボイルド性」に関する共通認識がないということでもある。だとすれば、マーロウに関する評価（つまり、どの作品のマーロウがいちばんマーロウらしいのか）にも、ばらつきがあって当然だということになろうが、この点に関しては、そもそもマーロウというキャラクターが、作者がのちに「マーロウ」という名前を与えることを許可した初期短編の主人公達とはもとより、[*7] 七つの長編においてさえ、異なる印象を与えるように見えることを強調しておきたい。実際、初期長編のマーロウは威勢がいいとか、最後の長編『プレイバック』（一九五八）のマーロウは別人だといったことはしばしばいわれることである。

こうした印象の違いは、少なくとも一定程度は、シリーズが進むにつれてマーロウが年齢を重ねていくことによるだろう。『大いなる眠り』に三三歳で初登場したマーロウは、後期の『リトル・シスター』では三八歳、『ロング・グッドバイ』では四二歳、そして『プレイバック』では四三〜四四歳になっている。しかし、例えばマーロウがだんだん愚痴っぽくなっていく印象があるとして、加齢がその主因なのだろうか（それをチャンドラーの「リアリズム」にどこまで帰することができるのだろうか）。あるいは、そもそも「愚痴っぽくなっていく」というのは、ハードボイルド探偵の性質を「威勢のよさ」とか「非情さ」にあると考えるからこそ受ける印象かもしれない。「ハードボイルド」に別のイメージを持つ人なら、同じ変化について「内省的になっていく」などと受けとめることになるはずだ。

　いずれにしても、作品によって与える印象が異なるということは、マーロウの「イメージ」が、実はとらえがたいということでもある。いくつも作品を読むと、情報は増えるものの、むしろ（それゆえに）マーロウ像がぼやけたものになっていくわけだ。だからこの「講義」では、その「ピント」を合わせることを、必ずしも目標とはしない。もちろん、各作品のマーロウに共通する点はある。だが、わかりやすい共通点を寄せ集めてみても、ステレオタイプ的なイメージ以上のものは得られないように思えるし、無理にピントを合わせようとすれば、ある作品（のマーロウ）を基準とし、それにあてはまらない部分を無視することになりかねない。マーロウについて語られる際、しばしば名台詞が（文脈を無視して）引用されるが、それはそうした強引な「ピント合わせ」の典型ともいえる。もっとも、ハードボイルド小説というジャンルにはパンチラインを必要とするところがあり、チャンドラーがそのジャンル的性格を知悉《ちしつ》していることは間違いないので「名台詞」（あるいは「名場面」）を一概に否定すべきではないのだが[＊8]、それは一種の「様式美」であると理解しておくのが妥当だろう。

マーロウの「とらえがたさ」についておそらく最も意識的な論者の一人が村上春樹であり、『ロング・グッドバイ』に付された長文の訳者あとがきではその点についてかなり踏みこんだ説明がなされている。村上は、読者がチャンドラーの小説を読み、マーロウに同化や共感さえしても、「彼が本当にどういう人間なのか、我々にはほとんど知りようがない」という。詳しく観察してもマーロウの中に「互いに矛盾する要素」が「数多く共存している」のがわかるばかりで、そうした「生身の人間にはなかなか見いだしがたい」「深い逆説性」について考えると、「フィリップ・マーロウという存在は、生身の人間というよりはむしろ純粋仮説として、あるいは純粋仮説の受け皿として、設定されているのではあるまいかという結論に――少なくとも僕はということだが――行き着かざるを得なくなってくる」と述べるのだ（「準古典小説」六〇〇）。

　この「仮説」に関する村上の解説はやや難解ではあるが読みごたえがあり、全体を参照していただきたいところなのだが、ここではあと一パラグラフだけ引いておこう。

> レイモンド・チャンドラーの文章スタイルはヘミングウェイのそれとも違うし、ハメットのそれとも違っている。ヘミングウェイが「前提的にあるべきもの」とし、ハメットが「とくになくともかまわないもの」とした自我の存在場所に、チャンドラー

は「仮説」という新たな概念を持ち込んだのだ。それがまさに小説家としてのチャンドラーの創造的な部分であり、オリジナルな部分である。チャンドラーは自我なるものを、一種のブラックボックスとして設定したのだ。蓋を開けることができない堅固な、そしてあくまで記号的な箱として。自我はたしかにそこにある。そこにあり十全に機能している。しかしあるにはあるけれど、中身は「よくわからないもの」なのだ。そしてその箱は、蓋を開けられることをとくに求めてはいない。中身を確かめられることを求めているわけでもない。そこにそれがある、ということだけがひとつの共通認識としてあれば、それでいいのだ。であるから、行為が自我の性質や用法に縛られる必要はない。あるいはこうも言い換えられる。行為が自我の性質や用法に縛られていることをいちいち証明する必要はないのだ、と。それがチャンドラーの打ち立てた、物語文体におけるひとつのテーゼだった。（六〇二－〇三）

こうして村上は、「自我意識といううくびきに代わる有効な「仮説システム」を雄弁に立ち上げることによって、チャンドラーは近代文学のおちいりがちな袋小路を脱するためのルートを、ミステリというサブ・ジャンルの中で個人的に発見し、その普遍的な可能性を世界に提示することに成功した」と評価するのである（六〇〇）。

この解説は興味深く、説得的でもある。ただし、それが村上自身の作品を理解する上でも興味深く、説得的であるということに鑑みていえば、チャンドラーがこうした「方法論」を持って創作していたとまではいいにくいようにも思う。個々の作品に登場するマーロウ（の自我）は、そんなに「よくわからない」だろうか。いや、確かに、前期作品のマーロウは、内省が少ないこともあり、わかりにくいところもあると思えなくもないのだが、それは例えば『大いなる眠り』『さよなら、愛しい人』『水底の女』が、チャンドラーが過去に発表した複数の短編を――もともと主人公が別人の話を――組み合わせて書いたものであることに、かなりの程度は起因するともいえるのではないか。だから結果として「自我なるもの」が「ブラックボックス」のように見える作品が生まれたというのであればわかるのだが、それをチャンドラーが意識的におこなったといい切るのは――少なくともこの「イントロダクション」の段階においては――難しいように思えるし、さらにいえば、後期作品のマーロウが内省的になり、多弁化することを思うなら、チャンドラーが「近代文学のおちいりがちな袋小路」や「くびき」から自由になったどころか、むしろそれに対峙したことの結果として『ロング・グッドバイ』の達成があるとも見なせるのではないだろうか。

したがって、やはり現時点の――この「講義」でチャンドラーの全作品を書かれた順に扱っていこうとしている――私としては、マーロウの「とらえがたさ」は個々の小説においてというよりも、作品をまたいだときに（いっそう）強く感じられることを重視したい。先の議論で、マーロウの「変化」は年齢の違いによるところもあるだろうと述べておいたが、マーロウ以上に年齢と経験を重ねたのは作者チャンドラーであり、その意味においては、マーロウの変化はチャンドラーの変化であると考えることも必要だろう。あるいは、『ロング・グッドバイ』をチャンドラー文学における最大の達成ないし逢着点《ほうちゃくてん》と考えるなら、その変化をチャンドラーの「成長」と呼んでもいい。同一探偵のシリーズという形式が主人公を「イメージ」に閉じこめるように機能するものであるとすれば、マーロウの「イメージ」がぼやけてしまうという現象に、チャンドラーの文学性を見てもよいのではないだろうか——結局のところ、「イメージ」との格闘は、近代文学が果たすべき責務の一つであるのだから。

そのように考えてみると、チャンドラーが「シリーズ」を書いたこと自体が、いささか矛盾したことであり、だからこそチャンドラーらしいとも思えてくる。シリーズものは、おそらく「文学」とは相性があまりよくない——さらにいえば、ハードボイルド小説との相性にしても、必ずしもよくはないだろう。シリーズになるということは、探偵がどれほど危険な目にあっても死なないということであり、主人公がどれほど傷ついても、それはまた登場してこられる程度の経験でしかなかったということになってしまうからだ。ハメットは『マルタの鷹』（一九三〇）のサム・スペードや『ガラスの鍵』（一九三一）のネド・

ボーモンを、もう一度別の長編に登場させようなどとは考えもしなかったはずである。

　同一人物の再起用といえば、チャンドラーの同時代文学ではフォークナーがまっさきに想起されるところだが（ヘミングウェイの「ニック・アダムズもの」は、どれも短編であるため事情が異なる）、例えば『サートリス』（一九二九／オリジナル版の『土にまみれた旗』は一九七三年出版）の主人公の一人ホレス・ベンボウは第一次大戦後の幻滅を内面化して生きている人物であり、彼はのちに『サンクチュアリ』（一九三一）で再登場したときは、「弁護士探偵」的な振る舞いを見せるも「現実」の前に決定的に敗北し、ヨクナパトーファ・サーガから追放されることになる。あるいは『響きと怒り』のクエンティン・コンプソンは、妹への愛を守ろうとして「ロマンティック」に──ちなみに彼は、『高い窓』のマーロウと同様、「ガラハッド」と呼ばれる（Faulkner 961）──自殺するが、『アブサロム、アブサロム！』（一九三六）で再召喚されたときには、過去に起こった事件に関して「探偵」的な行動をとらされたあげく、前作ではそのために自死さえした近親相姦という大罪が、アメリカ南部の「リアリスティック」な人種差別の前ではまったく無意味であると悟らされることになってしまうのだ。

　フォークナーの例は──ホレスに代わるロマンティックな「弁護士探偵」が繰り返し登場する後期作品が全盛期のような苛烈さを欠いているように見えることも指摘できるが──シリアスな文学作品において同一人物を主人公として繰り返し起用することが、本来いかに難しく、危険なことであるかをうかがわせる。「マーロウもの」を書き始めた頃のチャンドラーが、そうした困難やリスクを意識していたとは思えない。マーロウは「幻滅」を内面化した――その点においてはホレスと似た――人物として造形されており、そのように自己／世界から距離を保った「観察者」として、シリーズに繰り返し登場することができた。チャンドラーが「ＬＡ文学」の代表的作家と見なされるようになったことと、それは無関係ではあり得ないだろう。

しかしながら、『さよなら、愛しい人』の時点でほぼ完成していたと思われるそのスタイルに、チャンドラーは安住してはいなかった。「文学」を書こうとするチャンドラーにとって、「マーロウ」は足枷《あしかせ》ないし重荷のようなものでもあったのだ。事実、ハリウッド時代を経て評価が高まっていくと――批評家エドマンド・ウィルソンが探偵小説を読むに堪えぬとこきおろしながらチャンドラーだけを（一定程度）評価したのも同時期のことだ――自意識にかられた彼は『リトル・シスター』を完成するのに苦労し、マーロウを捨て去ろうかと考えもする（Van Dover, "Introduction" 9）。「夢見ていた偉大な作品を書く最後の機会」と思いながら着手した『ロング・グッドバイ』にしても、彼はもともと三人称で書き始めたのである（Williams 289）。

だが結局、我々の知るように、チャンドラーは最後までマーロウを用い続けた。『ロング・グッドバイ』を三人称で書くことを断念した彼は、「私はこの男と一生結びつけられているかのよう」で、「私は彼なしではまったく機能しない」とある手紙で述べているが（Chandler, *The Raymond Chandler Papers* 166）、これは実際そうだったのだろう。チャンドラーの作家としてのキャリアは、ずっと「マーロウ」とともにあった。彼は遅咲きの作家であり、とうに還暦もすぎた年齢で、いまさらマーロウを使わずに小説を書く方法を習得することなどできなかったはずだ。そのような彼がそれまでと違う作品を書きたければ、それまでの「マーロウ」を引き受け、それを乗りこえる以外になかっただろう。

それまでの「マーロウ」を引き受けるというのは、シリーズが進み、「マーロウ」の存在が――あるいはその「イメージ」が――大きく、重くなるにつれて大変になっていったに違いないとしても、チャンドラーが――「ただの探偵小説」と「文学」のあいだを揺れ動きながら――毎回おこなっていたことであり、個々の作品に即してそのさまを観察していくことが、この「講義」の主目的となる。「揺れ幅」の大きさが、チャンドラー文学の豊かさであると示唆できればと願っているが、そのためには、トピックが拡散することを恐れず、チャンドラーのキャリア全体を、「マーロウ以前」の時期も含めて、なるべく包括的に扱うべきだろう。そうした論じ方は「講義」というスタイルに相応しくもある……と思いたいところだが、ともあれ以上の「イントロダクション＝講義概要説明」に基づき、次章から本格的に「講義」させていただく。ご興味を惹かれた方は、「受講」していただければ幸いである。

＊1　マーティン・アッシャー編『フィリップ・マーロウの教える生き方』には邦訳（村上春樹訳、早川書房、二〇一八年）がある。日本人編集のものとしては、郷原宏編『ギムレットには早すぎる――レイモンド・チャンドラー名言集』（山本榆美子訳、アリアドネ企画、一九九七年）。また、馬場啓一『ザ・ハードボイルド――ものにこだわる探偵たち』（CBS・ソニー出版、一九八六年）、『ザ・ハードボイルドⅡ――女と男のハードボイルド』（CBS・ソニー出版、一九八七年）の二冊を見てみると、チャンドラー作品からの抜粋が非常に（特に前者では圧倒的に）多い。Elizabeth Ward and Alain Silver, *Raymond Chandler's Los Angeles* (The Overlook Press, 1987) は、チャンドラー作品からの抜粋と、その場面に対応する写真を並べて載せたもの。

＊2　新聞にも似たような広告が掲載された（Moss 65）。

＊3　我が国でも、例えば『ユリイカ』（一九八二年七月号）のチャンドラー特集は「都市小説としての解読」という副題が付されている。

＊4　ジュディス・フリーマンによる伝記の見返しページ（endpapers）には、「レイモンド・チャンドラーがロサンゼルスと南カリフォルニアで住んだ場所」である三五ヵ所を示した地図が載っている（Freeman）。

＊5　日本における『ロング・グッドバイ』の人気の高さは、松原元信『3冊の「ロング・グッドバイ」

を読む』(ソリック、二〇一〇年)、山本光伸『R・チャンドラーの「長いお別れ」をいかに楽しむか――清水俊二VS村上春樹VS山本光伸』(柏艪舎、二〇一三年)といった本の存在からもうかがえるだろう。

*6 例えばGilbert 104。フレドリック・ジェイムソンも最初の四作を「正典」と呼んでいるし(Jameson 58)、高名な研究者ジョン・T・アーウィンも『大いなる眠り』と『さよなら、愛しい人』に加えて、『水底の女』を優れているとしている(Irwin 56)。

*7 一九五〇年に短編集『単純な殺人芸術』を刊行したとき、チャンドラーはいくつかの主人公名を変更し、四編(「フィンガー・マン」「金魚」「赤い風」「トラブル・イズ・マイ・ビジネス」)の主人公が「フィリップ・マーロウ」となった。

*8 マーク・トウェイン以来、チャンドラーほど気の利いた警句を多く作った作家はいないという論者もいる(Tanner 167)。

# 第二講
# チャンドラー以前のチャンドラー

——詩とエッセイ

あのレイモンド・チャンドラーの作家デビューがいつかと訊かれれば、おそらく一九三三年と――短編「ゆすり屋は撃たない」が、伝説的パルプマガジン『ブラック・マスク』の同年一二月号に掲載されたときだと――答えるのが妥当なのだろう。そのときチャンドラーは四五歳。一般的にいっても、そして若いときに活躍する作家が多いアメリカにおいてはとりわけ、例外的に遅いキャリアのスタートである。しかも、というべきか、第一長編『大いなる眠り』の刊行（一九三九年）まで、彼はさらに五年以上の「修業期間」を持つことになる。

後年の愛読者としては、チャンドラーがもっと早くデビューしてくれていれば、もっと多くの長編を読むことができたのにと思いたくもなるが、これはほとんど意味のない仮定だろう。そもそもチャンドラーの若い頃には「ハードボイルド小説」自体が存在していなかったのであり、したがって、彼が若くして作家となっていたら、ハードボイルド小説ではないタイプの作品を書いていたに違いなく、そうなるとあのチャンドラーは存在しないことになるからだ。その意味において、チャンドラーのデビューが遅かったことは、むしろ僥倖《ぎょうこう》であるといわねばならない。

もちろん、時代と幸運な出会いを果たした小説家などいくらでもいる。だが、こうしたことをチャンドラーに関して強く思ってしまうのは、彼が「デビュー以前」の時期に文筆活動をおこなっていたためである。遡ること実に四半世紀前、「知られざる愛」と題された詩をイギリスの『チェインバーズ・ジャーナル』誌に掲載した一九〇八年一二月から、アメリカに戻る一九一二年に至るまで、「R・T・チャンドラー」(「R・T・C」という表記なども用いている)は、詩やエッセイ(評論)、書評などを発表しているのだ。

このチャンドラーと、我々が知るあのチャンドラーをどう接続すべきかは、空白期間が長いだけに、研究者達を悩ませてきた。もっとも、まさしく空白期間が長かったからこそ、四〇代のチャンドラーはいわばキャリアを「リセット」して「再デビュー」できたとも考えられるはずだが、そうはいっても二〇代の文章が(それも単なる趣味で書かれていたわけではなく、稿料を得て書かれた文章が)残されている以上、完全に無視するのは難しいし、そうするべきでもないだろう——というわけで、本章では「チャンドラー以前のチャンドラー」について見ていくことにしたい。

レイモンド・ソーントン・チャンドラーは、一八八八年七月二三日に、父モーリス・ベンジャミンと母フローレンス・ダート・ソーントンのあいだの唯一の子供として、イリノイ州シカゴで生まれた。*1 しかし鉄道会社で働いていた父は大酒飲みで、しばしば家をあけ、いわゆる「父親」らしいエピソードを残さぬまま、息子の人生から早々に姿を消してしまう。ただし、古い伝記ではチャンドラーは一八九五年、七歳で母とともにイギリスに渡ったとされているが、近年の研究では、アイルランドからの移民であった母はそう簡単に離婚に踏み切らず、[*2]一九〇〇年頃までは息子を連れてシカゴとネブラスカ州プラッツマス(フローレンスの姉家族が住んでいた)のあいだを往復していたとされ(Williams 15)、母子の渡欧も一九〇〇年としておくのが妥当のようだ(17)。

チャンドラーは成人してからも、小説家になってからも、父の消息を探ろうとすることはなかったし(Hiney 33)、そもそも「まったくの豚」と呼ぶ父については、酔っているとき以外、言及することさえほとんどなかったようだが、この幸福とはとても呼べない幼少時代が、彼に——その人生にせよ、作品にせよ——影響を与えなかったはずはないだろう。例えば、彼の作品に「幸せな家族」がまったく描かれないことは、ハードボイルド小説としてはそれほど目立つ現象ではないにしても、幼少期の経験と無関係であるとは思いにくい。あるいは、おそらくあったと思われる父の母に対するドメスティック・バイオレンスを目撃させられた経験が、母を、そして女性一般を守りたいという「騎士的」な性格の種を、チャンドラーの(そしてフィリップ・マーロウの)中に埋めこんだとしても、やはり不思議なことではないと思われる(Williams 15)。

もっとも、埋めこまれた「種」が発芽しない可能性はあっただろう。仮にイギリスに渡ってからの母子が新たな、幸せな家庭を持つことができていたら、アメリカにおける幼少期はただの不運な一時期となり、チャンドラーの成長にともなって自然と忘却されていくことになったかもしれない。しかしながら、フローレンスは(その後、再びアメリカに渡ってからも)再婚を考えることはなかったし、ロンドン郊外における祖母やおばとの暮らしは、チャンドラー少年を一家の「男」として扱う一方、「出戻り」となった母親を冷遇するものであった。[*3] かくして幼少期の不幸は、苦い後味を長く残し続けることになったのである。

そうした環境において、チャンドラーは一九〇〇年の秋、おじの経済的援助で――渋々だともいわれていたが、必ずしもそうとは断言できないようだ(Williams 20)――ダリッジ・カレッジに通学生として(つまり、金持ちの寄宿生としてではなく[Karydes 33])入学する。直前までP・G・ウッドハウスが在籍していた(後輩にはマイケル・オンダーチェやグレアム・スウィフトがいる)ミドルクラス向けのパブリック・スクールで、チャンドラーは熱心な生徒となり、成績は常にトップクラスで、とりわけ古典文学に関しては優秀な成績を収めた(彼はのちに、古典の教養があると同時代の小説にあふれる「これ見よがし」の悪弊を避けられると述べている[Chandler, SL 238])。イギリス式の「R・T」ではなく、「レイモンド」を用いることを望んだという興味深い事実も伝えられているが、パブリック・スクールとの相性はよかったようで、ダリッジで受けた教育と学んだ規範は、彼に永続的な影響を与えたというのが定説である（Marling, *Raymond* 5）。一九世紀のパブリック・スクール・システムは「騎士道精神」への新たな関心を生じさせたともいわれるが（Williams 26）、そうした規範は「彼自身の性格を形作るのを助け、そして、アメリカに移植されて、フィリップ・マーロウの行動を説明するのを助ける」ものとなったわけだ（MacShane 9）。

学業成績からすれば、チャンドラーは大学進学も当然可能だったが、経済的事情もあって一族はそれを許さず、彼を公務員にさせることにした（これはいわば既定路線であり、チャンドラーはダリッジでもビジネス向けのコースを選択していた）。そうした方針のもと、彼は一九〇五年から翌年にかけて、フランスとドイツに行き、パリではビジネス学校で、ミュンヘンでは個人教師の指導で外国語を学んだ。そのあいだのエピソードはほとんど残されていない。よく知られているのは、フランスでは多くのアメリカ人と会ったが、自分が彼らの一員にはなれない、「国のない人間」であることを意識したということ、そしてドイツは気に入ったものの、戦争が避けられないとわかっており、長く住むことはできないと思っていたということである（Chandler, *SL* 250）。未来への明るい展望がなかったことが、外国における――しかも、生まれてはじめての――一人暮らしにあってしかるべき色彩と刺激を、チャンドラーの「留学生活」から奪ってしまっていたのだとすれば、どうにも切ない話である。

一九〇七年、チャンドラーは春にイギリスに戻り、五月には公務員資格を満たすためにイギリス国籍を取得、六月に公務員試験を受けて六〇〇人の受験生のうち三位（古典では一位）の成績で合格する。そして海軍省で働き始めるのだが、その仕事は退屈でならなかったらしく半年で辞職してしまい、無理もないというべきだろうが、おじを激怒させることになる。後年の述懐によれば、自分はもともと作家になりたかったが、アイルランド人のおじが認めるはずもなかったので、とりあえず公務員になって余暇を活用するつもりだったとのことであり（*RCS* 22）、それは仕事をやめた一九〇八年の年末に最初の詩を活字にしている事実と矛盾しないように思われる。

もっとも、チャンドラーの作家になりたいという気持ちがいつ芽生え、その気持ちがどこまで真剣だったのかを、正確に指摘することはできないだろう——公務員の仕事に就いてみて、「まっとうな仕事」は自分にはとても向かないと思ったことがきっかけであった可能性も小さくないと思うし、さらにいえば、仕事をやめてしまったので、それを正当化する理由が必要になったためということさえあり得るはずだ。だが、いずれにしても、一九〇九年以降のチャンドラーはまず『デイリー・エクスプレス』紙の記者として（すぐクビになってしまうが）働き、次いで一流夕刊紙『ウェストミンスター・ガゼット』のスタッフとなるというようにして、文筆の道に入っていくことになる。[*4] 彼がアーネスト・ヘミングウェイに対して愛着を示し続けたのは、同じジャーナリスト出身ということが一つの理由であったのかもしれない。

ともあれ、それから三年半ほどの期間に書かれたものが、「チャンドラー以前のチャンドラー」の作品である。『ウェストミンスター・ガゼット』に書いたものはほとんどが無署名の記事であったため、今日の読者がチャンドラーの手になるものとして読めるのは二ダースあまりの詩だけということになるが、一九一一年からは週刊文芸誌『アカデミー』にエッセイや書評を寄稿するようにもなる。そして一九一二年、風刺雑誌『トルース』の編集者から、新聞で軽い続き物を書くようにと招かれるのだが、乏しい収入しかなかった「物書き」としては喜んで飛びついてもよさそうなこの誘いをチャンドラーは断り、おじから金を借りて単身アメリカに戻っていく。多感な時期をイギリスですごしたことは、彼の文学に長期的な影響を与えることになるのだが、ともあれチャンドラーの最初の文学的キャリアは、かくして唐突に終わりを迎えるのである。

チャンドラーがどうして筆を折ってしまったのか（アメリカに渡ったあとも、彼は創作を再開しなかった）というのは興味深い問題であるだろうが、それについて考えるためにも、イギリス時代の作品を見ていくことにしよう。

そうするにあたってまずいっておかねばならないのは、この時期におけるチャンドラーの文学活動の中心であった詩が、ひたすら凡庸だということだろう。イギリス時代の文章は『マーロウ以前のチャンドラー』と題された本にまとめられているが、その「前書き」を担当したジャック・バーザンにしても、「チャンドラーの詩に関しては、いかなる種類の長所もないこと以外、ほとんど何もいうことがない。どれほど徹底的に探してみたところで、一行たりとも記憶に残り得るものを――著者がブレイクやワーズワースからフレーズをまるごと拝借している場合でさえ――見つけられない」と（Barzun x）、どうにも辛辣《しんらつ》である。もう一つ、フランク・マクシェインが伝記の中で記した総評も引いておこう――「チャンドラーの初期の詩については、そこに含まれるロマンティシズムの傾向の強さを記しておくだけにして、できるだけ語らない方がいい。一九〇八年から一九一二年まで、一編を除いて『ウェストミンスター・ガゼット』で発表された二七編の詩は、甘ったるく、ひどく感傷的である。意図したものであろうと、そうでなかろうと、最悪の意味で型にはまっている」（MacShane 16）。

ここまでいわれてしまうと、何かしら長所を見つけてやりたくなるものだろうが、いまのところそれに成功した論者はいないし、そもそもチャンドラーの詩にコメントしている文章さえほとんど見あたらない。「型にはまっている」作品は、批評の言葉を誘発しにくいのだ。

とはいえ、「講義」としては、それがどのような「型」であるのかについて触れておかねばなるまい。便宜のためにも、作品タイトルを列挙しておくと――

①「知られざる愛」／②「詩人の知っていること」／③「魂の反抗」／④「車輪」／⑤「芸術」／⑥「女の行路」／⑦「探求」／⑧「わたしが王だったとき」／⑨「混沌の時」／⑩「薔薇の苗床」／⑪「改革者」／⑫「完璧な騎士」／⑬「瞑想の巡礼者」／⑭「開拓者」／⑮「隠者」／⑯「ダンサー」／⑰「王の死」／⑱「土の神」／⑲「若さを悼んで」／⑳「見えない惑星」／㉑「悲哀をやわらげる涙」／㉒「妖精の王」／㉓（無題）／㉔「古い家」／㉕「王」／㉖「時は死なない」／㉗「オルガンの調べ」

——ということになる。[*5] 一九〇八〜一二年というのは、モダニズム文学の勃興直前であったことを意味するが（当時のロンドンは、チャンドラーが愛読したヘンリー・ジェイムズ［一八四三—一九一六］がまだ生きていた場所である［Tate 132］）、それにしても二〇世紀らしさを欠いているというか、何とも古めかしいものであったことが、タイトルを眺めているだけでも推測できるのではないだろうか。

その「古めかしさ」は、チャンドラーの「中世趣味」といったものが、早い段階から顕現したものと解釈できるかもしれない（Mathis 43）。実際、「王」がタイトルに含まれる詩が四つもあるし（⑧⑰㉒㉕）、⑫「完璧な騎士」はもとより⑦「探求」なども「騎士」のイメージを想起させる。だが、趣味は個人の自由だとしても、「趣味以上」のものになっている詩が見あたらない。「過去」を描きながら「現在」を憂うというスタンスは多くの詩に見られるが、スタイルが古色蒼然としていることもあって――英詩の詩型について詳しく説明する必要はないだろうが、「abab」パターンの韻律が繰り返される素朴な定型詩がほとんどで（Marling, *Raymond* 8）、⑦はバラード、⑮⑳はシェイクスピア風ソネット、⑯はイタリア風ソネットと呼ばれる形式が採用されている――せいぜいノスタルジアを喚起するだけの、「安全」な詩にとどまっている。

そういったチャンドラーの詩は、後世の読者から見れば「ダリッジの生徒達が書いていたような」ものにしか見えないが、そのような凡作こそが「エドワード朝のイングランドにおいて、いくつもの文学新聞や文芸雑誌で」発表され、広く読まれるものであったのだろう（MacShane 16; Williams 43）。したがって、当時のチャンドラーは、同時代の文学趣味を内面化した二流詩人の一人であったといってしまえばよいのかもしれないが、彼がまもなく筆を折ることを思えば、自分の凡庸さに気づくだけの自意識は持っていたとも考えられる。

そうした観点から目につくのは、チャンドラーが「詩／芸術」をテーマにした作品である。短めの詩⑩「薔薇の苗床」を全文引用しておくと――

世界は薔薇の苗床
根は地獄に沈み

花は天国へとそびえ
　棘は長く、抜け落ちる。

田舎者が小鎌を手にやってきて
　ひどく馬鹿にした態度で切り
花弁、茎、棘からなる
　雑多な収穫物を手にする。

しかし詩人は踏みしだかれた苗床の近くで
　誰にも気づかれずに待つ
そして水をやり、じっと見守る
　薔薇の蕾が頭をもたげるまで。

それから彼はさっと摘み取り
　さっさと逃げていってしまう
次の収穫の日には
　田舎者が欲をかいてやってくるから。

心臓のそばにある薔薇の蕾を
　詩人は誰にも見せないが
物語の中でそれをたたえ
　その物語を人は芸術と呼ぶ。（Chandler, CM 20）

――ということで、まずは他愛ない詩という他ない。ただ、田舎者（＝一般大衆）との対比によって詩人の優位をうたうこの詩には、かすかにアイロニカルな響きが（特に最終スタンザには）あるようにも思える。

そのように考えてみたいのは、人間の営みはみな虚しい（④「車輪」）といった厭世観を、それが芸術の題材になるだけだという形で芸術至上主義的に乗りこえようとしても（⑤「芸術」）詮ないことを、チャンドラーが薄々わかっているように思えるためである。この問題は、最初期の②「詩人の知っていること」にすでに潜在している。「人の頭で生まれたいかなる考えも／わたしが知らないものはない／およそいかなる喜びも苦しみも／わたしが自分のものとしていないものはない」と始まるこの詩は(5)、要するに詩人は（一般大衆とは違って）何でも知っているというわけだが、これを新人詩人の高らかな宣言としてのみ受け取っておくのは難しい。すべて知っているという自信は、新しいものに決して出会えないというニヒリズムにいつでも転化するだろうし、そもそもこの（理想化された）詩人とチャンドラーという「詩人」のあいだには千里の隔たりがある。何でも知っている詩人がすべて書いてしまうなら、自分が書くべきことは何もない――そういった自意識は、凡庸な詩をいくつも書いていくうちに、むしろつのっていったのではないだろうか。

そうした観点からすれば、チャンドラーが「中世趣味」の詩を書くようになっていったのは、彼がロマンティックだったためというより、むしろ彼が十分にロマンティックではなかったためというべきかもしれない。チャンドラーの詩について、マシュー・J・ブルッコリは「彼は感情をコントロールしているが、彼の感情は強くない」と（Bruccoli, "Editor's Preface" xiv）、エリック・ホンバーガーは「彼の未熟な作品には、それにつきものである呑気さが必ずしもない」と指摘しているが（Homberger 17）、比喩的ないい方をすれば、彼は去勢された詩人だった。もちろん、そうしたアイロニカルな自意識をいわば出発点にできたのが、まもなく活躍し始めるモダニスト詩人達であったのだが、チャンドラーは同い年のT・S・エリオットがそうであるようには詩人ではなかった。ちなみに、出世作「J・アルフレッド・プルーフロックの恋歌」（一九一五）――のちに『ロング・グッドバイ』で引用される――をエリオットが書いていたのは、一九一〇〜一一年のことである。

チャンドラーの詩については、「孤独」のモチーフが頻出することなど（Fuller 3; Wolfe 3）、のちの小説作品との関係で指摘できる点は他にもあるだろうが、このあたりで散文に話を移したい。こちらについても著作リストをあげておくと、エッセイ（評論）としては――

①「上品な芸術家」／②「非凡な主人公」／③「文学的洒落者」／④「リアリズムとおとぎの国」／⑤「トロピカル・ロマンス」／⑥「貸家」／⑦「フレーズメーカー」

――という七編があり、他に⑧「薔薇の花びらのロマンス」という（未発表の）短編が一つ、そして四つの書評（⑨⑩⑪⑫）がある。*6 発表先はすべて『アカデミー』で、当時は保守的な文芸誌だった。

チャンドラーがこの時期に発表したエッセイに対する論者の態度は、おおむね「（詩と比べれば）読めなくもない」といったところだろう。「そのほとんどが、夢を見ているような詩のトーンとはまったく違う、彼の性質の鋭い批評的な面を示している」というマクシェインの高い評価が一方の極にあるとすれば（MacShane 18）、同時代文学のさまざまなタイプを示してみせるというのは「チャンドラーの時代のロンドンにおいてさえすでに紋切り型だった。彼はほとんどオリジナリティを示していない。そうしたエッセイで注目すべきように見えるのは、チャンドラーが当時の文学に本気で取り組んでいないということくらいだ。彼は七編のエッセイで、本のタイトルにも、作家の名前にも、一度たりとも言及しないのである」というホンバーガーの厳しい言葉はもう一方の極である (Homberger 17)。

右で引いたマクシェインの言葉にも「鋭い批評的な面」とあるが、チャンドラーのエッセイは概して辛口である。それはときに傲慢な印象を与えるほどで、エリナー・グリン(のちに「イット=あれ」という言葉を「性的魅力」という意味で流行らせた有名なロマンス作家)の『なぜかというと』(一九一二)を扱った書評⑩などがその典型ということになろうが (Hiney 26-27)、若い書き手が攻撃的な文章を書くというのは別に珍しいことではない。少々意地の悪い見方をすれば、書評に関しては匿名であることに甘えていたともいえようし(チャンドラーの書評はすべて無署名である)、ホンバーガーが観察しているような、エッセイに特定の書名・著者名が出てこないという現象も、新人の文筆家にとってはやむを得ぬ配慮であったのかもしれない。伝記作家の一人トム・ウィリアムズが、この時期のチャンドラーを「受け入れられたい」という気持ちと「アウトサイダーでいたい」という気持ちのあいだで揺れている存在だと見なしていることを (Williams 46-47)、付言しておいてもいいだろう。

固有名(=具体例)が出てこないだけに、チャンドラーの文学的エッセイはどうしても話が抽象的になり、それほど読みやすいとはいえないのだが、その構成は概して単純である。ジュリアン・シモンズが総括しているように、「彼のかすかに文学的なエッセイや詩は、科学か詩か、ロマンスかリアリズムかといった二者択一で満ちている。我々は「科学と、人生という詩のいずれかによって」救われるべきか?——それこそが「現代を象徴する問題」なのだと彼はいい、科学に対する詩の側に、リアリズムに対するロマンスの側につく」(Symons 22)。[*7]

こうした単純な二項対立に基づく議論は「結論ありき」となりやすく、具体例がないのであまり説得的でもないのだが、それでもチャンドラーののちのキャリアを知る者にとっては、彼の「ロマンスびいき」と「リアリズム批判」は目を惹くところだろう。ジェフリー・ファーノルの『広い街道』(一九一〇)を扱った書評⑨は(これはチャンドラーにとって「批評家デビュー」となる文章である)、チャンドラーが書いてよかったと思った唯一の書評だったようだが、[*8]「著者は熱っぽい筆致を避けられるようにならねばならない。真のロマンスにとって、それ以上に命取りとなるものはない」と締めくくられており(Chandler, CM 86)、同作への評価がその「ロマンス」性にあったことは間違いないだろう。[*9]一方、リアリズム批判として知られるのが④「リアリズムとおとぎの国」であり、そこでは理想主義者が抱く「ヴィジョン」や「理想」と対比される形で、「醜い現実」を描くリアリズムというのは、人が抱く平凡な、つまらない気分を反映しているだけのことであり、だからリアリズムというのはあらゆる芸術形態の中で最も安易なものにすぎないのだとされている(67)。

リアリズム文学に対する若きチャンドラーの浅薄な理解を批判してもさして意味はないだろう。むしろ注目したいのは、「リアリズムとおとぎの国」で、あるいは『広い街道』の助言めいた書評にしても、チャンドラーが小説の「読み手」というより「実作者」としての批評意識をもって書いているように感じられる点である。実際、彼のエッセイには、現代作家の姿勢を評するものが多い。例えば②「非凡な主人公」では、現代の主人公は何か特別な点を有していなくてはならないという観察のもと、極端な人物造形がなされることへの懸念が表明される。③「文学的洒落者」では、主張を持たず、風変わりなことを次々と生み出していく文学趣味の作家が批判される。そして⑦「フレーズメーカー」では、大きな問題には関心を持たずに、祖父の世代に〈スタイル〉と呼ばれていたようなことばかりに拘泥している作家が揶揄《やゆ》される（これはもちろん、チャンドラー自身がやがて「スタイル」にこだわるようになったことを想起させるが）。「リアリズムとおとぎの国」のリアリズム批判にしても、二流の作家が流行に乗って書いているだけだという気持ちがその骨子であるように思えるのだ。

①「上品な芸術家」では、貧困のうちに苦しみながら全身全霊を芸術に捧げるような過去の芸術家が（現代の「上品な芸術家」と対比されて）礼賛される。こうしたロマンティックな芸術家像を、この時期のチャンドラーは――あるいは、生涯にわたって――信じていたのだろう。だが、それを固く信じていればいるほど、そしてそれを繰り返して言

語化してしまえばなおのこと、当然、自分自身はどうなのだということになる。発表されなかった短編⑧「薔薇の花びらのロマンス」は、『ウェストミンスター・ガゼット』の有力寄稿者であったサキを模倣したような作品であったし、彼がコンスタントに発表していた詩は、当時の凡庸な詩の見本みたいなものだった。詩人と評論家という二足の草鞋《わらじ》をはいたことは、彼を眼高手低の状態に陥らせることとなった。あるいはこういった方が正確だろうか――未熟な批評家チャンドラーの「ロマンティックであれ」という要請に、未熟な詩人チャンドラーは応えることができなかったのだと。

かくして若き文学者チャンドラーは、詩と評論を並行して書くことで、袋小路に深く入り込むこととなった。数年のキャリアを経てもまだ二三歳であった彼が、もうしばらくイギリスの文学界にとどまっていたら、何らかの転機／ブレイクスルーが生じた可能性はあっただろう。まもなく華々しい活躍を始めるモダニスト達は、古典の知識やアイロニカルな視点の活用法を、彼に示してくれたかもしれないのだから。

しかしながら、それは我々にとっては意味のない仮定である。低俗な読み物の新聞連載を――「当時の自分には、これまで言葉になったものの中で最もひどいごみ屑《くず》に思えたものを書くようにと」(MacShane 22) ――持ちかけられたチャンドラーは、それを断り、アメリカに渡る。知的妥協をしたくないと思ったという見方もあるが (Williams 46)、そのタイミングで筆を折ったということは、おそらく自分の才能に見切りをつけたのだろう。

そのようなチャンドラーが、やがて再び定職を失ったことを契機として、「低俗な読み物」ばかり載っているはずのパルプ誌で再び筆を執ることになるというのは、皮肉なめぐりあわせではある。だが、その皮肉に耐え得るようになることが、あのチャンドラーが出現するための条件であったという気がしないでもない。

＊1　チャンドラーの人生に関しては、特記なきかぎり、邦訳もあるマクシェインの伝記と（MacShane）、〈ライブラリー・オブ・アメリカ〉版のチャンドラー著作集に付されている年譜を参照する（次章以降も同様）。

＊2　ケン・フラーによれば、離婚は「一八九七年から一九〇〇年のあいだのどこか」とされる（Fuller 1）。

＊3　チャンドラーの小説において「老女」が好ましい描かれ方をしないのは、ここに起因すると考える論者もいる（Marling, *American* 193）。

＊4　ただし、この「就職」についても、その背景には、母と同居しているチャンドラーが、いつまでも無職のままではいられなかったこともあっただろう（Marling, *Raymond* 8）。実際、『ウェストミンスター・ガゼット』での就職に関して、おじの友人による口ききがあったことも、チャンドラーの無職状態について家族の懸念があったことを示唆しているように思える。

＊5　煩雑になるため本文中に発表時期は記さなかったが、①が一九〇八年一二月、②〜④は一九〇九年三月、⑤⑥は四月、⑦〜⑩は六月、⑪は七月、⑫は九月、⑬⑭は一一月、⑮は一九一〇年二月、⑯は五月、⑰は七月、⑱は一九一一年一月、⑲は二月、⑳は四月、㉑㉒は五月、㉓は六月、㉔は一一月、㉕は一九一二年三月、㉖は四月、㉗は不明となっている。最初の一年が多いのは自然だろう。空白の時期は『アカデミー』への寄稿が忙しかった期間とおおむね一致する（次註を参照）。

＊6　発表順に並べると、⑨が一九一一年三月、①は八月、②は九月、③は一一月、⑩は一二月、④⑤は一九一二年一月、⑥は二月、⑪⑫⑦は六月、⑧は執筆時期不明となっている。

＊7　シモンズは⑤「トロピカル・ロマンス」から引用している（Chandler, *CM* 70）。

＊8　チャンドラーは後年、ファーノルが人気作家になると予言したことを（いささか誇らしげに）述懐している（Chandler, *SL* 34, 171）。

＊9　チャンドラーとよく比較されるF・スコット・フィッツジェラルドの自伝的なデビュー長編『楽園のこちら側』（一九二〇）においては、ロマンティックな主人公エイモリー・ブレインがこの小説を愛読しており、三回も読んでいる（Fitzgerald, *This Side* 23）。ちなみに、エイモリーはグリンも——『三週間』（一九〇七）を——読んでおり、チャンドラーとフィッツジェラルドの「近さ」を感じさせる。

第三講

# パルプ作家時代

——短編小説

前章は「チャンドラー以前のチャンドラー」を扱ったが、本章で見ていくのはあの、レイモンド・チャンドラーの修業時代＝短編作品である。のちの大作家がキャリア初期にもっぱら短編を書いていたというケースは珍しくないだろう。アメリカ文学では一九世紀のナサニエル・ホーソーンがすぐに想起されるし、チャンドラーの同時代人、アーネスト・ヘミングウェイやウィリアム・フォークナーにしても、短編をたくさん書いたのはキャリアの前半である。生活のために短編を次々と書きながら小説家としての練度を高めていく――いわゆる文章修業というだけでなく、物語をひねり出すためにさまざまなトピックを扱うことで視野を広げる――というのは、二〇世紀半ばまでのアメリカ作家にとっては一般的なルートだった（二〇世紀後半になると、主として雑誌の衰退と大学における創作科の増加により、状況が変わっていく）。

したがって、「小説の書き方を学びながら少額の報酬を得られる」と思いながら書き始めたというチャンドラーの述懐は（Chandler, *SL* 236）、駆け出し時代に関する作家の回想としては特に目を惹くものではないはずだが、四〇代も半ばになって失職した人間が突然とる行動としてはとても「一般的」であるとはいえまい。もちろん、チャンドラーは純然たる素人ではなかったわけだが、しかし彼がペンでいくばくかの収入を得ていたのは二〇年以上も前のことであり、しかもかつての彼はロマンティックな詩人（兼批評家）であった。そのような彼が、それまでろくに読んだこともない探偵小説を、低俗とされるパルプ雑誌のために書くというのは、いったいどういうことなのか。この程度のものなら楽に書けると思ったということはありそうだが、その一方で創作講座を受講したりもしているし[*1]、彼が「大衆文学」を軽蔑していたとしても、結局その後はずっとそのジャンルに従事していくことになるのだ。チャンドラーの短編は、通例、フィリップ・マーロウ／長編作品の「原型」を提供するものとして読まれてきたし、本章の主な関心もそこにあるといっていい。ただし、むしろそうであるからこそ、ロマンティックな詩人からパルプ作家への転身がチャンドラーという小説家の複雑な自意識と不可分の関係にあることは、強く意識しておくべきだと思うのである。

短編作品について論じるにあたっては、イギリス時代の作品を扱った前章同様、伝記的背景を見ておくことが有益だろう。チャンドラーが「ロマンティックな詩人」になったことにイギリスで教育を受けた影響が歴然としているのと同様、「パルプ作家」への転身は「アメリカ人」になったことと無関係ではあり得ないからだ。一九一二年に船でアメリカに渡ったときの彼はアメリカ人に対する「軽蔑心」を持っていた——その心情はその後も長く続くことになった――というが（*SL* 236）、それから小説を書き始めるまでの二〇年、彼の人生にはさまざまなことが起こったのである。

アメリカに到着したチャンドラーは、いくつかの場所を経てロサンゼルス――一九一二年当時の人口はまだ五〇万程度で（Marling, *Raymond* 28）、未婚のカップルの性行為を禁ずる法律が通されたりしている（Hiney 39）――にたどり着く。さまざまな仕事を経験するが、文筆を職業とする考えは捨てていたようで（Williams 54）、一九一三年には簿記を学び、船上で親しくなった石油事業に携わるウォーレン・ロイドの紹介で、ロサンゼルス乳業で帳簿係として働いた。ロイド一家は文化的な人達であり、彼らとの交流を通し、彼は作曲家ジュリアン・パスカルとその妻セシリア（シシー）と出会う。数年のうちに母フローレンスも渡米して同居し、母子はようやく（はじめて）「生活」を楽しむことができたのだった。

しかしながら、平穏な日々はいつまでも続くわけではなかった。一九一七年にアメリカが第一次世界大戦に参戦し、チャンドラーは八月、ジュリアンの息子ゴードンとともにカナダ陸軍に入隊する。彼は後年、近視のためにアメリカ軍に入れなかったと友人にいうが、イギリスの軍服を着る方が自然だと感じていたことに加え、カナダ軍なら母の扶養手当を払ってくれるというのが決定的な理由だったようだ。そしてイギリスで短期間の訓練を受けて翌年三月にフランスの前線に送られるのだが、そこからは曖昧になる――チャンドラーが自らの戦争体験について、ほとんど語っていないためである。

チャンドラーは一九一八年六月に激しい戦闘を経験し、小隊唯一の生き残りとなった……と長らく信じられてきたが、実はその証拠はない。なるほど、「塹壕《ざんごう》襲撃」という――三〇年代に書かれたらしい（Williams 65）――短いスケッチではリアルな戦闘描写がなされているし、晩年の手紙では「ひとたびマシンガンの直接照準射撃の前に小隊を率いて突撃せねばならない経験をしたら、何事もそれまでと同じではなくなる」などと述べられている（Chandler, *SL* 455）。しかしながら、近年の研究では、彼が属していた大隊は五月には後方に退いていて（Williams 65）、その兵士で五月三日〜七月二五日に戦闘が理由で死んでいる者はいないことがわかっている（Trott 58）。つまり、チャンドラーが従事したとされる戦闘自体が存在しないのであり、事実、彼の「傷病記録」を見ても、戦傷に関する記述は皆無なのだ（Moss 38）。

念のために強調しておけば、たとえ直接の戦闘体験を持たなかったとしても、チャンドラーが戦争の悲惨な現実に触れなかったということにはならない。後方に戻った彼は七月に英国空軍に加わり、士官候補生として訓練を受けるが、当時の写真における彼の姿は「歩く幽霊」のようなものだし（Williams 67）、飲酒癖がこの時期に始まったことも（Hiney 43）、いかにもPTSDを疑わせる事実である。第二次大戦が起こったときの動揺ぶりや、『ロング・グッドバイ』のテリー・レノックスが戦争帰還兵として設定されていることの重要性などを思えば、従軍経験がチャンドラーに深い影響を与えた可能性を軽視するわけにはいくまい。

一九一九年二月に除隊したチャンドラーは――ヘンリー・ジェイムズ風の作品を『アトランティック』誌に送ってみたりもするが――サンフランシスコでイギリスの銀行に勤めるも長続きせず、ロサンゼルスに戻って『デイリー・エクスプレス』紙の記者になるが、これも六週間でやめてしまう。ただしこの時期における最大の関心事は、一八歳年長の人妻シシーとの恋愛関係だったはずだ。シシーが七月に離婚手続きを開始していることは、チャンドラーがヨーロッパから戻って早い段階で交際が始まっていたことを意味するだろう。離婚（シシーにとっては二度目）は翌年一〇月に成立するものの、チャンドラーがシシーと結婚したのは一九二四年二月六日のことである。チャンドラーは三五歳。結婚に反対していた母が死んで、二週間と経っていなかった。

シシーとの関係については、さまざまなことがいわれてきた。一つの説は「母親代わり」ということであり（Arden 75）、これは月並みではあってもやはり否定しがたいだろう――彼女の愛称の一つは「ママ（Momma）」だったのだから（Freeman 141）。その点に始まり、チャンドラーの愛読者の中にはいささか居心地悪く感じる人もいると思われるような見方がいろいろある。チャンドラーが結婚時にシシーの正確な年齢（実際は五三歳だったが、四三歳とされていた）を知らなかったというのは定説だが、あまりにも現実離れしているように思えるだろう。トム・ウィリアムズは、シシーが子供を産めないであろう年齢だったことは、チャンドラーにとっては彼女を「安全」で、ある意味では「純粋」な存在としたかもしれないし、それと同時に、性的な経験がない（おそらくまだ童貞だった）彼にとって、彼女はよい導き手であったかもしれないと推測している（Williams 78）。こうした文脈では、シシーが裸で家事をしていたという有名なエピソードに言及しておいてもいいだろう。*2

セックスをさせてくれる「母」と結婚するというのは、ひどい父親を持ってしまった息子にとって、エディパルな願望の成就ということになるのかもしれないが、おそらく事態はそれほど単純ではなかった。チャンドラーは母を捨てた父を憎むだけでなく、その大胆さを羨《うらや》んでいたと見なす論者もいるし（Wolfe 26）、それがやや極端な憶測に思えたとしても、彼の結婚が母の希望を無視し、ある夫婦の関係を壊すものだった（パスカル夫妻は不仲だったわけではない）ことは厳然たる事実であり、だとすればシシーとの結婚に暗い影がつきまとってもおかしくないだろう。そうした振る舞いがもたらした罪意識が、「放蕩《ほうとう》息子の罪」と「騎士道的忠節心」を背景とした「三角関係」を作品に頻出させたと考えることも可能かもしれないし（Marling, *American* 193）、そもそも結婚して数年後には、チャンドラーは酒と女に溺れるようになってしまうのだ。

そうした結婚後の変調について、本書がベースにしているフランク・マクシェインの伝記では、チャンドラーが妻との年齢差という「現実」を意識するようになったためとしているが、右に述べてきたことに鑑みるなら、自分の罪悪感をシシーに投影した（その観点からすれば、彼女は「自分に母親を裏切らせた女」となる）ことの結果であるとも見なせよう。あるいは、単に自罰的な振る舞いであったと考えてもいい。[*3] いずれにしても、一九二八〜三二年に結婚生活は最悪の状態となり（Freeman 102）、チャンドラーの人生は大きな危機を迎える。彼は結婚の数年前にロイドの紹介でダブニー石油シンジケートに就職し、一九二四年には月給一〇〇〇ドル（当時としてはかなりの高給）を得るようになっていたのだが、酒浸りとなって秘書との不倫や無断欠勤を繰り返し、一九三二年には解雇されてしまう。大恐慌の最中であることを思えばなおさら、これをただの愚行として片づけるのは難しい。意識していたかどうかはわからないが、チャンドラーは心の闇に飲みこまれ、破滅への道を突き進んだように思われるのである。

結婚から失職に至る時期の異常な状態を見ると、チャンドラーがその後まもなく酒をやめ、夫婦仲も修復して立ち直ったのがむしろさらに異常なことのようにも思えてくるのだが、ともあれロイド家の訴訟案件に協力した見返りとして月一〇〇ドルの手当を受け取るようになった彼は、一九三三年、パルプマガジン『ブラック・マスク』への寄稿を思いつく。H・L・メンケンとジョージ・ジーン・ネイサンが文芸誌『スマート・セット』の資金繰りのために一九二〇年に創刊した雑誌で、一九二六年に四代目編集長となったジョーゼフ・T・ショウは、ダシール・ハメットを看板作家としてハードボイルド路線を全面的に打ち出し、ジャンルの流行を牽引していた。ちなみに、第一次大戦終結時には二ダースほどしか存在しなかったパルプ誌は、恐慌期の半ばには二〇〇タイトル以上が売られるようになっていたが（Goulart 13）、その四分の一がハードボイルド小説の専門誌だったという（Mihaies 14）。『ブラック・マスク』が最も売れた年は一九三〇年（一〇万三〇〇〇部）で、以降は不況の影響もあって販売部数が減ってしまうのだが（Nolan, *The* Black Mask *Boys* 29）、だとしても当時はパルプ誌の最盛期、つまり多くの書き手が必要とされていた時代であるのだから、チャンドラーは絶好のタイミングで書き始めたとはいえるだろう（Williams 104）。

かくしてチャンドラーは「ゆすり屋は撃たない」を五ヵ月かけて執筆し、一九三三年一二月にデビューを果たす。そして夫婦仲も安定し、コンスタントに作品を発表してその実力を認められていくのであり、そのようなパルプ作家時代を「彼の人生で最も満ち足りた時期」と呼ぶのはおそらく正しい（Freeman 149）。だが、「スロー・ワーカー」である彼は作品を量産することができず（Chandler, *SL* 236）、生活は楽にならなかった。一九三六年にショウが『ブラック・マスク』を去ると、チャンドラーは発表の場を原稿料のよい『ダイム・ディテクティヴ』誌に移すが、それでもまともな暮らしができるほど速くは書けなかったようだ（Nolan, *The* Black Mask *Boys* 227）。一語一セントだった稿料が最終的には五セントにまで上がったとはいえ、例えば三作発表できた一九三八年でも収入は一二七五ドル――会社勤め時代の一割――にとどまっている。そうした状況を打開すべく、五〇歳になろうとしていた彼は長編執筆に着手することになるのである。

評伝パートが少々長くなってしまったが、ここからは作品について考えていくこととして、まずは短編リストをあげておこう。作品名に続き、発表年月、視点（一人称か三人称か）、主人公の名前、そして矢印のあとには長編に組みこまれた八編（④⑧⑪⑫⑬⑯⑰㉒）はタイトルを、一九五〇年の短編集『単純な殺人芸術』に収められた一二編（②③⑤⑥⑦⑨⑩⑭⑮⑱⑲⑳）で主人公の名が変えられた場合は変更後の名前を示す。[*4]

① 「ゆすり屋は撃たない」三三年一二月／三人称／マロリー
② 「スマートアレック・キル」三四年七月／三人称／マロリー→ジョニー・ダルマス
③ 「フィンガー・マン」三四年一〇月／一人称／無名（カーマディ？[*5]）→フィリップ・マーロウ
④ 「キラー・イン・ザ・レイン」三五年一月／一人称／無名（ジョン・ダルマス？[*6]）→『大いなる眠り』
⑤ 「ネヴァダ・ガス」三五年六月／三人称／ジョニー・デルーズ
⑥ 「スペインの血」三五年一一月／三人称／サム・デラグエラ
⑦ 「シラノの拳銃」三六年一月／三人称／テッド・マルヴァーン→テッド・カーマディ

⑧「犬が好きだった男」三六年三月／一人称／カーマディ→『さよなら、愛しい人』
⑨「ヌーン街で拾ったもの」三六年五月／三人称／ピート・アングリッチ
⑩「金魚」三六年六月／一人称／カーマディ→フィリップ・マーロウ
⑪「カーテン」三六年九月／一人称／カーマディ→『大いなる眠り』
⑫「トライ・ザ・ガール」三七年一月／一人称／カーマディ→『さよなら、愛しい人』
⑬「翡翠」三七年一一月／一人称／ジョン・ダルマス→『さよなら、愛しい人』
⑭「赤い風」三八年一月／一人称／ジョン・ダルマス→フィリップ・マーロウ
⑮「黄色いキング」三八年三月／三人称／スティーヴ・グレイス
⑯「ベイシティ・ブルース」三八年六月／一人称／ジョン・ダルマス→『水底の女』
⑰「レイディ・イン・ザ・レイク」三九年一月／一人称／ジョン・ダルマス→『水底の女』
⑱「真珠は困りもの」三九年四月／一人称／ウォルター・ゲイジ
⑲「トラブル・イズ・マイ・ビジネス」三九年八月／一人称／ジョン・ダルマス→フィリップ・マーロウ
⑳「待っている」三九年一〇月／三人称／トニー・リセック
㉑「青銅の扉」三九年一一月／三人称／ジェイムズ・サットン＝コーニッシュ
㉒「山には犯罪なし」四一年九月／一人称／ジョン・エヴァンズ→『水底の女』

㉓「二人の作家」五一年二月（執筆）／三人称／ハンク・ブルートン
㉔「ビンゴ教授の嗅ぎ薬」五一年六月〜八月／三人称／ジョー・ペティグルー
㉕「マーロウ最後の事件」五九年四月／一人称／フィリップ・マーロウ
㉖「イギリスの夏」七六年八月／一人称／ジョン・パリンドン

このように整理してみてまず思わされるのは、チャンドラーの初期短編の主人公達がマーロウの原型だとする通説が、かなりの程度は正しいということだろうか。実際、㉓以降は執筆時期が大きく異なるため除外するとして、二二編中、長編に組みこまれたものと『単純な殺人芸術』で主人公の名が——チャンドラーによれば出版社の「さもしい商業的動機により」（Chandler, *RCS* 226）——「フィリップ・マーロウ」とされた③⑩⑭⑲をあわせると過半数の一二編となり、とりわけ掲載誌が変わるたびにカーマディ（③⑧⑩⑪⑫）↓ジョン・ダルマス（④⑬⑭⑯⑰⑲）↓ジョン・エヴァンズ（㉒）と名前を変えていた一人称の私立探偵は、すべて「マーロウ化」されている（一人称の作品でそれにあてはまらないのはパロディ小説的な⑱「真珠は困りもの」のみである）。[*7]

ただし、というべきか、いま述べたことをひっくり返せば、二二編中一〇編は「マーロウ化」されておらず、三人称の小説（①②⑤⑥⑦⑨⑮⑳㉑）はすべて「非マーロウもの」であり（付言しておけば、㉑は探偵小説でさえなく「ファンタジー」である）、そうした作品の大半は短編期の中でも初期に書かれているのだから、チャンドラーが最初から一直線に「マーロウ」に向かっていったわけではないともいえるだろう。その意味において、「非マーロウもの」の存在はチャンドラーが修業期間に試行錯誤を繰り返したことの証拠であると見なせるし、それらの（軽視されがちな）作品を読むことは、チャンドラー文学全体の理解には欠かせない——そこには彼が「マーロウ」を作りあげていく過程で削ったものがあり、足りないと思ったものがあるはずだ。

そうした観点からとりわけ注目されるのは、やはり視点の問題だろう。チャンドラーといえば一人称の語り手としてのマーロウのイメージが強いせいか、問題にされること自体ほとんどないが、最初は三人称小説を多く書いていた彼が、次第に一人称小説へと比重を移していったというのは、その結果として「マーロウ」が生まれてきたと思われるだけに、示唆に富む事実ではないだろうか。

パルプ作家として（再）デビューしたチャンドラーが初期に三人称小説を多用していた理由を特定することはおそらくできないだろうが、意識しておきたいのはハメットの影響である。小鷹信光は「ハメットの成功と業績が目の前になかったら、はたしてレイモンド・チャンドラーは『ブラック・マスク』に筆をとりはじめていただろうか」と問うている（『サム・スペード』一二八）。実際、チャンドラーという人間の自意識の強さを思えば、ロマンティックなイギリス詩人だった彼が、アメリカのパルプ誌に探偵小説を書くことに逡巡がなかったとは考えにくく、それを自分自身に正当化する理由としてハメットの作品があったというのは十分あり得るように思える。

キース・ニューリンは、チャンドラーの最初の九つの短編のうち六編が三人称で、それらが最も強くハメットの模倣という印象を与えると述べているが（Newlin 21）、当時のハメットは、コンチネンタル・オプを主人公とした初期の一人称小説から、『マルタの鷹』（一九三〇）や『ガラスの鍵』（一九三一）という三人称小説へのシフトを見事に果たしており、ハードボイルド小説というジャンルに新規参入したチャンドラーがそうした傑作に範をとったとして何の不思議もないだろう。ジュリアン・シモンズは①「ゆすり屋は撃たない」や⑨「ヌーン街で拾ったもの」の登場人物の原型をハメット作品に見ているが（Symons 25）、「ゆすり屋は撃たない」に関していえば、主人公の探偵マロリーからして、登場してしばらくは彼が「ゆすり屋」ではないかと思わせるように提示されているし、報酬のこともしばしば気にするなど（Marling, *Raymond* 53）、善悪の境界がやや曖昧な、ハメット的な描かれ方をしている。こうした書き方が可能なのは、主人公の内面が開示されない三人称小説だからだろう。

いま述べた点とも関連するが、チャンドラーの三人称作品は概して「ハード」な印象が強い。①「ゆすり屋は撃たない」の悪名高いストーリーの複雑さは「裏切り」の多さにかなりの程度起因するだろう。⑤「ネヴァダ・ガス」の賭博師ジョニー・デルーズはギャングの抗争に巻きこまれ、最後には自分を裏切った女のもとに醒《さ》めた自意識を持ちながら戻っていく。⑥「スペインの血」のサム・デラグエラは腐敗した警察において理想を持つ例外的な刑事だが、事件を解決したときには、自分の警察バッジが「以前ほどきれいではなくなってしまった」ことを認めざるを得ない（Chandler, *SEN* 232）。世評高い⑳「待っている」にしても、作家自身は「スリック（高級誌）」向けに書いたものとして嫌っていたようだが（*SL* 434）、ロマンティックなホテル探偵トニー・リセックの行動が兄を死なせてしまう結末は、『サタデイ・イヴニング・ポスト』に掲載された作品としては驚くべきビターエンドである。

⑤⑥⑳のような作品が「連作」になりにくいのは明らかだろう。それらは「幻滅のドラマ」であり、一回性にこそ強度があるからだ（『マルタの鷹』や『ガラスの鍵』もそうである）。その点において、これらの物語は『ブラック・マスク』の一般的な短編とは別水準にあるのだが[*8]、少なくとも当時のチャンドラーにはそうしたハメット的な路線で作品を次々と書くのは難しかったのだろう。⑨「ヌーン街で拾ったもの」のラストは「幻滅」というより「徒労感」にとどまっていて弱いし、⑮「黄色いキング」では三人称小説という形式が活かされていない。後者では、自分自身に話しかけるという、ヘミングウェイの主人公がよくやり、マーロウもする行為がたびたび見られるのだが、それは作品の「ハードさ」を減じてしまっているように思える。

チャンドラーが三人称短編で用いた手法の一つとして、主人公に何らかの「背景」を与えるというものがある。典型は⑦「シラノの拳銃」における休職中の探偵テッド・マルヴァーンで、彼は「汚い金」を相続したことをジレンマとして悩む人物に設定されている。こうした設定は――⑥「スペインの血」のデラグエラに与えられるスペイン人の血や、⑨「ヌーン街で拾ったもの」のピート・アングリッチが元ボクサーとされていることなども想起できる（ただし、そうした設定が有効に機能しているとはいえないのだが）――主人公を「人間化」する（「葛藤」を提供する）興味深い工夫といえるが、さらに興味深いのは、チャンドラーが一人称探偵にはこうした「背景／設定」を与えなかった点である。マルヴァーンはある女性に「あなたは自分がハードボイルドだと思っているけど、トラブルに陥っている身持ちの悪い女を見つけたとたん、自ら厄介事に首を突っこんでしまうただのお人好しよ」といわれる（SEN 282）。彼がそうするのは設定された「ジレンマ」に由来すると理解されるわけだが、そうした「設定」を持たないマーロウは、いわば「理由」のないままそのような行動をとる。そこにロジックがあるとすれば、そうするのがマーロウだからだというトートロジーだけだろう――このトートロジーが、彼を「ヒーロー」とするのである。

主人公から、主人公的な行動をする「理由」を奪ってしまうこと。これはハメットがキャリアを通しておこなったことであったが、チャンドラーはそこからキャリアを開始した。この違いは、二人の作家の出発点の相違に起因するのだろう。ピンカートン探偵社の探偵であったハメットは、書くべき「現実」を知っていた。つまりもともと語るための根拠があり、その「根拠」を――モダニズム時代の作家らしく、というべきか――突き崩していったのがハメットのキャリアだった。

一方、チャンドラーにはそうした「根拠」などなかった。彼は探偵の「現実」を知らず、そもそも探偵小説の愛読者でさえなかったのに、見よう見まねで書き始めることになったのだから。デビュー短編に「警官」をあらわす語として cop はもとより flattie, gumshoe, copper などさまざまなスラングが出てくるのは（③にも「探偵」として dick, shamus などが出てくる）、チャンドラーの「勉強」をうかがわせて微笑ましいが、根拠なく書き始めた作家が当該ジャンルのスタイルを「勉強」すれば、紋切り型に依存しがちになるのは自然だろう。第二作②「スマートアレック・キル」が「ほとんどの登場人物はステレオタイプで、彼らの台詞は凡庸、その行動はジャンル的因襲にすぎない」ものとなってしまったのは（Marling, *Raymond* 52）、おそらく仕方がなかったはずだ。

そのように考えてみれば、チャンドラーが試行錯誤を経ながら一人称小説に比重を置くようになっていったのも、「根拠なく語るための方法」を追求した結果と理解できるかもしれない。とにかく語ってしまう「私」を中心に据え、語り手を触媒として「はるかに興味深い人々があらわれる」ようにしておいた上で（MacShane 52）、「語り口」によってチャンドラーなりの個性を発揮できるというわけだ。「自分のものと感じられた最初の作品」である第三作③「フィンガー・マン」が（Chandler, *SL* 187）、それまでの三人称作品よりも「ヒーローをはるかにプロレタリア的に描いている」印象を与えるというのは偶然ではあるまい（Panek 406）。また、同作には「待合室は訪問者が入ってきて座って待てるように開けたままにしてある――そもそも訪問者がいて、待とうと思ってくれればの話だが」という自虐的な一節があるが（Chandler, *SEN* 95）、こうした「マーロウ的」な、シニカルな「声」を使えるのも一人称小説の効果である。*9

短編期の一人称作品では、探偵の「声」以外にも、長編作品の「原型」がさまざまなところで観察されることになる。例えば④「キラー・イン・ザ・レイン」には、「価値のない女に惚れてしまう男」に探偵がシンパシーを抱くというパターンが早くも出現している。探偵の造形ということでは、⑧「犬が好きだった男」や⑬「翡翠」において納得のできる仕事をしないと報酬を受け取らないことや、⑭「赤い風」において一人でチェス・プロブレムをやっていることなどは、次第に「マーロウ」に近づいていくという印象を確かに与える。

ただ、むしろ強調しておくべきは、「次第に」近づいていったという点だろう。一人称短編の全体を俯瞰して気づかされる事実の一つは、探偵があまり内省せず、アクションが中心となって進む作品も多いことである。そうした傾向がひときわ強いのはカーマディを主人公とする⑧「犬が好きだった男」や⑩「金魚」だが、⑬「翡翠」で初登場したジョン・ダルマスは三回も意識を失わされる。探偵は銃を抜くのをためらわず、⑪「カーテン」や⑬「翡翠」では人を殺す場面も描かれる（長編のマーロウはめったに銃を撃たず、人を殺すのは一度だけである）。チャンドラーの短編では最終章かその前章で犯罪者が一堂に会することが多いというピーター・ウルフの指摘があるが（Wolfe 95）、そこで展開されるのは静かな「謎解き」ではなく騒々しい「殺し合い」だ。

チャンドラーは後年、パルプ誌の編集者は読者がアクションだけを求めていると思っていたと批判的に述べているが（Chandler, *SL* 115）、同時代のチャンドラーは、そうした編集者の――そしてチャンドラーがどう思おうと、おそらく読者の――期待を意識しながら書いていたように思える。「『ブラック・マスク』＝ハードボイルド」という図式を成立させたのは、キャロル・ジョン・デイリー（一八八九–一九五八）が創造し、「良心の咎めを感じないのは、殺されて当然のやつしか撃たないからだ」という宣言とともに登場して絶大な人気を博した探偵レイス・ウィリアムズだった（デイリィ 一三二）。頻繁な改段落が要求されるパルプ誌では、一人称探偵といえども長々と内省に浸っているわけにはいかない。いきおい主人公の行動は単純化され、登場人物達は善悪に二分化し、ストーリーはわかりやすく勧善懲悪的になる。ショウが執筆者達のヒーローに求める道徳的規範はパブリック・スクールのそれと大きく異なるものではなく、それゆえにチャンドラーがパルプ誌に書くことにあまり抵抗を感じなかったというのは半ば定説化している見方だが（MacShane 47）、ジャンル／媒体の制約を考慮に入れないのはチャンドラーに対して公平ではないように思う。

実際、ここから顧みれば、三人称小説のチャンドラーはまさにそうした「制約」に抵抗していたといえるだろうが、問題は一人称小説である。マクシェインはチャンドラーの「[短編]の多く、あるいはそれらの一部に戯画的な要素があり、それは自分が書いているものの多くがくだらないものであると知っていたことを示唆している」と述べている（MacShane 56）。これはいささか強すぎる主張にも思えるが、少なくとも短編期の後半に、パロディめいた作品が散見されるようになるのは事実だろう。彼が馴染んでいたイギリス文化をパロディ化するような主人公と、彼が従事していたハードボイルド小説をパロディ化するような悪党がペアとして登場する⑱「真珠は困りもの」が端的な例だが、⑯「ベイシティ・ブルース」のダルマスが「偉大なアメリカ探偵」を自称する場面も想起されるし（Chandler, CS 865）、⑲「トラブル・イズ・マイ・ビジネス」では表題となっている言葉は何度も繰り返され、最後には「ギャグ」だとされている（*SEN* 567）。㉒「山には犯罪なし」なども、チャーリーと呼ばれるナチの日本人工作員が登場するところからして真剣さを疑わせるが、ジョン・エヴァンズが読者に向かって「会いにきてくれたら頭皮の下の瘤《こぶ》を触らせてあげよう。いくつもあるんでね」などといっているのは（CS 1118）、しょっちゅう探偵を気絶させるチャンドラーの自己パロディのように思えてならない。

もちろん、パロディとは批評性の発露であるし、優れた文学作品にとって批評性はほとんど不可欠の要素である。例えば⑩「金魚」の場合であれば、その結末、死んだ男の妻がおこなう「文学的」な説明――それで小説が終わっていても美しかったように思える説明――を、散文的な探偵による観察で突き崩すところに、ハードボイルド探偵小説ならではの批評性＝文学性を見ることができるわけだ。そうした良質の作品を生み出す能力を、作家としてのチャンドラーが欠いていたわけではないだろう。ただ、「アイデアマンではない」彼は（SL 111）、批評性に富む短編を（あるいはウェルメイド程度の作品であっても）多く書くことはできなかった。それはまことに残念なことであったとひとまずはいわねばならないのだろう。

しかしながら、キャリア全体に照らしてみれば、徒手空拳でスタートし、苦労して書き方を学び、さまざまな試行錯誤を繰り返した短編期は、小説家チャンドラーにとって濃密な、極めて意義深い修業期間だった。三人称小説から一人称小説へとシフトし、マーロウの原型となる探偵を作りあげていく過程で、パルプ誌の「制約」を強く感じるようになっていったことは、もはや「新人」ではなくなったとき、そうした「制約」のないところでやれることを彼に意識させたはずである。一九三八年の春、チャンドラーが長編執筆に着手したのは、一義的には経済的な理由からのことだったかもしれない。だが、いわば詩学的な必然性がなければ、『大いなる眠り』の成功はなかったようにも思われるのである。

＊1　ジュディス・フリーマンの伝記には、チャンドラーがサンタモニカで受けた創作講座で最初に書いたものが一部引用されている（Freeman 133）。

＊2　これは性的に解釈されるのが通例だが、フリーマンは当時流行していた健康法の一つだった可能性を指摘している（Freeman 86-87）。

＊3　フリーマンはチャンドラーの飲酒を、妻を裏切ったことの罪悪感によるものとしている（Freeman 101）。また、チャンドラーの戦争体験を重視するなら、そこに戦争トラウマの影響を見ることもできるだろう（Trott 14）。

＊4　本文ではスペースの都合で省略した掲載誌については、①〜⑧⑩〜⑫『ブラック・マスク』、⑨『ディテクティヴ・フィクション・ウィークリー』、⑬〜⑲『ダイム・ディテクティヴ』、⑳『サタデイ・イヴニング・ポスト』、㉑『アンノウン』、㉒『ディテクティヴ・ストーリー・マガジン』、㉓『レイモンド・チャンドラー語る』（死後、一九六二年に編纂された本）、㉔『パーク・イースト』、㉕『ロンドン・デイリー・メイル』、㉖『アンティーアス』となる。

＊5　本作のエピソードについて⑩「金魚」で言及があるため、主人公が同一であると推測される。

＊6　本作が初登場となる刑事ヴァイオレッツ・マッギーは、ジョン・ダルマスを主人公とした作品に繰り返し登場する。

＊7　ともに三人称小説である②「スマートアレック・キル」と⑦「シラノの拳銃」の主人公の名が「ジョニー・ダルマス」と「テッド・カーマディ」に変えられたのは、チャンドラーがそれぞれの名前に愛着があったからか。いずれにしても、彼らは「マーロウ化」された「ジョン・ダルマス」と「カーマディ」とは別人と考えるべきだろう。

＊8　『ブラック・マスクの世界』（全五巻＋別巻）を編んだ小鷹信光でさえ、同誌がピークを迎えている頃の掲載作品のほとんどを「衛生無害」と呼んでいる（各務・小鷹二三八）。

＊9　ほぼ同じフレーズが⑬「翡翠」で（Chandler, CS 641）、そして『大いなる眠り』（*SEN* 629）でも使われる。

第四講

# マーロウ登場

——『大いなる眠り』

本章から、いよいよ長編作品を読んでいくことになる（「ネタバレ」が不可避となるので、作品を未読の方はあらかじめご承知おきいただきたい）。短編から長編への移行は、ほとんどの小説家のキャリアにおいて重要な節目となるだろうが、レイモンド・チャンドラーという作家にとって、第一長編『大いなる眠り』の執筆／出版とは、まさしく期を画する出来事であった。いうまでもなく、それは「フィリップ・マーロウ」の誕生を意味したからである。

前章で見たように、短編時代においても、例えば三人称小説から一人称小説へのシフトには、「マーロウ」の登場が近づいていることを（後代の読者からすれば）感じさせるところがあった。だがそれでも、短編と長編のあいだには質的な飛躍といいたくなるほどの相違があり、その質的差異はかなりの程度——あるいは、ほとんど全面的に——短編と長編という「ジャンル」の違いに出来しているように思える。とりわけチャンドラーの場合、「短編」の発表媒体は読み捨てられるパルプマガジンだったのだから、ジャンル変更の持つ意味は極めて大きかったはずである。もはや「アクション」や「ミステリ」を中心に据える義務などなく、代わりに「雰囲気」や「キャラクター」を深められるようになっ

——『大いなる眠り』

た（Hiney 101）。長さを気にしなくてよくなった以上、文章は洗練させられるし（James 116）、場面を丁寧に書きこむこともできる。そして、主人公＝語り手に好きなだけ内省させられるようにもなったのだ。

こうした意味において、チャンドラーの短編と長編は、いわば文学的次元を異にする別世界である。たとえその長編が、既発表の短編を組み合わせて作られたとしてもそうなのだ。『大いなる眠り』には「キラー・イン・ザ・レイン」（一九三五年一月）と「カーテン」（一九三六年九月）が再利用——チャンドラー自身の言葉を使えば「カニバライジング」[*1]（MacShane 67）——されているが、[*2]単に二つの短編が長編小説という器に入れられたわけではない。あらゆる段落がセンテンスごとに書き直されており（Fowles 51）、例えば有名な温室のシーンなど、「カーテン」では一一〇〇語だったものが二五〇〇語になっている（Durham 128）。『大いなる眠り』の三分の一が「キラー」、三分の一が「カーテン」に基づいているといっても（126）、短編とはストーリーも、人物関係も、そして「犯人」さえも異なるのである。

これほど「世界」が違う以上、「探偵」だけが同じだとは考えにくいだろう。チャンドラーはあるインタヴューで、「マーロウはパルプ誌からただ生まれてきたのです。彼は一人だけの人間ではありませんでした」と述べているが（Chandler, *RCS* 216）、パルプ作家に課される要請や制約から自由にならなくては、「マーロウ」の誕生は起こり得なかったのだ。

事実、というべきか、示唆的なことに、チャンドラーは「マーロウ」を生み出したあとも、まだ書いていたパルプ誌での短編にマーロウを登場させることはなかった。『大いなる眠り』は一九三八年春に執筆が開始され、三ヵ月後に脱稿され、一九三九年二月にクノップフ社から出版された。「ベイシティ・ブルース」（一九三八年六月）、「レイディ・イン・ザ・レイク」（一九三九年一月）、「トラブル・イズ・マイ・ビジネス」（一九三九年八月）といった短編で、（マーロウの「原型」の一人とされる）ジョン・ダルマスが主人公とされ続けたのは、自分がパルプ誌に書く短編には「マーロウ」の居場所がないことを、『大いなる眠り』を書いたチャンドラーがよくわかっていたからではないだろうか。

『大いなる眠り』に取り組んでいた当時のチャンドラーにとって、長編小説を書くことと、マーロウという主人公を造形することは、おそらく不可分の関係にあった。この作業仮説を検証するのが本章の主な目標ということになるのだが、作品を具体的に論じる前に、いつものように伝記的背景を見ておこう。

と書いたものの、『大いなる眠り』の執筆前後の時期は前章で扱った短編期と重なっていることもあり、実は記しておくべき情報はあまりない。ただし、この情報の少なさが、当時のチャンドラーの生活が平穏なものであったことの証左でもある点は強調しておいていいだろう。その「平穏」な暮らしの基盤となったのは、改善された妻との関係だった。

深酒や職場での不倫といった不品行が原因で職を失ったチャンドラーは、シシーとの結婚生活を、それまでのひどい扱いを埋め合わせるかのように、大事にするようになったのである（Freeman 147）。

こうして修復された夫婦関係が、それ自体として創作活動に好影響をもたらしたことは間違いないだろうが、本章の文脈で特記しておくべきと思われるのは、シシーがチャンドラーを「レイミオ（Raymio）」や「ガリベオス（Gallibeoth）」といった愛称で呼んでいたことである（141）。前者はもちろん「レイ（モンド）」と「ロミオ」を合成したもので、わかりやすくロマンティックだといっておけばよいが、後者はなかなか興味深い。この見慣れない呼び名（インターネットで検索してもチャンドラーに関連する記事しかヒットしない）について、ジュディス・フリーマンは「ガラハッド」を思わせる「騎士的」なものであると指摘し、マーロウがチャンドラーのパーソナリティから生まれたとすれば、その「騎士的」な面はシシーが（作ったとまではいわないにしても）育てたものである可能性を示唆している（141）。

この時期の平穏な生活を支えたもう一つの要因として、パルプ誌に書き始めたチャンドラーが、必ずしも孤独に引きこもっていたわけではなく、他の探偵小説作家達と交流するようになっていった点もあげておけるかもしれない。E・S・ガードナー（一八八九－一九七〇）との親交は、短編デビューした直後から始まっていたし（チャンドラーはガードナー宛の手紙で、作家修業のために作品を参考にしたと述べている〔Chandler, *SL* 8-9〕)、その後も何人かの作家達とは、文通を経て直接会うようになっていった。

もっとも、その交友は控え目のものでもあったようで、この「距離」は、チャンドラーが「パルプ小説」に対して感じざるを得なかった距離であったのかもしれない。彼がダシール・ハメットと一度だけ会ったことがあるというのはよく知られたエピソードであり、それは一九三六年一月一一日に『ブラック・マスク』の関係者が集まった晩餐の会においてだったのだが、その席でこの二人が何か言葉を交わしたのだとしても、残念ながらその記録は残っていない。なお、この会に集まった作家達の有名な集合写真を見ると、一一人のうち「カメラ目線」でない(そして笑顔でもない)作家が三人おり、それはチャンドラーとハメット、そしてホレス・マッコイである——単なる偶然といえばそれまでだが、この三人だけが「ただの大衆小説」の枠をこえて現在まで読み継がれていることを思えば、象徴的な事実であるともいえるだろう。

ともあれ、安定した環境で作家としてのキャリアを積んだチャンドラーは、経済的事情もあったにせよ、いわば満を持して第一長編を執筆した。「元ネタ」があったにしても、わずか三ヵ月で『大いなる眠り』を脱稿したというのは驚嘆すべきスピードというしかなく、その充実ぶりがうかがえるだろう。だが、出版当時の評価は、それほど高いとはいえなかった。まともな書評はほとんど出なかったし(Hiney 107)、売り上げに関しても、クノップフ社が出した初版が二刷で一万部売れ、次いでグロセット・アンド・ダンラップ社が出した廉価版も三五〇〇部売れたというのは決して悪くなかったのだが、チャンドラーが期待していたほどの収入にはならなかった（広い読者を獲得するには、一九四三年にエイヴォン・ブックスから出版されたペーパーバック版、そして一九四五年に「軍隊文庫」に収められるのを待たねばならなかった）[*3]。かくして彼は、第二長編に取り組むかたわら、短編執筆を引き続きおこなっていったのである。

同時代に正当な評価を受けたとはいえないにしても、今日では『大いなる眠り』はチャンドラーの代表作の一つとして認知されており、批評の数もチャンドラー作品の中で群を抜いて多い。これには小説自体の面白さはもとより、ハワード・ホークス監督『三つ数えろ』の原作となったことなど、さまざまな理由が考えられるが、やはり最大の要因は、本作が「マーロウもの」の第一作であることだろう。「シリーズもの」が「シリーズ」になるのは、むしろ第二作においてであるという点は強調しておきたいが、文化的イコンでもあるマーロウへの関心が、その初登場作品に向けられるのは当然というしかないはずだ。

本章の主たる関心も、チャンドラーが長編において「マーロウ」をどう提示しているかにある——といってしまうとシンプルに聞こえるが、そこにはマーロウという「キャラクター」をどのように造形し、どのような「世界」に登場させ、どのような「ストーリー」

に放りこむかといった諸問題が含まれるので、実は見かけほど単純ではない。もっとも、これらの「問い」に対し、チャンドラー批評は「マーロウは現代を生きる騎士である」といった「答」をもって応接してきたのだし、その定説についてはひとまず受け入れておいてよいだろう。

実際、『大いなる眠り』という小説は、マーロウを「騎士」として提示する作品だと考えておくことで、[*4]かなり見晴らしがよくなるように思える。そもそも物語の冒頭において、石油で財を成したガイ・スターンウッド将軍から呼び出されたマーロウは、玄関ホールのステンドグラスに騎士の姿を見るのだ。

……暗い色の鎧をつけた騎士が貴婦人《レディ》を救おうとしている。女性は木に縛りつけられていて、とても長い便利な髪を除いては、何も身につけていない。……騎士は貴婦人を木に縛りつけている縄の結び目をいじっているが、作業は進んでいない。私はそこに立ちながら、もし自分がこの家に住んでいれば、遅かれ早かれそこまであがっていって、彼を手伝うことになるだろうと考えた。彼は本気でやっているようには見えなかったのだ。(Chandler, *SEN* 589)

将軍からの依頼は、次女カーメンが巻きこまれている脅迫事件を解決してほしいというものだった。こうして（「キラー」に基づく）小説前半のマーロウは、いわゆる「苦難の乙女／囚われの姫君（damsel in distress）」のポジションにいるカーメンを救う役割を任じられるのである。また、姉の夫ラスティ・リーガンを殺したのが彼女だったと判明する（「カーテン」に基づく）後半においても、彼は彼女を（警察ではなく）病院に送るのだし、[*5] その選択はその事件のために窮地に陥っていた――やくざ者エディ・マーズに「縛りつけられて」いた――長女ヴィヴィアンを救うことにもなる。

したがって、マーロウという「騎士」はスターンウッド家の二人の「貴婦人」を救出することになるわけだが、もちろん『大いなる眠り』はこうした「ロマンス」的筋立てにすっきりと回収されるような小説ではない。マーロウ自身がチェス盤を見つめながら思うように、「このゲームではナイトは何の意味も持たない。これは騎士《ナイト》のためのゲームではない」のだから（707）。彼が救うスターンウッド家の娘達は、妹は「いつだって麻薬で頭がおかしくなっている女でしかない」し（614）、彼に対して常に高圧的に振る舞う姉にしてもギャンブル依存症で、やくざ者との関係にはまりこんでいる。一晩のうちに二人から性的勧誘を受けたマーロウは、翌朝になっても二日酔いのように「私の胸をむかつかせているのは女達だった」と苦々しく思う（709）。金の力で甘やかされ、守られてきた彼女達は、チャンドラーが尊敬していたF・スコット・フィッツジェラルドの『グレート・ギャッツビー』からの表現を使えば、まさに「不注意な人々」なのであり（Fitzgerald, *The*

*Great Gatsby* 139）、「騎士」が救いたいと思うような「貴婦人」ではないのである。

スターンウッド家の二人の娘が「貴婦人」などではないという事実は、小説冒頭の数章においてすでに明らかになっているのだが、「貴婦人」がどこにもいないことに象徴される（二〇世紀的な）「現実」にマーロウという「騎士」を直面させ、幻滅させていくというのが、第一長編におけるチャンドラーの基本方針であったように思える。というのも、ときに指摘されてきたことだが、この小説は二つの短編プロットを巧みに接続している一方[*6]、最初と最後（前半と後半）でトーンが異なっているように見えるからだ（Speir 19）。

将軍から依頼された当初は自信満々であったマーロウは、それに相応しくというべきか、小説の前半ではときどきナイーヴなところを垣間見せる（Rabinowitz 130）。例えば第一一章において、この国で「前科者」になるのは「正しい人々」にコネがなかったからにすぎないというヴィヴィアンのシニカルな言葉に「私としてはそこまではいいたくないな」と反論したり（Chandler, *SEN* 630）、かつての同僚バーニー・オールズに向かってマーズの賭場を警察がきちんと取り締まるべきだといって、「年相応になれよ」といわれてしまったりする場面などがすぐに想起されるだろう（634）。

そうした「ナイーヴさ」は「若さ」でもあり、それは前半の物語に「活発」な印象を与え、そこではマーロウの思考や発話も「威勢がいい」ものとなっているのだが、それが後半になると、「内省的」で「メランコリック」となっていく（Mihaies 94）。ターニング・ポイントとして、第二一章の冒頭を見ておこう。

スターンウッド邸には近寄らなかった。オフィスに戻り、回転椅子に座って、久しぶりにせっせと足をぶらつかせた。窓から強い風が吹きこみ、隣のホテルのオイルバーナーが出す煤が吹きおろされて部屋に入り、空き地を漂う回転草のように机の上で転がった。私は昼食をとりに出ようかと考え、人生はかなり味気ないものだと考え、一杯ひっかけても人生は変わらず味気ないままであるだろうと考え、こんな時間に一人で酒を飲んでもどうせ楽しくもないだろうと考えていた。そう考えていると、ノリスから電話がかかってきた。（Chandler, *SEN* 684、傍線は引用者）

これは（あまり指摘されない事実だが）短編「金魚」（一九三六年六月）の冒頭を再利用した一節で、傍線を引いたところが主な加筆部分である。それが「実存的なひねり」を加えるものとなっているのは（Hill et al. 271n2）、チャンドラーが短編を長編に組み入れる際におこなった改稿の例として興味深いが、その点をふまえた上で強調したいのは、こうした内省を経てマーロウがマーズにコンタクトをとり、リーガン探しを開始することである。

引用文の最後でかかってくる老執事ヴィンセント・ノリスからの電話は脅迫事件の解決と報酬を確認するものであり、マーロウがリーガンを探す論理的（職業的）必然性は何もない（Marling, *Raymond* 78）。したがって、マーロウがそれをおこなうのは、彼自身の意思による——あるいは「人生の味気なさ」に突き動かされての——行動と考えざるを得ないだろう。そして（現在の）読者は、「もう一杯飲んでいっさいのごたごたを忘れてしまうのが私にとって賢いことだった」と思いながらマーズに電話をかける探偵を見て（Chandler, *SEN* 686）、いかにもあのマーロウらしい行動だと思うだろう。チャンドラーが二つの短編を接続する章で、探偵に「内省」を経て「賢くない」振る舞いをさせたこのときが、マーロウが「誕生」した瞬間であるといえるかもしれない。

リーガン探しが、マーロウが「マーロウ」であることの「意味」と根源的に関わっているとするなら、小説後半が重苦しい空気を醸し出すのもうなずけるだろう。マーロウの——「騎士」としての——探求が報われないことは、小説のいわば「不在の中心」であったリーガンが、物語の開始時点ですでに死んでいたという虚しい結末によって最終的に確認されることになるわけだが（Ricketts and Ferrall 66-67）、この結末が効果を持つのは、そこに至るまでの過程が、マーロウがリーガンと「同一化」していく過程でもあるためだ。彼はカーメンに誘惑され、ヴィヴィアンとは性的な緊張感があるやり取りを続け[*7]、モナ・マーズに惹かれる。モナとの関係については後述するが、こうしてリーガンが持っていた女達との関係を追体験していった末に、彼はカーメンが自分を撃ち殺そうとしたことを「根拠」として、彼女がリーガンを殺したという結論を導く。これはとうてい「推理」と呼べるような代物ではないはずだが、それゆえにマーロウがリーガンと同一化しているわかりやすい証拠と見なしてよいだろう。

マーロウとリーガンの「同一化」という点で看過できないのは、スターンウッド将軍との関係である。振り返ってみれば、そもそも将軍が脅迫事件に関する依頼でマーロウを呼び寄せたのは、彼にリーガンという「騎士」の「代役」を頼むためだった（Rzepka 702）――「ラスティがいるあいだに私をゆすろうとする者がいたら、そいつをたいへん気の毒に思わねばならないところだっただろうな」（Chandler, *SEN* 595）。だとすれば、マーロウがその依頼で自分は試されていると感じるとき（603）、「テスト」の中身は、彼がリーガンの「後継者」として将軍の信頼を得た「騎士」になれるかということになるはずだ。

そしてマーロウはその「テスト」に合格する。脅迫事件を解決したためではなく、頼まれてもいないのに将軍の心情を忖度《そんたく》してリーガン探しに着手し、それを譴責《けんせき》されたときには報酬の返上を申し出ることによってである。小説前半の終わり近くでは、かつての上司である地方検事タガート・ワイルドに、自分は生計を立てるために売れるものを売っているだけだと「プロレタリアート」的な啖呵《たんか》を切っていたマーロウだが（674; Marling, *Raymond* 85）、後半の彼は（「資本家」の）将軍との関係を「ビジネス」を超越した個人的忠義のレヴェルに移してしまうのである[*8]（J. Smith 188）。

そうした「個人的忠義」の関係は、本稿の文脈では「主君」と「騎士」の関係であるといっていいだろうが、そこで目を惹くのは、この小説にしばしば「戦士《ソルジャー》」という言葉が出てくることだ。「ソルジャー」とは（「ビジネスマン」の）マーズがマーロウに対して揶揄的に用いる呼称であるのだが、読者として強く印象に残るのは、マーロウがIRAの闘士だったリーガンと同じく「戦士のような目」を持っているとノリスがいう場面だろう（Chandler, *SEN* 752）。将軍自身が自分はもはや「戦士」ではないと認めるとき（751）、彼はマーロウにその役割を――現代版の「騎士」として――期待していることを意味するはずだ。勝手にリーガン探しを始めたマーロウをいったんは咎めたとしても、「命令不服従」はもとより将軍自身が好む資質であったのだし（594）、初回の会見ではマーロウを「サー」と何度も呼んでいた将軍が、リーガン捜索を依頼する二回目の接見ではその表現を用いず、最後には「マーロウ」と呼び捨てにさえするのは、彼らの関係が依頼人と探偵から、信頼に基づく上官と部下――「主君」と「騎士」――の関係に変化したことの証左であるようにも思われる。

もっとも、マーロウがこのようにして将軍との「絆」を取り結び、リーガン探しを正式に依頼されたのは、小説のまさに最終盤（全三二章中の第三〇章）においてのことであり、その後まもなく、彼がスターンウッドの地所を離れさえしないうちに、リーガンは死んでいることが明らかになる。これは明らかにアンチクライマックスであり、ともすれば構成上の瑕瑾《かきん》であるようにも――将軍との二度目の会見はもっと前に移動するべきだったと——感じられかねないところだが、チャンドラーとしては「騎士」マーロウの「貴婦人」を求める物語の結果を先に据える必要があったのだろう。

ここで念頭に置いているのは、もちろんモナとの関係である。モナの「救出」は小説後半におけるストーリーの中心であるといっていい。作中四日目、というのはつまりマーロウがスターンウッド家の娘達のせいで「二日酔い」になっている日だが、彼は自分を尾行していたハリー・ジョーンズと接触し、モナの居場所についての情報を得る。正確には、彼はその情報を、かつてアーサー・グウィン・ガイガー（ポルノ本を扱い、カーメンのヌード写真を撮った男）の書店で働いており、ガイガーの死後はジョー・ブロディ（カーメンとの「手切れ金」を将軍から受け取った男）と協力してガイガーのポルノ本を手に入れようとし、ブロディの死後はジョーンズの愛人となったアグネス・ロゼールから得るのだが、この安っぽいファム・ファタールを守ろうとしてマーズの手下ラッシュ・カニーノに殺された小男ジョーンズの「騎士」的な振る舞いに、マーロウはいたく感動する——「きみは「カニーノ」を欺き、小さな紳士よろしく青酸カリを仰いだわけだ。きみは毒にやられたネズミのように死んじまったな、ハリー。だが、私にとっては、きみはネズミなんかじゃない」（723）。アグネスと話してジョーンズのオフィスを出たとき、ジョーンズの死に顔と同じ表情をしていたというのは（725）、彼がジョーンズにエンパシーを抱いている証左であるはずだ（Hill et al. 363n28）。

かくしてマーロウは、いさんでモナを助けにいく。モナはリーガンが手に入れられなかった女であり、スターンウッド家の娘達とは違うはずであり、物語で起きるほとんどすべての事件の背後にいるマーズの妻であり、[*9] 哀れにも囚われの身となっている女性であり、その救出にはジョーンズの仇討《あだ》ちという面もある[*10]——これだけ多くの条件が揃《そろ》えば、マーロウが「ロマンス」の主人公のような気分になるのは無理もないかもしれない。スターンウッド家と関わって以来、いろいろと幻滅させられてきた「騎士」マーロウにとって、モナは最後に残されたロマンティックな希望、ピーター・ウルフの言葉を借りれば「夢の女」なのだ（Wolfe 119）。

しかしながら、事態はマーロウが夢見ていたようには進まない。隠れ家を発見したがすぐ気絶させられてしまう、ということではない。もちろん、「囚われの姫君」の縄を切ってやるつもりでいたら逆に縄を切ってもらう羽目になるというのは皮肉だとしかいいようがないが、はるかに深刻な問題は、モナが彼の思っていたような「貴婦人」ではなかったという事実である。彼女は——少なくとも彼女自身の意識では——監禁されてなどおらず、マーズのことを愛しており、夫への忠誠心を示すために髪まで切ってしまっている。彼女は彼女なりの「ロマンス」を生きており、「騎士」に救出されたいなどとはまったく思っていないのである。

モナが「囚われの姫君」ではないという「現実」を知ってしまったマーロウは、たぶん幻滅しただろう。だが、彼はそれでも自分の「ロマンス」に固執する。例えば、モナのプラチナの鬘《かつら》は夫への忠誠心を示すものだが、それを彼は「シルバー・ウィグ」という「愛称」に変え、彼女を自分の「ロマンス」に引きこもうとするわけだ。しかしそうした戦術はモナを翻心させるには至らず、その結果、彼は感情を爆発させてしまいもする。マーロウは彼女がかばうマーズを批判するだけではなく（その批判自体は正当なものだが）、マーズのことを「お粥（みたいにやわなやつ）」だと罵り、「きみみたいな女が間違った男のもとに走るのは、いつも相手がお粥みたいなやつのときなんだ」といってしまう（Chandler, SEN 738）。これでは嫉妬で我を忘れた情けない男のように見えてしまうし（カーメンをガイガーから救出しようとしたオーウェン・テイラーを想起させもする）、ロマンティシズムの醜い面——初対面の相手に「きみみたいな女」といってしまうような——を無残に露出させているというしかあるまい。

いま見た感情的な場面はかなり痛々しいものだが、おそらくさらに痛々しいのは、マーロウが自分の「独り芝居」を自覚しながら「ロマンス」に固執しているように思えることかもしれない。一緒に逃げてくれないモナに向かって「これはすべて前もってアレンジされたことなんだ。細部に至るまでリハーサル済みで、コンマ数秒まで時間も決まっている。ラジオの番組みたいにね。ぜんぜん急ぐ必要はないのさ。キスしてくれ、シルバー・ウィグ」という場面にしても（739）、自分の「ロマンス」がチープな「メロドラマ」にすぎないことをわかってしまっているようだし、カニーノを倒したあと「デートがあったんでね。[*11] いっただろう、ぜんぶアレンジされているって」といい「気が触れたように笑い出した」のも(742)、殺人を犯したことによるヒステリーであるだけでなく[*12]、「独り芝居」を虚しく演じきった自分自身を笑っているのではなかろうか。

　この小説がバーで酒を――第二一章冒頭における「内省」を思い出しておけば、おそらく「味気ない」酒を――飲むマーロウの、「『シルバー・ウィッグ』に二度と会うことはなかった」という述懐で閉じられていることからも(764)、モナに期待していた「ロマンス」への「幻滅」の深さが察せられるところだが、ここで戻って考えたいのは、チャンドラーがモナとの場面(第二八〜二九章)のあとにマーロウと将軍の二回目の会見を据えた理由である。すでに論じたように、この会見は「騎士」と「主君」の絆を取り結ぶものであり、その意味において、マーロウが(同時代の)「貴婦人」との「ロマンス」は無理でも(前時代の)「主君」は持てることを示唆するようにも思えるのだが、モナに関する苦い言葉こそが小説を閉じる事実を重視すれば、将軍との「絆」はマーロウにとって必ずしも慰めとはなっていないはずだ。

　そのように考えてみたときに気づかされるのは、二度目の会見で「慰め」を得られたのが、将軍の方だったということである。やはり触れておいたように、小説はこの会見のすぐあとにリーガン失踪の「真実」をアンチクライマックス的に開示するのだが、それはすなわち、将軍にリーガン捜索を依頼され、それを引き受けるとき、マーロウが真相を（ほぼ）確信していたことを意味するはずだ。だとすれば、第三〇章で彼がやっているのは、死が目前に迫っている将軍の「ロマンス」を守ってやることに他ならないだろう。マーロウは自分の「ロマンス」を生きることができないと思い知らされた。それでも――あるいは、だからこそ――彼は将軍のために「騎士」の役を演じるのである。

「騎士」として生きることと、「騎士」を演じることのあいだの境界線は、自意識によって引かれるしかなく、それゆえに極めて曖昧なものであらざるを得ない。だが、自分のために「騎士」の役を演じた第二八〜二九章と、将軍のために演じた第三〇章との違いは、「幻滅」を経験したマーロウの「成長」を示しているように思える。実際、その後の行動も将軍を守ろうとしてのものであることは明らかであり、彼はいわばリーガンが正しくこなせなかった役割を果たしてスターンウッド家の騒動に幕を引いてやるのだから、小説の結末で探偵が苦い思いを嚙み締めていようと――というより、まさしくそれゆえに――チャンドラーは第一長編を「幻滅のドラマ」としての「ハードボイルド小説」に相応しい形で収束させたとひとまずは結論づけてよいのかもしれない。

ただ、いくつか問題は残り、その一つがマーズとの関係である。小説中で起こる事件の背後にずっと影をちらつかせ、警察とも癒着しているこのキャラクターとの直接対決が描かれないというのは、マーロウがその必要性を意識しているだけに――彼はヴィヴィアンに「エディのことは忘れていい。少し休んだら会いにいくつもりだ。エディのことは私にまかせてくれ」という（763）――不自然な感じがする。チャンドラー作品には「組織犯罪」「職業的犯罪」が多く（Binyon 177）、それは「悪漢」が（「個人」というより）「社会的存在」となっている（Jameson 86）、つまり社会システムに「犯罪」が組みこまれてしまっているという認識ともつながっているはずであり、ロサンゼルスがマーズでさえ統御できない大都会となっているというマーロウの言葉にその認識の一端は示唆されてもいるのだが（Chandler, *SEN* 643）、それを十分に展開するだけの余裕は第一長編にはなかったのだろう。*13

そしてもう一点、将軍との美しい関係にしても問題含みである。「貴婦人」を得られない「騎士」マーロウは最終的に「主君」に忠義を尽くすが、そもそもスターンウッド家の現状は、将軍その人が娘達を顧みない、金持ち階級の「不注意な」人間であることと切り離せないはずである（リーガンの死体がスターンウッド家の油田に投棄されているというのは象徴的だろう）。カーメンを見ながら「美しく、甘やかされた、あまり聡明とはいえない娘――道をとても大きく踏み外してしまっており、それについて誰も手を打とうとしない。金持ちなどくそくらえだ。連中は私の胸をむかつかせる」と考える小説前半のマーロウはそのことをわかっていたはずなのに（636）、その問題はいつの間にかうやむやになってしまうのだ。

このように見てくると、『大いなる眠り』のハードボイルド小説としての構築、あるいはマーロウのハードボイルド探偵としての造形は、より大きな（社会的な）問題をいささか強引に抑圧することで遂げられたといえそうである——結局のところ、「小説結末でマーロウが殺人者カーメンをヴィヴィアンに引き渡したとき、多くの死者を出したものの、何もよくなっていない」のだから（Moore 9）。そうした抑圧が残した傷の大きさをどう診断するかは個々の読者に委ねたいが、チャンドラーのキャリアを追いかけていく本「講義」としては、そうした「傷」が目につく形で残ったという事態を含め、彼が第一長編の執筆によって得た経験を、次作以降でどう活かしていくかをしっかり見守っていかねばなるまい。いま述べた「抑圧」が、ロマンティックなマーロウの物語を「幻滅のドラマ」として提示しようとした結果であるとしても、チャンドラーがそれを第二作以降で繰り返すわけにはいかないからだ。「ロマンティック」な主人公が、毎回「現実」にぶつかり、毎回「幻滅」するというのではただの茶番だろう。その意味において、『大いなる眠り』のマーロウは、すでに触れておいたことだが、「シリーズ」は「第二作」でスタートする。その後のマーロウの原型なのである。

＊1　「カニバライジング（cannibalizing）」という語については「食人」といういささかショッキングな意味がまず想起されるのだが、「（機械などから）利用できる部品を取りはずす」「（他の作品から）盗

用する」といった意味もある。

*2　他に、「フィンガー・マン」と「翡翠」からも少しだけ再利用されている。どの章にどの短編が利用されているかは、小鷹信光がわかりやすく図示してくれているので参照されたい（『ハードボイルド』一六七）。なお、「金魚」からの再利用もあるが、これについては本文中で言及する。

*3　ジョン・タスカによれば、「[チャンドラー]はクノップフ社のリストの一つの名前にすぎなかった。クノップフはチャンドラーの宣伝をほとんど何もしなかった」（Tuska 305）。

*4　この小説の映画化の際に脚本を担当したウィリアム・フォークナーが、南部紳士を主人公とした探偵小説短編集（と表題作）を『駒さばき（騎士の陥穽）』（一九四九）と題したのは偶然ではあり得ないだろう。

*5　カーメンを救えるのは「騎士」ではなく医者であり、現代社会では騎士道はハッピーエンドを導けないとする論者もいる（Mathis 48）。

*6　例えばジョージ・N・ダヴは、前半の問題が解決される過程で「謎」が残され、それが後半の物語を駆動するという構成を評価している（Dove 103）。もちろん、短編を組み入れたために生じた瑕疵《かし》もある。その代表例はオーウェン・テイラーの死をめぐる問題であり、映画化に際して誰がテイラーを殺したのかとホークスに訊ねられたチャンドラーが答えられなかったのはあまりにも有名なエピソードである（Chandler, *SL* 155-56）。ある論者は、テイラーがカーメンにふられ、彼女がポルノ写真を撮られるのを阻止できず、その上ガイガーを殺してしまったことを思えば自殺に違いないと

しており（Routledge 97）、これは説得力がある説のように思えるが、小説中で説明がないというのはやはりおかしいだろう。

＊7 短編「カーテン」では「ヴィヴィアン」の立場にいた人物は「犯人」の「母」であり、それを長編で「姉」としたことで、彼女が性的な存在となり、マーロウとのあいだに緊張感が生じたことはしばしば指摘される（Fowles 53; Marling, *Raymond* 77）。ただし、『大いなる眠り』において、親指をしゃぶり続け、「キュート」を口癖にするカーメンが「子供」じみているがゆえにグロテスクな存在であり（Simpson 86, 88）、ヴィヴィアンがその「母」的な役割をある程度は担わされていることも（Spinks 132）、「カーテン」の組み入れに関して留意しておくべき点だろう。

＊8 この点に関してマーロウの対極にいるのが、「ビジネス脳」を持っていて、「個人的感情（嫉妬心）」からリーガンを殺したりはしないと評されるマーズである（Chandler, *SEN* 683）。なお、「自分はただのビジネスマンだ」とアル・カポネがいっていたことはよく知られている（Hill et al. 265n16）。

＊9 マーロウを除くと「キラー」「カーテン」の両方に対応するキャラクターがいるのはマーズだけであり、しかも二作の「マーズ」はそこで生じる犯罪に関しては無実であるのに対し、『大いなる眠り』のマーズは作中で起こる暴力の大半に（その背後にいるという形で）関わっている（Rabinowitz 126）。

＊10 カニーノが無害のジョーンズを殺したことが、マーロウのカニーノ殺害――マーロウが全作品の中でおこなう唯一の殺人――を正当化するように機能すると論じる批評家もいる（Marling, *American*

215)。マーロウはアグネスとすでに関係があり、ストーリー的にはジョーンズに関するエピソードは省略可能であったことについては、Imbro 32を参照。

＊11　これは「きみとのデートがあるので戻ってきたんだ」という意味の「ロマンス」的な台詞であり、気絶から目を覚ましたマーロウが時間を訊ねたとき、モナが「デートの予定でもあるの?」といったことに対応している（Chandler, *SEN* 734）。

＊12　小説の進行にともない、チャンドラーが「男性的」であるはずのマーロウに暴力的場面でヒステリーに近い――彼を「女性化」するような――反応をさせていくという指摘もある（Rizzuto 66）。

＊13　したがって、『大いなる眠り』の続編――ロバート・B・パーカー（一九三二－二〇一〇）による続編『おそらくは夢を』（一九九一）――が書かれることにはある種の正当性があったともいえようが、モナと離婚しているマーズがヴィヴィアンを愛しており、彼以上の巨悪と戦うマーロウに協力するというのは、チャンドラーらしくない展開のように思われる。

第五講

# シリーズの始まり

――『さよなら、愛しい人』

レイモンド・チャンドラーのキャリアを俯瞰したとき、一九四〇年に刊行された『さよなら、愛しい人』が持つ重要度は非常に高い。前章で強調しておいたように、「シリーズ」は二作目が書かれることで始まるからだ。もちろん、『大いなる眠り』に取り組んでいたチャンドラーに、「マーロウもの」をシリーズ化する目論見がまるでなかったとはいえないだろうが、とにかく第一作が成功しなくては第二作もないのだから、先のことまで考える余裕がそれほどあったとは思いにくい。「現代を生きる騎士」とは、後代の読者の観点からすればなおさら、フィリップ・マーロウを「シリーズ」の主人公とするのに相応しい設定/個性であったといえようが、ロマンティックな主人公が夢に破れて苦い思いを嚙みしめるというのは、「幻滅のドラマ」としてのハードボイルド小説の定番でもある。それはすなわち、『大いなる眠り』は「続編」を前提/必要としない小説であったということであり、実際、仮に『さよなら、愛しい人』以降の作品が書かれなかったとしても、『大いなる眠り』はハードボイルド小説の古典として読み継がれていくことになっただろう。

それに対し、『さよなら、愛しい人』は、「シリーズ」の一冊であることを前提として書かれた小説である。だとすれば、「マーロウ」は「シリーズ・キャラクター」としていわば再造形されなくてはならなかったはずだし、それにともなって、マーロウが「住人」として生きていく世界も見直されることになったはずだ。そうした点において、第一作とは違う苦労が第二作にはあったと推測されるのであり、事実、というべきか、チャンドラーは『さよなら、愛しい人』の完成にかなり手こずることになった。彼はこの第二長編を、やがて第四長編『水底の女』となる小説の執筆と並行して書き進めていったが（そのことは、この作品が「シリーズ」の一冊であるという意識をさらに強めただろう）、三ヵ月で脱稿した前作とは大きく異なり、書きあげるには一年――一九三九年四月から翌年四月まで――かかってしまうのである。

そうした苦労のかいあって、『さよなら、愛しい人』は出版時から（売り上げは『大いなる眠り』にも及ばず、チャンドラーを失望させるものの）高い評価を受け、現在においても多くのチャンドラー・ファンに愛される一冊になっているし、チャンドラー自身が特に気に入っていたことも知られている。しばしば言及される一九四九年の手紙を引用しておけば――「私としては『さよなら、愛しい人』がいちばんで、さまざまな要素を同じように組み合わせることは、二度とできないだろうと思っています。[『リトル・シスター』より] 骨格はずっとしっかりしており、無理なく作られていて、もっとなめらかです」(Chandler, SL 192)。

もっとも、「犬が好きだった男」（一九三六年三月）、「トライ・ザ・ガール」（一九三七年一月）、「翡翠」（一九三七年一一月）という三つの短編を「カニバライズ」したこの小説が[*1]、本当にそれほど「無理なく作られて」いるのかという点についてはときに疑義が呈されてきたし、例えばマーロウがキャラクターの名前を間違えるといった有名な凡ミスもあるのだが[*2]、チャンドラーのキャリアを追いかけていく本「講義」としては、作品の完成度を問い直すというより、第二作の「苦労」がいかなる実りをもたらしたかを見定め、評価することを主な目標としていきたい。

右で述べたように、チャンドラーは『さよなら、愛しい人』の執筆に約一年を費やした。これは前作と比べればずいぶん長いとはいえ、中年男性の人生においてはさして長い期間ではなく、この時期に大きな出来事が起こったということもない。七〇歳に近づいていた妻シシーの健康問題もあり、チャンドラー夫妻はお互い以外の人間にあまり会うこともなかったようだ（Hiney 108）。

ただし、「大きな出来事がなかった」というのは、ある意味では結果論である。というのも、ヨーロッパにおける戦争状況に関心を抱いていたチャンドラーは、イギリスが参戦した一九三九年九月にカナダ陸軍に志願しているからだ（同月二九日に、主に五一歳という年齢を理由に却下された）。その行動が、はたして熟慮の末のものだったのかどうかは——八月二三日の手紙では「戦争を考えまいとする努力が、私の精神年齢を七歳に引き下げています」などと書いている（Chandler, *SL* 9）――よくわからないというしかない。どこにいても居心地が悪く感じてしまうチャンドラーのような人間にとっては、衝動的なものであったと見なすのが妥当なのかもしれない。

『大いなる眠り』が経済的な成功につながらなかったチャンドラーは、第二作の執筆と並行して短編も書かねばならなかったが（「待っている」を高級誌『サタデイ・イヴニング・ポスト』〔一九三九年一〇月〕に載せたのもこの時期である）、第一長編が出版された翌月（一九三九年三月一六日）にノートブックに書かれた「プラン」は、彼の作家としての野心を示すものであり、少し触れておくべきだろう。そこには「一九三九年の残り、一九四〇年のすべて、一九四一年の春のあいだ、そしてもし戦争がなく、いくらか金があって、イギリスに取材に行けるようなら」とした上で、①『法律は金で買うところにある』、②『ブラッシャー・ダブルーン』、③『黄昏地帯』という三つの探偵小説（それぞれ「カニバライズ」される作品名が併記されている）を一九四〇年の末までに完成させ、ミステリを忘れて④『イギリスの夏』という「ドラマティックな小説」で大ヒットを飛ばせれば、その後は新しい「タイプ」を考えつくまで、⑤「空想物語」とドラマティックなものを書いていきたいと記されている。

銘記しておいてよいのは、第一長編を出版した直後のチャンドラーが、いつまでも探偵小説を書いているつもりがなく、ゆくゆくは「イギリス的」な作品を書くことを願っていた点だろう。④は「イギリスにおけるアメリカ人」を扱った小説ということで、明らかにヘンリー・ジェイムズを想起させるものである（一九五七年に完成されるが、出版は死後の一九七六年）。⑤の空想物語――ファンタジーはやはりイギリスが本場だろう――についてはこの「ノートブック」にもタイトルが載っている「青銅の扉」を一九三九年一一月に発表したものの、あとは「ビンゴ教授の嗅ぎ薬」（一九五一年六月〜八月）を書いただけにとどまった（ちなみに、どちらも「人間が消える」話である）。

この「プラン」はとりわけ後半に関しては思ったようには進まなかったわけだが（外的要因の一つとして、チャンドラーが長く映画業界に携わったことをあげられるかもしれない）、④⑤の計画が未達成に終わったといわざるを得ないとしても、あのチャンドラーの愛読者としては、それほど大きな損失だとは思えないだろう。さまざまな「タイプ」の作品を書こうと構想することにはチャンドラーの「職業作家」としての意識がうかがえるが（MacShane 81）、ともあれそうしたプロ意識に従って、彼はしばしば投げ出したいと思いながらも①を『さよなら、愛しい人』として、②を『高い窓』として完成させ、③にしても設定的には『プレイバック』において活かしたのであり、我々としてはその事実を喜んでおけばよいと思う。

引用しておいた『さよなら、愛しい人』に関するチャンドラーの自賛にも感じられることだが、前作に続けて読んでみると思わされるのは、この第二長編が小説としてずっと洗練されていることである。例えばプロットに関していえば、『大いなる眠り』は前半が「キラー・イン・ザ・レイン」、後半が「カーテン」の筋立てを使っており、それゆえに読みやすくはあるのだが（おそらく書きやすくもあっただろう）、ともすれば二つの物語を並べただけという印象も受ける。それに対し、『さよなら、愛しい人』においては、刑務所から八年ぶりに出てきた大男ムース・マロイがかつての恋人ヴェルマ・ヴァレントを探す物語（「トライ・ザ・ガール」の再利用）を「外枠」とし、その内側に宝石盗難事件（「翡翠」の再利用）とカジノ船に探偵が乗りこむエピソード（「犬が好きだった男」の再利用）を組み入れるという構成をとっており、「カニバライズ」された三つの物語が有機的に結びつけられているわけだ。

もっとも、先にも示唆しておいたように、その結びつきが「有機的」であるという点については否定的な論者もいる。よく指摘される例は、小説終盤におけるカジノ船のエピソードである。「犬が好きだった男」では、カジノ船が文字通りクライマックスの舞台となるのに対し、『さよなら、愛しい人』のマーロウが（元警官レッド・ノールガードの助力を得て、さんざん苦労しながら）乗船しておこなったことといえば、暗黒街のボスであるレアード・ブルーネットにマロイへの伝言を依頼しただけなのだ——それくらいのことなら、わざわざ短編を組み入れなくとも、マーロウにブルーネットのナイトクラブを訪れさせてもよかったはずだろう（Fuller 68）。

また、「翡翠」から再利用された霊能力者《サイキック》ジュールズ・アムサーに関する部分にしても、『さよなら、愛しい人』という小説の「本筋」とはまったく関係がない。「ハリウッド・インディアン」たるセカンド・プランティング（短編では探偵ジョン・ダルマスに射殺される）も登場するこのシークエンスの説話上の役割は、マーロウをソンダボーグなる怪しい医者（この人物も「本筋」とは無関係である）のところに運びこませ、彼にその病院で匿われているマロイの姿を瞥見《べっけん》させるというだけのものであり、それは読者に対して——とりわけ「探偵小説」の読者に対して——フェアではないという指摘があるのもひとまずは理解できるはずである（Wolfe 144）。

こうした批判は、チャンドラーがプロット作りを苦手とするという定説に鑑み、それなりに説得力があるように思えるかもしれない。だが、小説の優劣は「無駄のないプロット」によってのみ決まるわけではない。とりわけそれが「探偵小説」としての「無駄のなさ」——「謎解き」に直接関係していること——を意味しているのなら、チャンドラーが伝統的な推理小説に対して批判的なことが周知の事実である以上、それをチャンドラー作品に対する評価基準として用いることの有効性を、むしろ疑わねばならないのではないだろうか。『大いなる眠り』におけるラスティ・リーガン殺しの真相が、とうてい「推理」と呼べるようなものではない形で示されたのと同様、『さよなら、愛しい人』におけるプロットの中心をなす「謎」、つまり富豪の妻ヘレン・グレイル（＝ヴェルマ）の宝石を取り戻すためにマーロウを同行させたリンゼイ・マリオットがなぜ殺されたのかという点に関する説明も、強固な論理に基づいてなされるわけではない。[*3] 結局のところ、『さよなら、愛しい人』（と『大いなる眠り』）において、「謎」は読者の関心を惹くトピックではあっても、「小説」の中心にあるわけではないのだ。

そう考えてみると、チャンドラー作品においては「探偵小説」というフォーマット自体が一種の「ミスディレクション」になっているとさえいいたくなってくるが、「探偵小説」としては「無駄」であるようなものを次々に取りこんでいくところにチャンドラー作品の「小説」としての魅力を見る方が建設的だろう。そうした観点からすれば、例えばカジノ船のエピソードは、チャンドラーが一九三〇年代のロサンゼルス——とりわけ、この小説の主な舞台となるサンタモニカ（チャンドラー作品では一貫して「ベイ・シティ」と呼ばれる）——の「風俗」を紹介するのに格好のものとして（再）利用したと了解されるはずである。[*4]

同様の観察は、心霊術師アムサーや麻薬医師《ドープ・ドクター》ソンダボーグの提示に関してもあてはめられるだろう。とりわけ「麻薬医師」は、以後のチャンドラー作品には繰り返し登場するのだが、ある論者が指摘するように、マーロウが調査しているシリアスな犯罪に大きく関係することはほとんどない。彼らの存在は「プロット」の構成要素というより、マーロウが生きる作品世界の「雰囲気」を醸し出す機能を担っているのである。あとで触れる警察もそうだが、医師でさえ堕落してしまうのなら、職業倫理がもっと曖昧な弁護士や実業家については推して知るべし、ということになるわけだ（Richter 34）。

チャンドラー文学とロサンゼルスの関係は、「チャンドラー作品とロサンゼルス以上に、ある作家の作品が場所と密接に結びつけられてきた例はない」などともいわれるほどだが（Wells 82）、こうした南カリフォルニアの「風俗」の紹介が、「シリーズ化」最初の作品で盛んにおこなわれたことは、おそらく偶然ではない。時代錯誤の「ロマンティックな騎士」が登場する（そして幻滅する）舞台は、現代的な都市であればおそらくどこでも構わないだろう。だが、マーロウを「シリーズ探偵」としたとき、チャンドラーは探偵が生き続けていかねばならない世界を具体的な形で提示し始めたのであり、それが彼を「ＬＡ文学」の代表的作家にしていくのである。

海野弘が鋭く観察しているように、『大いなる眠り』はすでに「ロス中心部のほとんどをカヴァーして」いた。海野の「チャンドラーは探偵マーロウによって、ばらばらに散らばるロスの部分を一つにまとめて見せたのである。私たちはこういえるだろう、チャンドラーによって、ロサンゼルスは一つの都市として見えるものになったと」という指摘は（三九）、「私立探偵」のマーロウが警察にはできない「越境」をおこなうという指摘とあわせ（四七）、慧眼というしかないだろう。ただし、『大いなる眠り』のマーロウは確かに

——『さよなら、愛しい人』

ロサンゼルスの中心部を動きまわるものの、その舞台には「単調」なところがあった（浜野二七七）。実際、すぐに思い出せる場所としては、大富豪の邸宅とさまざまな犯罪者のアジト、そして探偵の事務所と住居くらいではないだろうか。

黒人街に始まる『さよなら、愛しい人』の舞台は、はるかに多彩である。そしてはるかに「リアリスティック」であるといっていい。[*5] 例えば〈フロリアンズ〉が五年前から黒人専用の酒場になったのは、二〇年代から三〇年代にかけて黒人人口が増加した結果、住宅規制が適用されて黒人達がサウス・セントラル地区に追いやられていったという状況を反映しているのだと思われる（パールストーン 二二〇）。隣家を覗き見ることを生きがいとしている哀れな老女ミセス・モリソンは治安の悪化を嘆くが、二二年前にアイオワ州（メイソン・シティ）から引っ越してきたとされており（Chandler, *SEN* 847-48）、それは彼女が「古参」の住人——大半を中西部からの移住者が占めていた——の典型であることを意味するはずだ。[*6]

あるいは、マーロウが付き合っていかねばならない「警察」（の腐敗）が、この小説ではほとんど主題化されている点を想起してもいいだろう。『大いなる眠り』のマーロウは、警察は完璧ではないもののそれなりにまともだと思っていたようだが（Marling, *Raymond* 84）、『さよなら、愛しい人』では（元警官レッドを除けば）正義漢カール・ランドールをほとんど唯一の例外として、ことあるごとに（些末なエピソードにおいても）警察は堕落しているか、無関心か、無力な存在として提示される。その代表がもちろんベイ・シティ警察——署長ジョン・ワックスの手をマーロウが「前足（paw）」と呼ぶのは偶然ではないだろう（Chandler, *SEN* 929）——であり、ガルブレイス（マーロウに「ヘミングウェイ」と呼ばれることで有名な警官）は、「警官は金のために不正を働くわけじゃない。彼らはシステムに搦め捕られているんだ」などと自己弁護する（938）。他人事のようにしていわせているのはチャンドラーのユーモアだろうが、ともあれこうして「構造的」なものとされる腐敗に汚染された警察は[*7]、マーロウが生きる世界の「背景」として設定されることになったのである。

このようにして、『さよなら、愛しい人』が提示する多彩な舞台は、作品に——「探偵小説」としては重要なものではなく、「無駄」な要素でさえあったとしても——「風俗小説」的な厚みを担保していく。「小説」として重要な点として加えて強調したいのは、この「多彩さ」が、「世界」に対する主人公マーロウの観察に人間味を付与しているように感じられることである。『大いなる眠り』のマーロウがシンパシーを抱くのはスターンウッド将軍（とせいぜいハリー・ジョーンズ）ぐらいであり、その他のキャラクター達は、共感しようがないカーメン・スターンウッドを典型として、ロマンティックなマーロウを幻滅させる散文的な現実世界の「象徴」にすぎない存在だった。それに対し、『さよなら、愛しい人』のマーロウは、彼が接する人々を、同じ世界に生きるリアルな「人間」

として見ているように感じられるのだ。

徴候的なのは、マーロウがさまざまな人間に「哀しみ」を見ることだろう。彼はマロイの目に(そして声にも)「哀しみ」を見て惹かれていくことになるのだし(769)、グレイル氏と握手したときにも目に「哀しみ」の色を見る(857)。そうした観察は、麻薬医師ソンダボーグにさえ(897)、そして無気力な刑事ナルティに対しても発揮されている(779)。そのようなマーロウは、かつてヴェルマが働いていた酒場の経営者の妻ジェシー・フロリアンにつくづくうんざりしながらも、醜く酔い潰れている彼女の瞼《まぶた》の下に光るものを見たような気になってしまう(791)。ショーン・マッキャンは、マーロウがこの小説で接する人々の「多彩さ」に注目し、彼が——ニューディール時代の理想的福祉国家のように——不当な社会で顧みられない人々の痛みを感じ、ロサンゼルスのバラバラの風景をおおむね一貫した「犠牲/欺き(victimization)」の物語として結びつけていると論じているが(McCann 159)、マーロウが見る世界はまさしく「哀しみ」で満ちているのである。

いま触れたマッキャンの議論は、『さよなら、愛しい人』のリアリスティックな面をうまくとらえたものといえるものの、一般的に「犠牲者」と見なしにくい人々——宗教的山師、ギャング、ジゴロ、堕落した刑事、有閑階級の金持ち——にはマーロウの共感が及ばないとしているのだが(159)、カジノ船に乗りこもうとする直前のマーロウがベッドに横たわってさまざまな人々のことを頭に思い浮かべる場面からしても(Chandler, *SEN* 943)、彼が共感を抱く対象を、あまり限定的にとらえるべきではないだろう。アムサーに救ってもらうためにはとにかく金がなければならないといったシニカルな言葉にしても（842）、金持ち階級の人間は「権力があっても他の誰とも変わらずびくびくしていて不幸である」という認識――「南カリフォルニアは［T・S・］エリオットのロンドンと変わらないほどの精神的荒地である」――とセットになっている点を看過すべきではあるまい（Margolies 45）。

そうした観点から注目したいのは、『さよなら、愛しい人』を『大いなる眠り』と大きく異なるものとした理由の一つとしてウィリアム・マーリンが指摘するように、マーロウが接する人々が「孤独」に苛まれている点である（Marling, *Raymond* 96）。右に列挙した「哀しみ」には、マーロウが勝手に「孤独」を読みこんでいる、つまり自分の孤独を他者に投影しているところがあるともいえるが（彼は警察署で見た虫にもシンパシーを感じてしまうくらいなのだ）[*8]、『大いなる眠り』の「騎士」が世界から「孤立」している――無理解な世界によって「孤独」を余儀なくされるといってもいいが、『マルタの鷹』のサム・スペード同様、その孤独は実存的なものであるようにも思える――のに対し、『さよなら、愛しい人』のマーロウの場合、彼が「孤独な世界」の「一員」であるという印象は拭いがたくあるだろう。

そのようなマーロウについて、ジュディス・フリーマンは「ロサンゼルスで生まれた新しい種類の孤独」――「いかなる種類の起源、家族、ルーツの感覚からも切り離されているという、心につきまとう感覚」――を体現する存在だと述べている（Freeman 79-80）。「起源の欠如」というのは、「アメリカのアダム」という表現があるように、「アメリカン・ヒーロー」の伝統的な属性であるが（その典型は西部劇における流れ者の主人公だ）、それが「孤独」として「問題化」されるのは、マーロウが「シリーズ探偵」として作品世界＝ロサンゼルスの「住人」になったこととつながっているといえるかもしれない。彼はアン・リオーダン――チャンドラー作品に登場する「モラル」を持つ数少ない女性人物の一人（Thorpe 69）――が差し伸べる優しい手を頑なに拒絶し、レッドが申し出る援助を「一人でやるか、やらないかだ」と断る（Chandler, *SEN* 959）。協力しようとする二人が、ともに現在の腐敗したベイ・シティ警察に属していない警察関係者であることは強調しておいてよい事実だろうが、ともあれ孤独が「問題化」されるような状況にいるからこそ、マーロウは「ヒーロー」として、孤独を自らの意志で選択しなくてはならないのである。

しかしながら、というべきか、そのような「ヒーロー」としてのマーロウは、実はたいして「活躍」しない。哀しみに満ちた世界で、さまざまな場所を訪れ、さまざまな人間に会うマーロウは、さまざまなものを見て、さまざまな感想を抱く。だが、それ以上のことはあまりできない――できないからこそ、「哀しみ」ばかり見えるのだ。マーロウほど敵にやられたり傷つけられたりするハードボイルド探偵はいないという指摘もあるが（Mihaies 114）、マリオットの警護に失敗し、アムサーに痛めつけられ、悪徳警官に昏倒させられ、ソンダボーグの病院で麻薬漬けにされ丸二日監禁され……というありさまだし、マロイに二件の殺人を犯させてしまうばかりか、目の前でマロイを撃ち殺したヴェルマもみすみす逃してしまう。もちろん、マーロウがいろいろな場所に足を運び、人々の行動を誘発するからこそ、事件が「解決」に向かうとはいえるだろうが、一般に「行動派」と目されるハードボイルド探偵が事件の解決に直接寄与することがほとんどないということに、作者の意図が働いていないとは考えにくい。

このように見てくると、前作のマーロウがクライマックスと呼べる場面でラッシュ・カニーノを殺したのに対し、今作で「クライマックス」になりそうだったカジノ船でのエピソードが拍子抜けするような顚末《てんまつ》を迎えるのは、象徴的なように思えてくる。前作においても、彼は結局エディ・マーズを倒すことはなかったのだが、暗躍するギャングと対峙《たいじ》することが示唆されてはいた。しかし本作においてマーズの位置を占めるブルーネットは、ほとんど舞台に登場しない。ブルーネットは実在のギャング、アンソニー・コルネロをモデルにしているようだが（Athanasourelis, *Raymond* 14）、「タフには見えないな」というマーロウの挑発的な言葉に「見えちゃ困る」と応じる彼は（Chandler, *SEN* 962）、マーズ以上に徹底した「ビジネスマン」であり（955）、ガルブレイスがいう「システム」の一部である。そのような「非人間的」な存在、「世界」そのものを象徴する存在を、アンにとっては父親の仇のような存在であるにもかかわらず、マーロウは――ロサンゼルスの「住人」となった「シリーズ探偵」は――どうすることもできない（と知っている）のだ。

　そのようなマーロウについて、「諦念に捉われて」おり、「権力の奥の院に鎮座して［い］る悪の構造のシンボルはもちろんのこと、その代行者に迫ろうとしたことはただの一度もない」と不満を持つ読者がいてもおかしくはない（船戸 二九六）。だが、そうした読者でも、ここでチャンドラーが一つの「デザイン」を手に入れたことは認めざるを得ないだろう。「シリーズ化」にあたり、チャンドラーは「生き残ること」が宿命となったマーロウに、（事件を解決する）「行動者」ではなく、「傍観者」となって人々の孤独／哀しみを近くで見つめるという任務を与えたのである。私見では、そのデザインが最も見事に活用されたのは『深夜の告白』の脚本においてであるのだが、「デザイン」自体は『さよなら、愛しい人』ですでに完成しているといっていい。

　ここで念頭に置いているのは、「外枠」としてのマロイとヴェルマの物語に対するマーロウの関係である。マーロウの立ち位置は、ひと言でいってしまえば、ノワール小説を読む「読者」、あるいはフィルム・ノワールを観る「観客」のそれだ。女としての魅力を使い、男を利用して成功を目指す「ファム・ファタール」としてのヴェルマを、「カモ（sucker）」にされたマロイはひたすら愛して追いかける。この「物語《ノワール》」の「主役」は男女いずれでもあり得るが（ヴェルマを主人公として見れば、捨て去ったはずの過去が追いかけてくるサスペンス仕立ての物語である）、マーロウが強いシンパシーを感じるのはもちろんマロイに対してである。彼自身が生き残り、次の作品に登場する以上、そうならざるを得ないのだろう。

マーロウは、ヴェルマの写真を一目見るや「こちらが何を求めようと、こちらが何者であろうと、この女は〈それ〉を持っている」と思うし(Chandler, *SEN* 834)、「私が好むのは洗練された派手な女、ハードボイルドでたっぷりと罪が詰まった女達だ」などと口ではいうものの[*9](912)、情交の場面をグレイル氏の「計り知れない哀しみ」をたたえた目で目撃されると(866)、ただちに自意識を取り戻してすっかり気分が萎えてしまう。そして小説の結末、ヘレン・グレイルがヴェルマであり[*10]、マリオット殺しの犯人であることを確信した彼の前で、「突然……彼女は美しくなくなった。一〇〇年前なら危険で二〇年前なら大胆だが、いまではただのB級ハリウッド映画の女にすぎないように見えた」ということになってしまうのである(975)。

「シリーズ探偵」となったマーロウは、マロイのように――あるいは前作で「騎士」としてモナ・マーズを救出しようとした彼自身のように――「ロマンティック」になることはできない。彼にできるのは、せいぜいマロイとヴェルマを引き合わせて「物語」に決着をつけさせ、最前列の席で「観客」になることくらいである。ジョン・G・カウェルティは、そうしたマーロウはマロイ(とヴェルマ)との出会いによって根本的な変化を遂げることがなかったと、『グレート・ギャッツビー』――ジェイ・ギャッツビーの物語は、かなりノワール小説的であり、『さよなら、愛しい人』とはときどき比較される——の語り手ニック・キャラウェイと対比しつつ述べているが（Cawelti 181）、それはまったく正しいだろう。

だとすれば、結局、この小説のマーロウは「哀しい物語」を読んで（観て）しみじみする読者（観客）のような存在ということになるのだろうか——かなりの程度、そうであるといっていいと思う。ヴェルマとマロイの物語に対するマーロウの反応は（そして他の「孤独」なキャラクター達に対する反応も）、この小説の読者の反応と、ほとんど違わないように思えるからである。その点において、『さよなら、愛しい人』は語り手／主人公と読者を幸福な（共犯）関係に据える作品であるともいえようし、それはこの作品を読者が安心して消費できるウェルメイドなエンターテインメント小説としているともいえるだろう。もしチャンドラーが優れたエンターテインメント小説を書くことで満足できる作家であれば、このパターンにのっとって、叙情的な作品を量産することができたはずだ。

しかしながら、そうはならなかった。いや、もちろん、チャンドラーがどのような道を進んだのかは、次作以降の作品を読んで判断していかねばならないが、現時点においても、我々は彼が作品を「量産」しなかったことは知っている。本作で手に入れた「デザイン」を手放したわけではなかったとしても、一つの図式を繰り返して用い続けるには、おそらく彼はあまりにも自意識の強い小説家だった。実際、チャンドラーが『大いなる眠り』のマーロウに「独り芝居」を意識させていたように見えることを想起しつついえば、マーロウがヴェルマの自殺――それによって（「真相」を語れる）犯罪者が誰もいなくなる（Van Dover, "Narrative" 208）――にセンチメンタルな「解釈」をほどこすラストシーンは、マーロウという「読者」に対するアイロニカルな距離を、ひいてはマーロウという「読者」と『さよなら、愛しい人』の読者の距離を、メタフィクショナルなやり方でかろうじて担保しようとする試みであったと思えなくもない。

もっとも、そうであったとしても、その「距離」は叙情的な世界に入った極小のひびのようなものにすぎないと見なすのが妥当かもしれない。だが、いかに小さなものであっても、「シリーズ」の開始時点でそうした亀裂があったからこそ、チャンドラーはやがてマーロウに再び「ただの（エンターテインメント小説の）読者」ではいられなくするような物語を突きつけることになったようにも思えるのである。

＊1　どの章にどの短編が再利用されているかは、小鷹信光がわかりやすく図示してくれている（『ハードボイルド』一八二）。詳しい検証として、Mills も参照。

＊2　ルーイン（Lewin）・ロックリッジ・グレイルのことを、マーロウはベイ・シティの警察署長との会話でマーウィン（Merwin）と呼んでいる（Chandler, *SEN* 932）。なお、ハヤカワ文庫の村上春樹訳で

は修正／統一されている。

＊3　マーロウの「説明」によれば、彼が動き出したことでヴェルマがマリオットを処分する必要が出てきたというのだが、それならばマリオットとともにマーロウが殺されなかった理由がわからない（そもそもそれがわからないからこそ、読者はアムサーやソンダボーグ、そしてブルーネットが「謎」に関わっているのではないかと考えさせられることになる）。

＊4　小説中の「現在」は一九三九年と推測されるが、少なくとも一九三三年までは（禁酒法の影響もあり）ロサンゼルスにおいてカジノ船は人気があった（Schwoch）。

＊5　アンソニー・ファウルズは、『さよなら、愛しい人』では、『大いなる眠り』とは異なり、読者にも馴染みがある制度——警察・政治・医療——が扱われていることを指摘している（Fowles 84）。

＊6　一九四一年刊行のガイドブックでは、ロサンゼルスでは、一二年も住んでいれば自分を「古参」と見なすようになるとされている（Federal Writers Project 3）。なお、ウィリアム・マーリンは、マーロウがマリオットとの会話で口にする「アイオワ・ピクニック」という言葉に注目し（Chandler, *SEN* 809）、三〇年代のロサンゼルスでは毎年一月一八日の「アイオワ・デー」に一五万人ものアイオワからの移住者が集まっていたことを指摘している（Marling, *Raymond* 101）。

＊7　詳述する余裕はないが、ガルブレイスが展開する論理はジョン・スタインベック（一九〇二－六八）が『怒りの葡萄』（一九三九）において資本主義の問題を示唆する場面——搾取される貧農は、誰を撃てばいいのかわからずに困惑する——と非常によく似ている（Steinbeck 249-50）。

＊8　ジェリー・スピアは、この虫が人間の活動の多くがロマンティックで、無益なものだといらマーロウ（とチャンドラー）の認識を強調すると論じている（Speir 43）。「共感」という文脈では、マーロウがその虫を警察署の外に連れ出してやる行為は、ローレンス・スターン『トリストラム・シャンディ』における、トウビー・シャンディが蝿を逃してやる有名な場面を想起させるかもしれない（Sterne 86）。

＊9　この発言を「マッチョなポーズ以上のものではほとんどない」と見なす論者もいるが（Madden, "Anne Riordan" 5）、ともあれここで間接的に「女」としての魅力を否定されているアンは、小説的には、明らかにヴェルマというファム・ファタールの「引き立て役」とされている。マーロウが結局アンと「キス以上のこと」をした可能性を示唆する批評家もいるが（Rizzuto 70）、死後発表となった短編「マーロウ最後の事件」（一九五九年四月）で再登場するアンの振る舞いから顧みても、そうは思いにくい。

＊10　しばしば指摘されるように「グレイル（Grayle）」という名前は「聖杯（grail）」を想起させるが（グレイル氏をアーサー王伝説における不能の「漁夫王」と重ねて見る論者もいる［Nickerson 112］）、「ヘレン」もトロイ戦争を引き起こした（ファム・ファタール的な）女性の名前である（Phillips 27）。付言しておけば、「トライ・ザ・ガール」において「ヴェルマ」の位置にいる女性は悪女ではなく、その名前「ビューラ」は「安息の地」を意味する。

# 第六講

# 弱者の味方

『高い窓』

一九四二年に第三長編として刊行された『高い窓』は、レイモンド・チャンドラーが書いた七つの長編小説のうち、論じられることが最も少ない作品の一つである。その原因は複合的だとしても、これはかなりの程度、小説自体の評価が決して高くないことと連動している現象だろう。出版社は気に入っていたし、売り上げもそれまでの二冊よりはよかったのだが（Freeman 199）、作家自身はこの小説を好んでおらず、一九四九年の手紙において、それまで自分が書いた作品の中で「ワースト」であると述べた事実はよく知られている（Chandler, *SL* 165）。『高い窓』に対する最も厳しい評者がチャンドラーであるとはいっておくべきだろうが（Marling, *Raymond* 114）、こうした作者の言葉が与えてしまったネガティヴな印象を払拭するだけの批評は、現在に至るまで質量ともに書かれていない。[*1]

だが、『高い窓』のどこが低評価に値するのかといわれると、答えるのはなかなか難しいように思える。もちろん瑕疵はあるだろうが、それは他のチャンドラー作品にもいろいろある（かなり珍しいことだと思うのだが、チャンドラーの研究書では、どの小説に関しても欠点が必ずといっていいほど列挙される）――というより、例えばプロット上の傷などは、むしろ他の作品に比べれば少ないとさえいえるかもしれない。だとすると、『高い窓』の「低評価」は、「積極的に推せない」といった程度のことではないかと疑ってみてもよさそうだし、事実、というべきか、「『高い窓』にはそれまでのマーロウの冒険にあった熱が欠けている」とか（Hiney 127）、これは「落胆した著者の本」であり、「創作力が枯渇しつつある」ことを示しているといった（Fuller 74, 82）、ともすれば印象論に傾いているように見える評価も珍しくない。

そうした「印象」が間違っているともいいにくいのだが、いま引いた二つの評価に（そしてチャンドラー自身の評価にも）感じられることとして指摘しておきたいのは、本書がしばしばこだわってきた「シリーズもの」としての問題である。『高い窓』という小説は、ほとんど不可避的に、『大いなる眠り』と『さよなら、愛しい人』に続いて書かれた作品として読まれてしまうということだ。これは、先行する優れた二つの長編と質的に比較されてしまうというだけのことではない。それまでの二作品によって「フィリップ・マーロウ（もの）」の「イメージ」はかなり固まっているのであり、この第三長編はそうした「イメージ」とすりあわせながら読まれることになる。この小説にチャンドラーの愛読者が物足りなさを、そして批評家が論じにくさを覚えるとすれば、それはこの「すりあわせ作業」がなかなかうまくいかないからではないだろうか。

この「すりあわせ作業」の難しさに最初に直面したのは、いうまでもなくチャンドラー自身だっただろう。マーロウを造形した第一長編にも、彼を「シリーズ・キャラクター」

とした第二長編にもそれぞれの苦労があったわけだが、第三長編（以降）にもまた別の苦労があったはずだ。その「別の苦労」とは、ひと言でいってしまえば、マンネリズムをどう回避するかという課題である。無責任な読者としては、それまでの「イメージ」に合致する作品であればそれでよい（その上で質がよければ――例えば『大いなる眠り』に劣らずスリリングで、『さよなら、愛しい人』に劣らず叙情的であれば――さらによい）ということになるとしても、チャンドラーはそうした読者が抱く期待に従順であろうとする小説家ではまったくなかった。

ここでチャンドラーがそもそも探偵小説を書き続けるつもりがなかったことをあらためて想起してもいいのだが、『高い窓』を扱う文脈では、せっかく「シリーズ」が軌道に乗ったにもかかわらず、彼がマーロウ以外に「シリーズ・キャラクター」を作らなかった事実に注目しておいてもよいだろう。E・S・ガードナーの「ペリー・メイスンもの」であればデラ・ストリートやポール・ドレイク、ロバート・B・パーカーの「スペンサーもの」であればスーザン・シルヴァーマンやホークといったお馴染みのキャラクター達が脇を固め、読者の愛着を獲得してシリーズをもり立てていくわけだが、チャンドラーはそうした道を選ばなかった――アン・リオーダンやエディ・マーズを再登場させて作品を書くことは難しくなかったように思えるにもかかわらず、である。バーニー・オールズやカール・ランドールといった刑事への言及はあるが、それが「言及」にとどまっていることは、むしろ彼らを再登場させないという意思を示しているようにさえ感じさせるのではないだろうか。

シリーズの主人公を「馴染み」あるキャラクターと行動させないというのは、右に述べた点以外にも、「マーロウ（もの）」の性格にさまざまな影響を与えたはずである。例えば、それは「孤独」をマーロウの「宿命」や「属性」とし、その「孤独な騎士」としての造形／提示に寄与することになっただろう。ただし、それは裏を返せば、マーロウを他者との関係性《しがらみ》の中で生きるリアルな「人間」としては描きにくくなったということでもある。現段階では問題提起にとどめざるを得ないが、シリーズの進行とともに、この二律背反はつのっていったはずである――というより、この二律背反に対峙し続けたのが、「ただの探偵小説」と「文学」のあいだを居心地悪そうに動き続けたチャンドラーという小説家のキャリアであったようにも思えるのだ。

そうした観点からすれば、『高い窓』という小説は、いわば「シリーズに依存しないでシリーズを書く」という（二律背反的な）プロジェクトにチャンドラーが乗り出した作品であるといえるかもしれない。正確にいえば、それは意識的な「プロジェクト」として着手されたわけではなく、おそらく彼は同じような作品を書きたくなかっただけなのだろうし（『大いなる眠り』と『さよなら、愛しい人』にしても、それほど似た作品ではない）、だからできあがった作品に対して自信も持てなかった。「この作品にはアクションがなく、好ましい人物は登場せず、まったく何もありません。探偵は何もしません。……言い訳として私にいえるのは、自分が最善を尽くしたことと、この一編をどうしても身体から出さなければならないようであったということくらいです。そうしなければ、いつまでもいじりまわしていたでしょう」という出版社宛ての手紙は（Chandler, *SL* 20）、彼が『高い窓』を確固たるヴィジョンを持たないまま書き、脱稿した段階でもどう考えていいのかわからなかったことを示している。

ある論者は、「カニバライズ」する元ネタがない形で書いた『高い窓』は実質的に第二作であり、チャンドラーはそれゆえに——いわゆる「二作目のスランプ」的に——苦しんだと述べている（Fowles 98）。そうかもしれない。だが、とにもかくにもそうした作品をはじめて「書き下ろし」で著したことは、彼にいっそうの経験値を与えたはずだし、そしておそらくはさらに重要なことに、その小説家としての自意識を深めさせただろう。彼が（例えば『さよなら、愛しい人』で得たような「デザイン」を使って）作品を「シリーズ」に相応しく均質化／量産化する方向へと進まなかったことは、「大衆小説」の書き手としては賢明な戦略ではなかっただろうし、いったん険しい道を選んでしまえば、以後も楽な道は選びにくくなる。しかし、もしチャンドラーが平坦な道を歩んでいけば、『水底の女』と『リトル・シスター』を経て『ロング・グッドバイ』の高みにたどり着くことはなかったはずなのであり、その意味において、『高い窓』はチャンドラーの作家人生において重要な分岐点であったともいえるのである。

この「講義」では、チャンドラー作品の理解に資すると思われる伝記的事実について各章で紹介してきたが、『高い窓』の執筆時期（一九四〇〜四二年）に関しては、特記すべきようなことはない。数回の転居はあるのだが、それはチャンドラー夫妻にとっては習慣的なことである。知人との交流もあまり活発ではなかったようだし、手紙もほとんど残されていない。『さよなら、愛しい人』の執筆と並行して取り組まれていた『水底の女』を断続的に書き進めていきながら、新たに『高い窓』を『ブラッシャー・ダブルーン』と題して書き始めたことが、最大にしてほとんど唯一の「出来事」であったかのような印象さえ受けるほどだ。

こうした伝記的情報の乏しさを、チャンドラーが静かな環境で創作活動に集中していたことの証左と見なせればよいのだが、執筆が順調に進んだわけでもなく、四人の伝記作家の文章から推測できる範囲では、充実していた時期であるとはとてもいえない。一九四一年七月に『さよなら、愛しい人』の映画化権が売れたあと、彼が（正確にいつかは断定しがたいものの）ハリウッドで働くことを考え始めたのだとしたら（Marling, *American* 225-26）、第三作の執筆が難航する状況において、自分がやっている仕事の意味に関して懐疑的になり、思うところがあったためかもしれない。この時期に発表した唯一の短編「山には犯罪なし」(一九四一年九月)にしても、やがて『水底の女』に組みこまれることにはなるものの、それ自体としてはあまり真剣に書いていているとは感じにくいものになっている。

そのような自己懐疑は、この時期の「主な出来事」であった『高い窓』の執筆にも影を落としているといえるかもしれない。一九三九年三月一六日の「ノートブック」に記された「プラン」において、『ブラッシャー・ダブルーン』は「パルプ短編のバーレスク」になるものとして構想されており(MacShane 79)、それは取りも直さず『大いなる眠り』や『さよなら、愛しい人』への自己批評を内包せざるを得ないもののように思えるからだ。実際、『高い窓』の始まりが、『大いなる眠り』の冒頭の自己パロディのように見えるという点は、ときに指摘されるところである(Margolies 46)。

また、「ノートブック」には「真珠は困りもの」(一九三九年四月)の一部を再利用すると書かれていることにも触れておこう。実際に使われることはなかったものの、この短編のパロディ精神は確かに「バーレスク」的である。それは「イギリス文化」を体現するような有閑階級の人物、つまり古典的探偵小説の探偵となりそうな主人公を、「パルプ＝ハードボイルド」的な舞台に放りこんだドタバタ喜劇なのだから。『高い窓』が伝統的探偵小説のようなストーリー・ラインを採用し(Dove 104)、チャンドラー作品の中で最も「フーダニット」的だというのは定説だが(Fowles 103-04)、この小説がそのようなものになった一因は、もともと「真珠は困りもの」を組み入れる作品として着想されたことにあるのかもしれない。
もちろん、現実に完成された『高い窓』は、パロディ小説とはとても呼べないし、古典的な探偵小説と見なすことも難しいものとなっている。[*2] 右で述べてきたような当時のチャンドラーの「自己懐疑＝自己批評性」が痕跡として残っているとしても、それは読者や批評家を——そして作者自身を——困惑させるだけのものになってしまったといわざるを得ないのかもしれない。だが、繰り返しめくが、そういった自己懐疑に二年間向かいあったことは、チャンドラーという小説家にとって貴重な糧になったはずである。いずれにしても、我々にとっての当面の関心は、「パロディ小説」にも「古典的探偵小説」にもならなかったところに、『高い窓』の「チャンドラーらしさ」を見ていくということになるだろう。

『高い窓』に関して、作者チャンドラーがわかっていないことはいろいろあるように思えるが、そのうちの一つは、先に引用した手紙にあるように、探偵が何もしないと思っていたということである。実際には、『高い窓』のマーロウは、前作と比べ、探偵としてははるかに活躍しているのだ。チャンドラーの作品中「最もスリリングでない」という見方もあるが (Fowles 103)、これはアクション性に乏しいというか、マーロウが殴られたり気絶させられたりしない——というのは確かに非常に珍しいのだが——というだけのことであり、彼は一貫して前作よりもずっと主体的に行動し、ストーリーにおいてアクティヴな役割を果たしているのである（Wolfe 150）。

ミルチャ・ミハイエシュは、「シリーズ」の作者として単調さを避けようとした第三長編のチャンドラーは、マーロウが小説中で起こる出来事の「付随的存在」でしかないという批判を意識していたとし、それゆえに『高い窓』は「真実の探求者」となったマーロウにスポットライトをあて、それまでの作品よりも主人公の経験や冒険を細かく提示していると論じている（Mihaies 125-26）。前作のマーロウは、物語の本筋とは関係のない場所で腐敗した現実に巻きこまれはするが、大事な情報は警察やアン・リオーダンから得るばかりだった。ハードボイルド小説的な「派手」な場面には登場するも、「地味」な捜査活動はあまりしていないといってもいい。そうした観点からすると、真相に向かって進んでいくマーロウの足取りを一歩ずつ提示していく『高い窓』は、マーロウという探偵の「労働者」としての姿を描いているといってよさそうに思える。

そのように考えてみたいのは、一つには、ハードボイルド探偵が下層中産階級の労働者としてマージナルな職に就いていることが、古典的探偵小説の主人公と異なる点としてしばしば指摘されるからだが（Mahan 93）、もう一つには——本書の議論にとってさらに重要なことに——前作のマーロウがさまざまな人々の「孤独」を「傍観者」的な（あるいはノワール小説の「読者」的な）立場から眺め、共感し、それによって作品に叙情性を与えていたのに対し、今作のマーロウが行く先々で出会ってやり取りをするキャラクターの大半が、「下働き」的な仕事をしている人々だからである。その代表は、いうまでもなく依頼人エリザベス・ブライト・マードックの秘書、マール・デイヴィスであり、それは彼女の救出がこの物語の終着点となることを必然化するわけだが、そのようなマールがいわば「別枠」だとしても、シフティ(ナイトクラブ経営者アレックス・モーニーの妻ロイス・マジックの運転手)、「ゲーテッド・コミュニティ」であるアイドル・ヴァレーのゲートキーパー、ナイトクラブで客に理不尽に罵倒されるバーテンダー、そしてグランディ(ベルフォント・ビルディングのエレベーター係)といった面々がすぐに頭に浮かぶだろう。

こうした面々は、富裕階級による労働者階級の搾取という主題を、『高い窓』という小説全体に染み渡らせる。小説の冒頭においてマードック邸の玄関近くにあるのをマーロウが見つけて「ブラザー」と呼び(Chandler, *SEN* 988)、以後も何度となく繰り返し言及される黒人少年の像——奴隷か使用人か定かではないが、いずれにしても「やや悲しげに見える」とされている(987)——は、『大いなる眠り』の冒頭でマーロウが眺めるステンドグラスに描かれた囚われの貴婦人同様、もちろん象徴的というしかない。

そうした文脈では、少し話を広げ、この小説においては弱者が金持ち/権力者の罪を着せられるというエピソードが散見されることも指摘しておきたい。やはりまず念頭に浮かぶのは、マードック夫人の最初の夫ホレス・ブライトを殺したと思いこまされているマールということになろうが、バンカー・ヒル——かつては「選り抜きの住宅地」だったが、いまや「古い街、失われた街、みすぼらしい街、悪党の街」になり果ててしまっている*3(1036)——の安アパートに住んでいるデルマー・B・ヘンチは、その地域を牛耳っているピエトロ・パエルモの都合で、まったく関係のない、探偵ジョージ・アンソン・フィリップス殺しの下手人として自白を強要されるし、ロイスは愛人であるルイス・ヴァニアーが殺されると、おそらく嫉妬した夫が殺したと思いながらも(あるいは、それゆえに)、彼女を犯人として警察に突き出そうとするモーニーに抵抗することができないのである。

マーロウが刑事達に向かって「キャシディ事件」について長々と語る場面は、小説的にはあまり自然に提示されているとは思えないが(『マルタの鷹』でサム・スペードがフリットクラフトについて語るシーンに似てはいても、洗練度は大きく異なる)、それだけに小説の主題とつながっていると考えるべきだろう。つまり、これは単に警察が信用できないことを強調するためのエピソードではなく*4、権力者(資本家)を守るために弱者(労働者)——ちなみに、マールと同じく「秘書」である——が罪を着せられるという腐敗したアメリカ社会のあり方を象徴するものとして提出されているわけだ。たとえ冤罪だとしても、被害者も加害者も死んでしまったのだからたいした問題ではないだろうという刑事ジェシー・ブリーズの言葉に、マーロウは反論する——

あんたはちょっとでも考えてみたことはないのか……キャシディの秘書には母親か妹

——『高い窓』

か恋人がいたかもしれない――あるいはそのすべてがいたかもしれないってことを? そうした女性達には一人の若者に対する誇りが、信頼が、愛情があったというのに、その若者が――ボスの父親が一億ドル持っているだけのことで――酔っ払いのパラノイアということにされてしまったってことを?(1072)

ハードボイルド小説としてはいささかナイーヴにも響くが、それだけにマーロウの立ち位置が明確となる言葉だろう。『高い窓』のマーロウは、弱き者の味方なのだ。

そして小説は、弱者の味方をするマーロウの味方をする。マーロウがあちこちで出会う雇い人達は、ほとんど例外なくマーロウに共感し、手助けさえするのだ。モーニー邸で門前払いされても、シフティがロイスに(怒っているヴァニアーを無視して)引きあわせてくれるし、グランディは警察には協力しなくても、「自分に対してまっとうな口のきき方をしてくれた」という理由で(1122)、マーロウには助力を惜しまない。アイドル・ヴァレーのゲートキーパーは、ゲーテッド・コミュニティを「これがデモクラシーと呼ばれるわけだ」と揶揄するマーロウの言葉に反応し、自分なら絶対にこんなところに住むものかという[*5](1081)。『高い窓』の労働者達は――マールを除いて――自分を雇っている人間を尊敬せず(ボディガードのブルーでさえ、マーロウがボスであるモーニーをからかうようなことをいうたびにくすくす笑う)、同じ「労働者」であるマーロウと「連帯」するのである。これは皮肉な例ということになろうが、フィリップスが「同業者」のマーロウに協力を求めてくることを想起しておいてもいいだろう。

このように見てくると、『高い窓』は、一九三〇年代に社会批判的な意識をもって書かれるようになった初期ノワール小説としての性格が強いことがわかる。[*6] デイヴィッド・マッデンは、そのパイオニア的な論考において、ハードボイルド小説の私立探偵は、犯罪者を追う過程でプロレタリア小説の主人公と同じような社会的不正を見ると述べているが（Madden, "Introduction" xxiii）、富の集中に対する大衆の憎しみはチャンドラーが書き始めた頃のパルプ誌のイデオロギーにとって鍵となる特徴であり（McCann 145）、マーロウはさまざまな点で、大戦間に大衆を見捨てた金持ちや権力者に対する態度や見方を、一般的なアメリカの労働者と共有している（Porter 106）。

そうした社会批判（階級批判）的な意識は、「金持ちなどくそくらえだ。連中は私の胸をむかつかせる（They made me sick）」とマーロウがいう第一長編においてすでに示唆されてはいた（Chandler, *SEN* 636）。だが、『大いなる眠り』では女達も彼の胸をむかつかせていたし（表現も "Women made me sick" とほぼ同じである［709］）、何より作品世界を代表する金持ちであるスターンウッド将軍のことを——ある意味では、この大富豪が諸問題の起源であると考えられるにもかかわらず——マーロウは気に入っていたため、彼が「騎士」として振る舞おうとする物語において、階級問題はいつの間にか後景に退いてしまうことになった。

それに対し、『高い窓』では、マーロウがマードック夫人に対して複雑な感情を――ましてや好意を――抱くべき理由は何もない。自分の家では誰にも口答えを許さないという彼女は（993）、富と権力で周囲の人間を自分の意思に従属させる人物であり（息子レスリーや「娘」マールに対する態度は、彼らを「自立」させるのではなく、彼女への依存を固定化しようとするものである〔Wolfe 153〕）、「雇用者」としても最悪というしかない。マーロウは一日二五ドルという料金が高額ではないと説明したり（Chandler, *SEN* 992）、自分の商売のためには警察とそれなりに良好な関係を維持しておかねばならないことを力説したりと（1100）、「労働者」としての権利をたびたび主張する（主張せざるを得なくなる）のだが、いわば金でマーロウを買ったつもりでいる彼女に、彼の声はいっさい届かないのである。ミハイエシュは、『高い窓』のマーロウは『大いなる眠り』のときと比べて自分の裁量でやれることが大幅に減っていると正しく観察しているが（Mihaies 128）、マーロウの自由がこれほど制限される小説は――それが制限されることがこれほど「問題化」される小説は――他に例を見ないといっていい。

「労働者の声」というのは畢竟《ひっきょう》、独立した人格を有する一人の「人間」としての声ということでもあるわけだが、だとすればマーロウが探すように命じられた〈ブラッシャー・ダブルーン〉には寓意性がこめられていると見なすべきかもしれない。実際、この金貨が一七八七年に作られたという情報を得た（とりわけアメリカ人の）読者が、それと同年に──「個人」の尊厳を保障する──合衆国憲法が作られたという事実を想起しないことは難しいのではないだろうか。太陽が山から昇っているその図柄は新国家の誕生を祝うものであり、マーロウがそれを「昇っているか、あるいは沈みかけている」としているのはチャンドラーによるアイロニーだろうが（Chandler, *SEN* 1056; Scruggs 124）、ともあれ盗まれたコインは（見失われた）「アメリカ的理想」の象徴と考えてよいはずだ。マードック夫人が、そのコインの価値をまったく理解しておらず（事実、偽物とすり替えられても気づかない）、自分の支配力が及ばない嫁リンダ・コンクエストへの憎しみ（と息子に対する歪んだ支配欲）のために取り戻そうとするというのは、皮肉な意味において相応しいというしかないだろう。

かくしてマーロウの金貨捜索は、彼が「真っ当な労働者」として働くことで、そのまま「アメリカ的理想」の回復を目指す営みとなり、それを失わせた「階級社会」への批判となる。事実、というべきか、彼が「探偵／労働者」としてのモラルをもって行動すると、そのたびごとにマードック夫人──マーロウという「雇い人」を好きなように使えると思っている──とのあいだに摩擦が起こる。その摩擦はマーロウにも困難をもたらすわけだが（捜査に支障は出るし、警察にはにらまれる）、重要なのは、マーロウの労働が雇用者である彼女にとって不都合な真実を浮上させていく点だろう。コインを盗んだのがレス

──『高い窓』

リーだったという事実だけでも皮肉だが、その皮肉は、彼がギャンブルにはまったのは、リンダとの結婚同様、母の支配に対する（自滅的な）抵抗といった感もあること（Wolfe 147）、そしてそのようなレスリーにヴァニアーがつけこめたのは、過去にマードック夫人自身が殺人を犯していたためであったことが判明していくという形で、因果応報的なものとして確認されていく。マーロウがいわば普通に仕事をするだけで——それがいかに難しいことかというのがこの小説のテーマなのだが——自己の支配力を過信していた横暴な雇用者は追いつめられていくのだ。

もっとも、追いつめていったとしても、最終的に勝てるとはかぎらない——と断っておいた上で、最後にマードック夫人の支配による最大の犠牲者、マールの救出について考えてみよう。マーロウを「店晒しのガラハッド」と呼ばせるチャンドラーが（Chandler, *SEN* 1136）、「苦難の乙女／囚われの姫君」を救う「騎士」の役割を果たすチャンスをマーロウに再び与えていることは説明するまでもないだろうが、強調しておかねばならないのは、「騎士」として「姫君」を救出することがほとんど自己目的化しているように見える『大いなる眠り』の場合とは異なり、『高い窓』のマーロウによる「乙女」の救出には社会的な意味が重ねられていることである。

カンザスの田舎町からロサンゼルスへと働きに出てきたマールは、雇用者にいいように搾取される弱い労働者の代表であるが、そうした彼女の——いわば「自我」が盗まれている——姿は、盗まれた一七八七年の金貨を追うこの小説の文脈においては「アメリカ」の象徴ともなる。性的なトラウマを持つマールに対するマーロウの関係には、カーメン・スターンウッドやモナ・マーズとのあいだには存在していた性的緊張がなく、そのために——身も蓋もないいい方をすれば——話がいくぶんつまらなくなってしまっているとしても、こうした「社会性／象徴性の付与」にチャンドラーの小説家としての成長を見ることは十分に可能だろう。

そのようにして「社会性／象徴性」を付与された物語であれば、「騎士」が「乙女の救出」に成功しても、単純なハッピーエンドとならないのは当然かもしれない。マールを実家——「本当の家（real home）」と呼ばれる（1132）——に送り届け、デイヴィス家を去ろうとするマーロウが見た最後の姿は「バンガロー・エプロンを身につけ、パイの皮をのばしていた」という（1174）、いかにも「アメリカン・ガール」といったものであり、マーロウのノスタルジックな回想は（Beal 20）、彼女を「田舎の過去」に送り届けることで（Cassuto 86）、古きよきアメリカ的なイノセンスが回復されたという印象を与えなくもない（彼女は「騎士」に褒美のキスを与えもする）。少なくとも彼女には帰っていける故郷がある——あるいは、アメリカという国にはまだ「イノセンス」が存続できる中西部がある——というわけだ（Margolies 47）。[7]

しかしながら、続く有名な一節——「その家が視界から消えていくのを見ながら、私は

——『高い窓』

奇妙な気持ちにかられていた——あたかも、一編の詩を書き、それはとてもいいものだったのに、なくしてしまって二度と思い出せないというかのような」(Chandler, *SEN* 1174-75)——が示唆するのは、アメリカ的イノセンスの回復など幻想にすぎないという認識であるように思える。結局のところ、マールの「回復」の見込みに関しては、カール・モス医師——「チャンドラーの小説で肯定的に描かれている唯一の医者」(Howe 25)——の悲観的な診断があるだけなのだし(Chandler, *SEN* 1170)、彼女はマードック夫人が素晴らしい雇用者であり恩人であると最後まで頑なに信じているのだから。

したがって、イノセントな「アメリカ」は、金持ちによって支配され、搾取され、失われてしまっているということにやはりなるのだろう。確かにマーロウは「まっとうな労働」によってマードック夫人を追いつめていき、真相にたどり着きはする。だが、マールを守らねばならない彼は、その「真相」を使うことができず、マードック母子は法に裁かれることはないのだ[*8]。マードック夫人は、マールのイノセンスはもとより、最終的にはマーロウのイノセンスも搾取して逃げ去ったといえるかもしれない。「騎士《ナイト》のためのものではない」ゲームに従事させられていた『大いなる眠り』のマーロウが(モナを「救出」しても)マーズに勝てなかったことを思い出していえば、『高い窓』という小説は——「美しくも冷たく、無慈悲なチェス」を指すカパブランカのようなプレイヤーにはなれない(1177)——ハードボイルド探偵の敗北の記録なのである。

だが、もちろん、マーロウはただ敗れ去ったわけではない。マールが象徴するアメリカ的なイノセンスは、中西部の幻想においてのみ担保されるようなものであったとしても、マーロウはロサンゼルスに戻ってくるのだから、読者は彼が「イノセンス」を保持しながらまた次の「労働」に向かうのだと思うことになる――そしてロサンゼルスには彼と「連帯」するたくさんの労働者がいるのだ。その意味において、『高い窓』はマーロウが探偵を続けなくてはならない（社会的な）理由を示唆する物語だともいえるのである。伝記作家の一人は、マーロウが彼の仕事を下等なものと考えるキャラクター達からひどい扱いを受け続けることを、チャンドラーが知的な読者からなぜまともな小説を書かないのかといわれていたことと関連付けているが（Hiney 295n46）、この小説を読めば、三〇年代にキャリアをスタートさせたこの作家が「大衆小説」を――誤解を恐れずにいえば、「労働者のための文学」を――書き続けなければならなかった理由の一端に触れられるのではないだろうか。

＊1　例えば、批評家の中には「『さよなら、愛しい人』以降の一九四〇年代作品の中ではおそらくベスト」という者もいるが（Margolies 46）、この褒め方自体がいささか苦しげな印象を与える。

＊2　『高い窓』を古典的探偵小説として読もうとすると、むしろそのパロディといったようにも見えて

くる。例えば、この小説では登場人物が煙草を吸う場面が詳しく描写されることが多く、その最初の例となるレスリー・マードックが残した「トップ・ロウW・D・ライト'36」と印刷されたマッチについて、マーロウが「何か手がかりになるかもしれない」などというために(Chandler, *SEN* 1010)、読者は「煙草/喫煙」に注目して読むことになるのだが、それはせいぜいレスリーの借金がギャンブルによるものであることを示唆する程度で(「トップ・ロウ」は馬の名前、「W・D・ライト」は騎手の名前で、一九三六年の「サンタアニタハンデキャップ」で——「ローズモント」に乗った「H・リチャーズ」は一九三七年に[1006]——優勝している)、レスリーの喫煙に関してはむしろ煙草の灰が「謎解き」の場面で言及されることになる。これは一種の「ミスディレクション」ともいえそうだが、しかしその灰に関する「演繹推理」もまともなものではないことをマーロウ自身がすぐ認めており(1160)、いわば「本格推理」が二度はぐらかされることになっている。ちなみに、チャンドラーは一九四〇年六月の手紙において、アガサ・クリスティの『そして誰もいなくなった』(一九三九)を勧められて読んだ結果、「公正」な古典的探偵小説などあり得ないと確信し、自分には無縁だとわかったという旨のことを書いている(*SL* 16-17)。

＊3 バンカー・ヒルの描写は、「黄色いキング」(一九三八年三月)におけるイタリア人街の描写が利用されており(ちなみに、バンカー・ヒルを舞台とした作品の書き手として最も有名なのは、イタリア系のジョン・ファンテ[一九〇九-八三]である)、これが『高い窓』における唯一の「カニバライジング」である。なお、「黄色いキング」におけるバンカー・ヒルの描写に関し、一九一六年

に母親と同地に暮らしていたチャンドラーが、一九三七年に、凋落したバンカー・ヒルのまだそれなりに上品なエリアに妻と短期間住んだことの影響を示唆する論者もいる（Dawson 36）。

＊4　トム・ウィリアムズは、『大いなる眠り』や『さよなら、愛しい人』においても警察による隠蔽はあったが、それらはあくまで私的な腐敗であったのに対し、キャシディ事件は公的機関が「共犯」になっていることを指摘している（Williams 172）。

＊5　モデルとなった〈ザ・ヴァレー〉＝サンフェルナンド・ヴァレーが四〇年代には金持ちの占有地となっていたことについては、海野を参照（七二－七三）。

＊6　初期ノワール小説については、拙著『ノワール文学講義』、とりわけ三一－四二頁を参照されたい。

＊7　デイヴィド・スミスは、マールがカンザスに帰れることと対比的に、『リトル・シスター』のオーファメイ・クエスト――「イノセント」な存在ではまったくない――がやはりカンザス出身であることを指摘している（D. Smith 430）。

＊8　ジェイムズ・O・テイトは、この結末にヘンリー・ジェイムズの『アメリカ人』（一八七七）との類似を見ているが（Tate 135）、ジェイムズを尊敬していたチャンドラーが同書から影響を受けているのはおそらく間違いない。『アメリカ人』の主人公クリストファー・ニューマンは、ヨーロッパの上流階級社会において、ビジネスマン（商売人＝労働者）であるという理由で軽んじられ、貴族の娘との結婚を破談にされて傷つくのだが、その折に婚約者の母親がかつて夫を殺していたことを知る。彼はそれを使って復讐を考えるも、虚しいだけだと考えて証拠を捨て、そうすることで「紳

士」として振る舞ったともいえるわけだが、実はそうした「アメリカ人」としての「人のよさ」を貴族一家はわかっていて、それにつけこんだフシもある……。いささか長い紹介となってしまったが、影響関係は瞭然《りょうぜん》としているのではないだろうか。

第七講

# 戦争の影

『水底の女』

レイモンド・チャンドラーの第四長編『水底の女』は、前作同様、論じられることが少ない作品である。ただし、『高い窓』とは異なり、こちらは一九四三年一一月の刊行以来、「小説」としての評判は決して低くない。この小説を気に入っていたロス・マクドナルド（一九一五－八三）が、触発されて『縞模様の霊柩車』（一九六二）を書いたことはよく知られているだろう（Wolfe 163）。レオン・アーデンは、本作はチャンドラーによる最高の小説と見なされることもあると述べた上で、「この小説は文体、性格描写、テーマ、プロットをほとんど完璧にブレンドさせており、我々の暴力的な社会のまさに中核に達し、それに触れている」と絶賛しているし（Arden 84, 86）、ピーター・ウルフも先行作品に比べて手法は抑制が利いており、題材はリアリスティックで、マーロウには実在感があると評している（Wolfe 177）。

『水底の女』に関して高く評価されることがとりわけ多いのはその構成であり、例えばミルチャ・ミハイエシュは、今作のチャンドラーが前三作に共通するプロットの弱さを克服することを目指したのではないかと推測している（Mihaies 136）。実際、『大いなる眠り』や『さよなら、愛しい人』と比べ、『水底の女』は「カニバライズ」した話――「ベイシティ・ブルース」(一九三八年六月)、「レイディ・イン・ザ・レイク」(一九三九年一月)、「山には犯罪なし」(一九四一年九月)――をはるかにうまくまとめているといっていいだろう(Marling, *Raymond* 115)。完成に四年を費やしたという事実は(一九三九年六月から一九四三年四月まで)[*1]、執筆がスムーズに進まなかったことを如実に示しているにしても、苦労のかいあって「プロットは瑕疵がなく巧みに展開され、登場人物の関係性も十分に説明されている」ものとなった『水底の女』は(Pendo 65)、「嫌うのが難しい」作品であるように思える(Marling, *Raymond* 123)。

だが、高い評価にもかかわらず、『水底の女』は論者の食指をあまり動かさない。それはおそらく、チャンドラーの愛読者(の多く)にとって、この小説が「チャンドラーらしくない」ように感じられるからなのだろう。[*2]『水底の女』については「他のどの作品よりも主流探偵小説に近い」[*3]とか(Wolfe 162)、「古典的なイギリス探偵小説に近く、「ハードボイルド」派とは距離がある」などとよくいわれるが(Mihaies 136)、チャンドラー・ファンにとっては、たとえ「本格探偵小説」として一定の水準をクリアしていたとしても、それはさしたる「魅力」とはならないわけだ。「よく書けている定型的な探偵小説という以上のものではほとんどない」とか(Pendo 64)、「『さよなら、愛しい人』ですでに成し遂げていたものから大きく踏み出す一歩にはならなかった」といった言葉は(MacShane 101)、かなりの程度、あのチャンドラーに対する期待があっての観察だというべきだろう。

このように見てくると、『水底の女』という作品は、探偵小説としてのウェルメイドな構成のためにむしろ損をしているところがあるという印象さえ受けるのだが、本作が批評的に不人気である最大の理由は、マーロウが「登場人物の誰にも深くコミットはしない」ことにあるように思われる（村上「これが最後の一冊」四三二）。『高い窓』も「フーダニット」的な作品ではあったが、マーロウは「騎士」として哀れなマール・デイヴィスを救おうと奮闘していた。しかし『水底の女』のマーロウにはそうしたところがなく「傍観」を貫くのであり（Mihaies 135）、そこが読者の知っている「あのマーロウ」のハードボイルド探偵としての「イメージ」にそぐわず、それゆえに扱いが難しいのである。

もっとも、マーロウの「原型」と見なされるカーマディやジョン・ダルマス（ダルマスは「ベイシティ・ブルース」と「レイディ・イン・ザ・レイク」の主人公である）といった短編時代の探偵達は、他者との関係に心を揺すぶられる経験を毎回繰り返すわけではなかった。これは「アクション」を中心とするパルプ雑誌の「シリーズもの」としては自然なことであったし、それは取りも直さず、当時の一般的な「ハードボイルド小説」とはそういうものであった——そもそも主人公の「非情さ」が売りだったのだから——ということでもあるはずだ。そうした基準からすれば、前作とは違ってマーロウがちゃんと殴られ、気絶させられもする『水底の女』は、いわば普通のハードボイルド小説としてきちんと書かれているともいえるのだが、『大いなる眠り』においてパルプ小説の詩学から離脱したチャンドラーには、やはり「普通以上」のものを求めてしまうことにどうしてもなるのだろう。

では、なぜ『水底の女』のマーロウは、他者に深くコミットしないキャラクターとなっているのだろうか。この疑問は当然生じてくるはずのものであるにもかかわらず、それに答えるのは難しく、だから本作はめったに論じられないのだろうが、ときに要因として指摘されるのが、マーロウが老いてきているということであり（Mihaies 135）、また、執筆時のチャンドラー自身が戦争や孤独に影響されて暗い気持ちでいたということである（MacShane 103）。

これらはそれぞれ興味深い指摘だといえるだろうが、当面の文脈で、すんなり納得できるかというと難しい。まず前者に関していえば、確かに『水底の女』には髪にブラシをあてて白髪を発見したマーロウが、「これから白髪は多くなっていくだろう。髪の下にある顔は元気がないように見えた。私はその顔がまったく気に入らなかった」と老いを感じる印象的な場面があるのだが（Chandler, *LNOW* 117）、作品世界の「現在」が前作（一九四一年の夏）から一年ほどしか経っていない一九四二年七月と推定されることに鑑みると、マーロウが『高い窓』と『水底の女』のあいだで急に老けこんだと考えるのはいささか無理があるようにも思える。[*4]

そして後者に関しても、チャンドラーが『水底の女』に取り組んでいた時期が『高い窓』はもとより『さよなら、愛しい人』とさえ大きく重なっていることを思うと、『水底の女』において作者が急に変化したと推測するのは苦しいだろう。ただし、フランク・マクシェインがいうように、戦争が無意識に影響したという可能性はある（MacShane 102）。本書の「第五講」でも言及しておいたように、チャンドラーは一九三九年八月二三日付けの手紙で「戦争を考えまいとする努力が、私の精神年齢を七歳に引き下げています」と書き（Chandler, *SL* 9）、ヨーロッパで戦争が始まった九月にはカナダ陸軍への入隊を志願したりもしているが、彼はその少し前の六月に『水底の女』の原稿をかなり書いているからだ。そのときの気分が、四年後に完成された小説に残っていたとしてもおかしくはないのかもしれない。

だが、いったんはそのように考えたとしても、執筆開始時の「気分」が、あいだに二つの小説を挟んだあとで、なおも主人公の行動原理に影響を与えるというのは、どうも説得的な見方とは思いにくい。そこで本稿においては、戦争がチャンドラーにもたらした気分という曖昧な要因を「答」とすることにはなるべく慎重でありつつ、戦争というトピックそのものを重視し、ポエティクスの次元で議論を進めるように努めたい。書き始めたときの『水底の女』がどのようなものであったのかはわからないが、少なくとも完成された小説では、作品全体に戦争の影が濃く差している。そうした作品世界の提示が、この小説における「マーロウ」の提示／造形と不可分の関係にあるのではないかというのが――『さよなら、愛しい人』で孤独な人々に共感し、『高い窓』で労働者と共闘していたそれぞれの「マーロウ」を見てきた上での――本章の作業仮説である。

右ですでに触れたように、『水底の女』の執筆時期は『さよなら、愛しい人』や『高い窓』と大きく重複するため、本章の「評伝パート」として新たに特記すべきことはほとんどない。強いていえば、転居癖のあるチャンドラーがいくつかの夏をサンバーナディーノのビッグ・ベア・レイクですごしたことが、『水底の女』における「リトル・フォーン・レイク」という舞台――その自然描写は特に高く評価されてきた――に活かされていると思われることくらいだろうか（Phillips 94-95）。

前章でも述べたことだが、この時期のチャンドラーは自分に自信が持てず、あまり調子がよくなかったようだ。なかなか正当に評価されないまま、三つの長編を苦労しながら書いていたのだから、無理もないというべきだろう。ある伝記作家によれば、『水底の女』を書いた彼は、マーロウにうんざりしていたとのことであり（Hiney 131）、それは彼が一九四三年の半ばに、ジェイムズ・M・ケイン『殺人保険』の映画脚本化を担当しないかというパラマウント社からの打診を受諾した一つの理由であったのかもしれない。

ただし、というべきか、チャンドラーの長年の苦労は、この時期に報われ始めもしていた。『高い窓』はすぐに映画化されたし、『水底の女』刊行の少し前には、『大いなる眠り』

の二五セント版がはじめてアメリカで出版された。チャンドラーが批評家の注目を得られないことをついに認めたクノップフ社が、パルプ権をエイヴォン社に売ったのだが、これはすぐに三〇万部が売れ、加えて一五万部が軍隊文庫版として売れた（その後、クノップフはポケット・ブックス社に『さよなら、愛しい人』の二五セント版を出すことを許可し、こちらはミリオンセラーになった）。[*5] こうした露出の結果、『水底の女』のハードカバー版はそれまでの作品より売れたのであり（Hiney 131-32）、アメリカでは「ただのミステリ作家」として批評的に無視されていたものの（Moss 102）、戦争の影響で刊行が一年近く遅れた（一九四四年一〇月）イギリスにおいては、広く書評された初のチャンドラー作品となり（Hiney 132）、有名な批評家デズモンド・マッカーシーが『サンデー・タイムズ』紙の書評で大きくとりあげもしたのである。[*6]

そうした「ブレイク」がもう少し早く起こっていれば、あるいはチャンドラーの「ハリウッド行き」もなかったのかもしれない。けれども、彼がハリウッドに行かなければフィルム・ノワールの傑作『深夜の告白』は生まれなかったわけだし、ハリウッドでの経験がなければ『リトル・シスター』のような作品は書かれなかったのだから、これは嘆いてみても意味のないことだろう。畢竟、状況とは与えられるものにすぎず、選ぶことができない。作家にとっての問題は、そこから何を作り出すかなのだ。

選ぶことができない状況としての「戦争」が『水底の女』の背景にあることは、しばしば指摘されてきた。戦時物資として歩道からゴムが剝がされる場面に始まり、兵隊が警備するダムに罪人が落ちて死ぬ場面で終わる小説であることを思えば、それは当然の注目というべきだろう。しかし、チャンドラーが「戦争の影」を物語世界の背景としてあちこちで提示するやり方は概して非常にさりげないものであり（Fowles 113）、おそらくはそれゆえに、それほど重要視されてきてはいないように思える。

だが、「さりげない」とはいっても、その頻度はかなりのものだ。ラジオでは戦況を伝えるニュースが流れ（Chandler, *LNOW* 48）、ラウンジでは兵隊達がむっつりした顔でビールを飲んでいる（149）。『さよなら、愛しい人』に登場したレッド（本作では「アル」）・ノールガードが陸軍の憲兵になっているという情報をはじめ（25）、軍に入る／入ったという話も頻繁に出てくる。サンバーナディーノのホテルでは、失踪したクリスタル・キングズリーを受け持ったとされるソニーが「先週徴兵された」し（71）、依頼人ドレイス・キングズリーの秘書（兼愛人）エイドリアン・フロムセットにフローレンス・アルモアの「事故死」のいきさつについて語った男ブラウンウェルも、いまでは海軍に入っている（99）。主要人物の一人、女たらしのクリス・レイヴァリーは、自分は現在無職だがいつなんどき海軍から召集されるかわからないといっているし（19）、ベイ・シティ警察のダブスも自分はどうせ「二週間後には陸軍に入っているさ」と投げやりにいう（132）。山荘の管理人ビル・チェスが恩給暮らしの傷痍軍人で、いまも雑誌から切り取った戦争地図を壁に貼っているという事実は看過し得ないし（65）、地域の警察仕事を一手に引き受けているジム・パットンの名が、カリフォルニア生まれの有名な軍人ジョージ・パットンを想起させるとする論者もいる（Marling, *Raymond* 123）。

こういった背景が小説に与える影響はさまざまである。それが「陰鬱なトーン」に貢献することは間違いないし（Marling, *Raymond* 122）、その陰鬱さに、レイヴァリーやダブスの態度に見られるような、ある種の刹那性を感じ取ることも十分可能だろう。そうした観点からすれば、ピューマ湖に「戦争の影響がほとんどない」とされていることは（Chandler, *LNOW* 26）、むしろ複雑な陰影を帯びてくる。この小説における山／湖畔エリアは、マーロウの第一印象にしても「楽園のように感じられた」というものであり（26）、「とても静かで、とても落ち着ける」ところとされていて（53）、ハリウッドのような「罪深い街」とは対比的な場所である[*7]（49）。だが、そうした牧歌的な世界――「リトル・フォーン（子鹿）・レイク」という名に相応しく、鹿も姿を見せる（53, 67）――は、騒がしい旅行客の侵入によって、すでに「ベイ・シティ」的なものに汚されてしまっているのであり（Rawson 37; Speir 53; Willett 25）、そうした皮肉な文脈――「山には犯罪なし」ではナチスの工作員が潜んでいたことをつけ加えてもよい――に据えてみれば、そこに「戦争の影響がほとんどない」というのは、その「楽園」が戦争という「現実」を抑圧／隠蔽／忘却しようとする人々が集っている場所であることの示唆ともなるはずだ。

そのような背景に照らすと、その土地に別荘を持つ化粧品会社社長キングズリーからの（いかにも俗っぽく、戦争とは無縁の）依頼――盗癖のある浮気性の妻が失踪したことで、会社における自分の立場が心配になった――には自ずとアイロニカルな光があたることになろうが、[*8] キングズリーは『高い窓』のエリザベス・マードックのような横暴な雇用主ではないこともあり（ミュリエル・チェスの死に関する話を聞いた彼は、マーロウを面倒事に巻きこんだことを詫びさえする〔Chandler, *LNOW* 55〕）、マーロウとのあいだに衝突は生じない。その結果、戦争を背景とする「アイロニー」は、マーロウが捜査を進めるにつれて高まるにしても、キングズリーに向かうのではなく、いわば捌け口を持たないままマーロウの語りの中で堆積し、それが本作の「陰鬱なトーン」を深めていくのではないだろうか。

そのように考えてみたいのは、これまで見てきた「マーロウもの」において、マーロウという主人公／語り手は、彼が捜査で接触する人々と心情的に同化している――「彼らの一人」になっている――ように思えるからだ。彼が「物語」を共有する相手が（依頼人のガイ・スターンウッド将軍以外には）いないことが問題となっていた『大いなる眠り』はいくぶん例外としても、「シリーズ化」が始まった『さよなら、愛しい人』におけるマーロウは「孤独な人々」の一員であったし、続く『高い窓』では「搾取される労働者」の一員であった。それぞれの作品の「現実」を体現するキャラクター達のやるせない哀しみや怒りに対する共感（能力）が、マーロウの語りに（リアリティと）豊かな叙情性を担保していたといっていい。

しかしながら、『水底の女』では少し事情が異なる。捜査の過程で出会う人々と戦時下の鬱屈した気分を共有したとしても、それを超越／相対化する契機がマーロウには与えられないからだ。そのことに、チャンドラーが第一次世界大戦から持ち帰った（とすれば）PTSDの影響や、あるいは単に戦争という現実の重さを見てもいいだろう。マーロウにはおそらく従軍経験がなく、*9 従軍の予定もなさそうだが、車が急ブレーキをかければゴムの消耗が気になり（107）、ミュリエルが残した絹のスリップの存在にも即座に反応するほど戦争が意識される世界において（66）、彼は町に戦場のイメージを見るし（128）、職業柄見慣れているはずの死体も本作では――戦場の死体がそうであるように――「モノ」と化した「何か」となる（38, 39, 43, 48, 200）。レイヴァリー殺しに関するマーロウの想像については「恐ろしいほど人間的感情が欠落している」という指摘があるが（Mihaies 136）、一般にそうした感想を差し向けられるのが第一次大戦後に隆盛を極めた「本格もの」の探偵であることも想起した上でいえば、本作のマーロウが他者に「深くコミットしない」ことと、戦争が背景になっていることは、やはりつながっている現象であるように思える。

このような作品世界において、マーロウが「コミット」できる可能性が最も高いキャラクターは、おそらくベイ・シティ警察の暴力的な刑事アル・デガルモだろう――というと、意外に思われるだろうか。だが、本作におけるデガルモの立ち位置は、『さよなら、愛しい人』におけるムース・マロイの場合と極めてよく似ているのである。ノールガードが憲兵になったことについて「俺もそうだったらいいのに」とデガルモがいうのは(Chandler, *LNOW* 25)、自身が深く陥ってしまっているどうしようもない状況から逃避したいという願望の漏出かもしれないが、その「状況」は個人的なものであると同時に時代的なものでもあるはずだ。ウルフはデガルモについてチャンドラー作品で他に匹敵する者がいないほどに残忍さを体現する人物であるというが(Wolfe 168)、デガルモが常時くすぶらせ、発散させてもいる暴力的な空気は、この小説の世界では、戦時下の鬱屈を象徴するものでもあるだろう。

そのようなデガルモは、ノワール小説の主人公となるに相応しいようなキャラクターであり、事実、というべきか、チャンドラーは彼を(マロイと同じく)ファム・ファタールに利用される「カモ(sucker)」として提示している(Chandler, *LNOW* 193)。現在の上司リード・ウェバー警部は、「そう、女房はあいつを見事に振りまわしたよ。あいつの中にある、おかしく見えるところの多くは、その結果なんだ」という(143)。自分を捨てた(と思われる)妻ミルドレッド・ハヴィランド(=ミュリエル・チェス)に執着し、その殺人の尻拭いまでして破滅への道を進みながらも、「同じような状況になったら俺はもう一度同じことをするさ」と後悔しないデガルモは(183)、ケインの『郵便配達夫はいつも二度ベルを鳴らす』（一九三四）の主人公フランク・チェンバーズを彷彿《ほうふつ》させるような、ノワール小説的倫理の体現者でさえあるのだ。さらにいえば、デガルモが与えたアンクレットをミルドレッドが捨てなかったことは、デガルモの「愛」が完全に無駄ではなかったというセンチメンタルな――マーロウ好みの――解釈を許容するかもしれない。

したがって、『さよなら、愛しい人』で発見した「デザイン」――マーロウが「傍観者」として他人の哀れな（ノワール小説的な）物語を読者とともに共感しつつ見つめる――を、『水底の女』のチャンドラーは再活用しているように見えるのだが、そうであったとしても、『さよなら、愛しい人』を基準とするなら、その「デザイン」がうまく機能しているとはいいがたい。マロイに対して抱いていたような強いシンパシーを、マーロウはデガルモに対して持っていないからだ。「ベイシティ・ブルース」にデガルモの前身として登場していたアル・ド・スペインについては、探偵ダルマスは気に入っていたとはっきりいうのだが（CS 875）、デガルモへのマーロウの感情はせいぜい「憎んではいない」という程度であり、それも「私は人を激しく憎みはするが、私の憎しみはあまり長く続かないんだ」という一般論的な、そして「強い感情」をそもそも否定するような形で表明されるのである（LNOW 183）。

では、どうしてデガルモはマーロウの強い感情をかき立てないのか。もちろん、マーロウにしてみれば、捜査の邪魔はされ、殺されかけもし、クリスタル（実はミルドレッド）

殺しの犯人にもされかけたのだから、そのような相手に共感しなくても当然ではありそうだが、「ベイシティ・ブルース」のド・スペインとダルマスの関係にしても同様なのだからこれだけでは理由にならない。だが、ときに指摘されてきたように、短編時代のチャンドラー作品では暴力が必ずしも否定的には扱われず[*10]、「ベイシティ・ブルース」はいわばその典型として(ド・スペインがあるキャラクターに対しておこなうリンチは、チャンドラー作品で最も暴力的な場面であるともいわれる〔Marling, *Raymond* 67〕)、「野蛮さ」が「勇気やガッツ」を示すとか(Durham 88)、「堕落した男のタフさであっても称賛される」例として注目されてきた作品でもある(Parker, *The Violent Hero* 134)。アクションを中心とするパルプ小説のイデオロギーでは、「タフ」であることがそれ自体として(ほとんど最高の)男性的美徳なのであり、だからダルマスはド・スペインを気に入ることができたわけだ。

だが、長編/マーロウになるとそうはいかない。マーロウがコミットする相手が生きる「物語」は、作品のテーマ——あるいは小説世界の「メタナラティヴ」と呼んでもいい——と調和しなくてはならないのだ。かくしてミルドレッドが「マーロウもの」の中でも「最も有害なファム・ファタール」でありながら(Phillips 101)、不思議なほど魅力を欠いたキャラクターであるのも、理解され始めることになる。ファム・ファタールは、男の欲望を体現する女性——この女を手に入れられるような(あるいは、この女に欲望されるような)男でありたいと思わせる女性——でなくてはならない。だから初期ノワール小説に登場するファム・ファタールは、単に美人であるだけではなく、階級的な上昇志向が強い女性であることが多いわけだが、ミルドレッドはどちらでもない。彼女は少なくとも四人の男と寝て、三人の人間を殺しているのだが、いったい何のためにそんなことをしているのか読者はよくわからないのではないだろうか。[*11]

ミルドレッドが美女でないのはともかく、その欲望がはっきりしないというのは、デガルモが「ファム・ファタール」の中に何を見ているのかがわからないということであり、つまりはデガルモとミルドレッドの「物語」が空疎なものでしかないということである。デガルモの物語は「本格もの」的なプロットをうまく構成しても――マーロウは別人になりすますミルドレッドの演技を称賛する (Chandler, *LNOW* 156-57) ――「メタナラティヴ」への回路を持たないのだ。それは戦時下の人々と鬱屈した気分を共有するマーロウの心情に訴えかけるものではないし、さりとてそれに代わるメタナラティヴを措定する中身／力を持っているわけでもない。デガルモが兵士にまったく敬意を払わないことは、一九四三年の読者にとっては彼の道徳的退廃を説明するものとして機能しただろうし (Wolfe 177)、それはチャンドラーが戦争というメタナラティヴを最後まで手放さなかった (手放せなかった) ことを逆説的に示唆するとはいえるだろうが、そうであるとすればなおさら、戦争の影に覆われた「現実」を『水底の女』の作者は御しかねたということになるように思える。誤解を避けるために強調しておけば、作家が「現実」を扱いあぐねるというのは、現実の「リアルさ」に触れたことの証左でもあるため、それをもってただちに作品を批判すべきということにはならない。本稿はただ、それが『水底の女』を「あのチャンドラーらしくない」小説にしたといいたいだけである。マーロウが傍観するデガルモの物語は、メタナラティヴに接続されない空疎なものであるがゆえに、結局はよくある――同時代のアメリカ小説に広く共通する「メタナラティヴ」ともいえる――男性性不安の物語に回収されてしまっているように見えるし、それはマーロウとデガルモの距離をさらに広げてしまうことになったように思える。『さよなら、愛しい人』のマロイについてはいわゆる「人殺し」ではないと弁護するマーロウが（Chandler, *SEN* 925, 971）、『水底の女』ではデガルモを「人殺し」と呼び、パットンに否定されるというのは徴候的だろう（*LNOW* 199）。かくして感情的に強くコミットする相手を持たない本作のマーロウは、依頼人ばかりか警察ともかなりうまくやっていけるし（守るべき対象がいないので、「権威」とのあいだに衝突が生じにくいのだ）、先に触れた老いを感じる場面を例外として、内省的になることもないのである。*12

『水底の女』は、チャンドラーがのちに読み返すことができなかった唯一の小説であるという（Hiney 131）。そのことをもって彼がこの小説を「失敗作」と考えていたとはいいがたいのだが、少なくとも『水底の女』を書き終えた時点のチャンドラーが、疲弊感に苛まれたとしても不思議ではないように思う。「戦争」に関するメタナラティヴをうまく処理できなかったことを自覚していたかどうかまではわからないが、ウェルメイドな作品を書くだけでは十分ではないという、後年の読者と同じような気持ちを、この自意識の強い作家が抱いた可能性はあるし、だとすれば「小説」を書くことの難しさをあらためて嚙みしめることになっていたかもしれない。

ここまでの「マーロウ・シリーズ」は「メタナラティヴ」の中身を変えていくことによって展開してきたといえるだろうし、仮に本作にすぐ続けて第五長編が書かれていたとしたらどのようなメタナラティヴが設定されることになったのか——ちなみに、一九三九年の「ノートブック」で「シラノの拳銃」と「ネヴァダ・ガス」を再利用するとされていた『黄昏地帯』の中心人物は政治ボスの息子だった（MacShane 79）——というのは興味深いところである。しかし長編作家チャンドラーの前期キャリアはここで唐突に終わりを迎える。五七歳のパットンは新しい仕事をするには年を取りすぎていたかもしれないが（Chandler, *LNOW* 42, 184）、チャンドラーは五五歳にしてハリウッドに行き、新たな「状況」において何を作り出せるか模索していくことになるのだ。

＊1　『水底の女』執筆のプロセスは、Chandler, *SL* 281-84（もしくは *RCS* 244-47）に詳しい。Phillips 96 も参照。

＊2　村上春樹も、「訳者あとがき」で本書を「異色の作品」と呼び、それゆえに最後に翻訳することになったと述べている（「これが最後の一冊」四三一）。

＊3　付言しておけば、江戸川乱歩が「「顔のない死体」トリック」の例として言及しているチャンドラー作品は、おそらく『水底の女』である（一〇八）。

＊4　ちなみに、『さよなら、愛しい人』の「現在」は一九三九年の三月末～四月初頭と推測されるが、そこではマーロウがレンブラントの老いた自画像――マーロウの「オルター・エゴ」（Wells 78）――を見ながら、その顔にあらわれている「固い明るさ」を気に入っていると述べている（Chandler, *SEN* 795）。

＊5　戦争の影響で（紙の供給制限で）ペーパーバックの出版が盛んになり、「一九三九年にアメリカで販売されたペーパーバックの数は二十万冊にも満たなかったが、一九四三年には四［千］万冊を超え」ることになった（マニング 一〇三－一〇四）。そうした背景のもと、『大いなる眠り』が軍隊文庫に収められたことは（『水底の女』も二ヵ月遅れで収められる［マニング xxix, xxxi］）、その世代のアメリカ人男性にチャンドラー作品への情熱をかき立てることになったとされる（Freeman 199）。

＊6　ただしその評価は、「フーダニット」としては見事だが、その「リアリズム」はハッタリにすぎないというものではあった（MacCarthy 107）。

＊7　本書に「本格もの」的なところがあることを思えば――マーロウは「推理パート」ではシャーロック・ホームズよろしく「初歩だ（elementary）」などという（Chandler, *LNOW* 193）――こうした「楽

園」的な「閉ざされた共同体」という舞台設定にはミスディレクション的な（実はジム・パットンのような人物——チャンドラーが創造した最高の善玉キャラクターなどともいわれる［Fowles 118］——が犯人である可能性を読者に考えさせるという）性格があるともいえるかもしれない。

＊8　キングズリーがその地にダムを造るのが——ニューディール時代、西部のダム建設はヒロイックな公共事業計画であったが（McCann 142）——土地の価値を上げようとしてのものであることは銘記しておきたい（Chandler, *LNOW* 8）。彼がその土地は「もちろん、いまのところはまだしばらくは開発されない」といっているのは（8）、戦争のために開発が止まっていることを意味するのだろうが、彼が資本家として「自然」を投機目的で利用していることを示している（Shoop 224）。なお、秘書エイドリアンが自分の給料では自社の香水を買えない「労働者」であることは（Chandler, *LNOW* 97）、前章からの流れでいえば、彼女を読者の目に好ましく映らせるといっていいだろう。

＊9　ある批評家は、マーロウがドイツで出版されたチェスの本やドイツ製のルガーを所持していることから、従軍経験があると推測しているが（Trott 152-53）、これは根拠としてはあまりに弱いだろう。

＊10　チャンドラーは小説を書く行為が十分「男性的」に見えないと思う一方、自分のパルプ作品はスリック誌の「女性的」な物語とは違うとも思っており（J. Smith 184）、作品の暴力性はそうした「自負」の一つの根拠であったのかもしれない。

＊11　この小説が、チャンドラーの長編としては例外的に富豪（とギャングのボス）が登場しないものであることは、ミルドレッドの行動が金銭的な成功にまったくつながらないことと関連しているよう

に思われる。

＊12　ゲイ・ブルーアーが指摘するように、『水底の女』ほどマーロウが内省的でない小説はない（Brewer 37）。

第八講

# チャンドラー、ハリウッドへ行く

――映画シナリオ

本章はいわば幕間の章ということになるだろうか。レイモンド・チャンドラーの長編作家としての活動は、一九四三年の『水底の女』をもって前期の終わりを迎える。すでに五五歳であった彼はハリウッドに招聘《しょうへい》されていくつかの映画シナリオに関わり、『リトル・シスター』により後期が始まったのは一九四九年のことである。チャンドラーの愛読者にとって、この六年に及ぶハリウッド時代は、ともすれば残念な「休止期間」でしかないと感じられるかもしれないが、詩人時代からのキャリアを追いかけてきた「講義」としては、シナリオライターとしての仕事も無視するわけにはいかない。少なくとも、チャンドラーが映画脚本の執筆にかなりの精力を注入したことは間違いなく、だとすればそれらの作品は彼の小説を理解する一助となるはずだと思われるのだから、小説には大いに関心があっても映画にはさして興味がないという方も――「幕間」の気晴らしとして――お付き合いいただければ幸いである。

チャンドラーがハリウッドにいつから関心を持つようになったのか、はっきりしたことはわからない。映画関係者が作品に出てくることは短編時代からよくあったが（『ブラック・マスク』でのデビュー短編「ゆすり屋は撃たない」からして、映画女優の恐喝事件を扱っている）、これは彼の作品舞台がロサンゼルスであることを思えば自然だろう。論者達は、彼がハリウッドに行く前の作品における映画（産業）への態度はステレオタイプ的なものにすぎず（Durham 69-70）、攻撃的というよりはせいぜい懐疑的なものだと指摘してきたし（Marling, *American* 226）、『大いなる眠り』の刊行から間もない一九三九年四月の手紙における「個人的には、ハリウッドはいかなる作家にとっても毒であり、才能の墓場だと考えています。私はずっとそう思ってきました」という言葉にしても（Chandler, *SL* 6）、「ステレオタイプ的」な「懐疑」を示すものと考えてよさそうである。ハリウッドへの意識がその程度のものだったからこそ、パラマウント社／ビリー・ワイルダーからジェイムズ・M・ケイン『殺人保険』の脚本化を担当してほしいという誘いを受けたときに――ケインの小説をひどく嫌っていた[*1]、この気難しい作家が――ためらわずに応じることができたとさえいえるかもしれない。

当初、チャンドラーは一作だけ関与して、そのあとは小説の執筆に戻るつもりだったようだが、『深夜の告白』が大成功を収めたこともあってそうはならず、いくつものプロジェクトに従事することになる。コミットメントの度合いはさまざまで、未完に終わったものも複数あるが、ともあれまずは列挙しておこう。

①『深夜の告白』（一九四四）

②『愛のあけぼの』（一九四四）
③『見えざるもの』（一九四五）
④『青い戦慄』（一九四六）オリジナル脚本
⑤『湖中の女』（一九四七）クレジットなし
⑥『罪のないダフ夫人』脚本未完成（一九四六）／未製作
⑦『バックファイア』梗概のみ（一九四六）／未製作
⑧『プレイバック』オリジナル脚本（一九四八）／未製作
⑨『見知らぬ乗客』（一九五一）

これらのすべてを見た／読んだという人はあまりいないだろうが、[*2] そうであればなおさら、このリストから受ける印象は「想像していたより多い」というものではないかと思う。その点、つまり関わったプロジェクトの多さとも関連することだが、チャンドラーのシナリオライターとしての待遇は、加速度的によくなっていった。例えば、『深夜の告白』のときには週給七五〇ドル——当時の彼にとってはかなりの高給——だったパラマウントとの契約は、『見えざるもの』の手直しを依頼されたときには週給一〇〇〇ドルになっているし（Phillips 184）、一九四五年に結んだ三年契約では、年に二本のシナリオを提供し、シナリオが完成しなくても年に五万ドルを受け取るというものになっている（Bruccoli,

"Afterword" 131)。彼のシナリオライターとしての「株」は、非常に高かったといっていい。

こうしたチャンドラー株の上昇については、もちろんかなりの程度、チャンドラーの実力によるものであるだろう。事実、というべきか、『深夜の告白』や『青い戦慄』の脚本はアカデミー賞にノミネートされたし、彼が関わった映画で上映されたものはすべて商業的成功を収めている。だが、多くのフィルム・ノワールが低予算のB級映画であったのに対し、彼がシナリオに関与した映画は概して有名俳優を起用したA級映画だったのであり(Luhr 4)、それはすなわち、映画会社のチャンドラーに対する期待がそもそも強かったことを意味するだろう。

その「期待」は、「レイモンド・チャンドラー」という名前に宣伝効果があったということでもある。ウィリアム・ルーアは、チャンドラーの映画界との関係が「正しいときに正しい場所に正しい資格をもって」のものであったと述べている(5)。「一九四〇年代」の「ハリウッド」において「ハードボイルド作家」であることには価値があったのであり、その価値は彼自身の小説がこの時期に続々と映画化されることによってますます高まっていったはずだ。本書ではチャンドラー作品のアダプテーションについて論じる余裕はないが、[*3] 同時代のものについてはリストをあげておくと——

⑩『ファルコン・テイクス・オーヴァー』(一九四二)↑『さよなら、愛しい人』

⑪『殺しの時間』（一九四二）↑『高い窓』
⑫『ブロンドの殺人者』（一九四四）↑『さよなら、愛しい人』
⑬『三つ数えろ』（一九四六）↑『大いなる眠り』
⑭『湖中の女』（一九四七）↑『水底の女』
⑮『ブラッシャー・ダブルーン』（一九四七）↑『高い窓』

——ということになる。注目しておきたいのは、チャンドラーが映画業界で活動しているあいだに、彼の長編四冊がすべて（リメイクを含め）映画化されているということである（⑫〜⑮）。そうした状況は、シナリオライターとしての価値を担保することはもとより（⑭は前掲⑤と同一作で、チャンドラー自身がMGM社から脚本化を依頼されたものである）、彼に「新作」＝「オリジナル脚本」を書かせてもよい／書かせたいという気運を、スタジオに生じさせることになったと思われる。

かくしてチャンドラーは、映画業界における脚本家のステータスにさまざまな不満を抱いていたものの、一介のシナリオライターにはあり得ないような自由裁量を、短期間のうちに得ていくことになった。他人が書いた小説を映画にするという制限が窮屈になれば、オリジナル脚本を書くことができたし、九時〜五時のオフィス勤めで人と協力して作業するのが嫌であるといえば、自宅で執筆することも許された。彼が⑧『プレイバック』に関して一九四七年にユニヴァーサル社と結んだ契約はまさにそうしたものであり（Luhr 7）、しかも週給は四〇〇〇ドル、興行的に成功すれば利益の一部を比例配分で得られることに加え、彼がユニヴァーサルに提供するのは脚本の「映画化権」のみであるというのだから、破格の好条件という他ないだろう（Pepper vii）。

経済的な安定を求めてハリウッドに「身売り」した小説家は、チャンドラーの同時代には珍しくない。F・スコット・フィッツジェラルド（『グレート・ギャッツビー』のアダプテーションをチャンドラーが担当するという話もあったらしい［Hiney 153］）やウィリアム・フォークナー（ハワード・ホークスに気に入られ、『三つ数えろ』の脚本を担当）といった名前もすぐに想起されるだろう。そういった作家達の「映画」への関わりの深さや成功の度合いはさまざまであり、比較するのは面白い作業ともなり得るだろうが（例えばフィッツジェラルドはフォークナーより映画をシリアスにとらえていたものの、シナリオライターとしてはフォークナーの方が成功した）、シナリオの執筆にチャンドラーほどの自由裁量権を持ち、それを行使した作家は（仮にいたとしても）稀だっただろう。その意味において、『深夜の告白』『青い戦慄』『プレイバック』といった脚本は、この作家の全体像を理解しようとする際には看過し得ない「チャンドラー作品」なのである。

右で述べてきたことからも明らかなように、チャンドラーはハリウッドでかなりの成功を手にした作家であるはずなのだが、一般的なイメージとして、そうした印象はあまり強くないかもしれない。これはたぶん、彼が折に触れて映画業界や映画人に対する不満を口にしていたことや、ハリウッド時代の後半が生産的に見えないことなどによるのだろう。だが、どこにいても居心地の悪い人間であったチャンドラーが、自分が置かれた環境に対して文句ばかりいっているというのは珍しいことではないし、また、自意識の極めて強い作家である彼が、自分の作品——執筆中であれ、完成後であれ——に対して嫌気が差したり否定的なことをいったりするのも「いつものこと」なのだから、そうした点は差し引いて考えなくてはならないだろう。

実際、チャンドラーはいろいろと文句をいってはいたものの、ハリウッドに——同時代の「出稼ぎ」作家達に比べて——スムーズに適応できていたところもあった。彼はもともとロサンゼルスに住んでいたし、パルプ作家出身であったことは（「純文学」の作家とは違って）「本業」との強い葛藤を生じさせず、元ビジネスマンであったために映画業界の「ビジネス」的な態度にショックを受けることもなかった（Hiney 135）。撮影所での生活は、それまで隠遁生活を送っていたチャンドラーに、他の作家達と知的な交流を持つ機会を与えることになり、彼がそれを楽しんでいたことは間違いない。

もっとも、そういった同業者との交友は、当然のように飲酒の習慣を復活させてしまったし、そうなると——やはり当然のように、というべきか——女性への性的関心も再燃してしまうことになった。撮影所には多くの若く美しい女性がいたのであり、チャンドラーはある秘書には年長の妻に関する愚痴をいって口説こうとして失敗するも、別の秘書とは親密になって職場にあらわれないようになり、それに気づいたシシーと口論になって……というように、会社勤めをしていた頃の愚行を繰り返すことになった（Freeman 214-17）。過度の飲酒が収まったのは、一九四六年秋、シシーのためにラ・ホヤに四万ドルの家を購入してからのことである。

このように見てくると、自宅での執筆を認められなければ、チャンドラーがシナリオ執筆に落ち着いて取り組めるはずなどなかったともいえそうだが、いずれにしても彼は共同作業というスタイルには最後まで馴染めなかった。ワイルダーとの仕事を始めるにあたって数十ページもの原稿を用意していったというエピソードは、[*4]彼がシナリオ書きの仕事を「個人」でやるものと思っていたことを示唆するだろう。彼はワイルダーとの共同作業について、「ひどく苦痛な経験で、おそらく寿命を縮めましたが、私はそこからシナリオの書き方について学べるだけのことを学びました――たいして多くはありませんでしたが」と一九五〇年一一月の手紙で述べているが（Chandler, *SL* 237）、その四ヵ月ほど前には、『見知らぬ乗客』に彼を誘ったアルフレッド・ヒッチコックとの仲も冷え切ってしまっていた。彼は秘書に向かって「あのデブ野郎が車から降りようとしているのを見てみるといい」といい、以後ヒッチコックはラ・ホヤでの打ち合わせをしなくなったという（Phillips 203）。

ワイルダーもヒッチコックも癖の強い人間ではあっただろうが、とにかくチャンドラーには共同作業がほとんど生理的に向いていなかったと考えるべきだろう。興味深いことに、一九四五年のエッセイ「ハリウッドのライターたち」において「映画の根本をなす芸術はシナリオであり、それは基礎をなすもので、それがなければ何もない」と述べていたチャンドラーは（Chandler, *LNOW* 994）、その三年後に発表された「ハリウッドのオスカーの夜」では、映画が複合的な要素からなる新しい芸術であることを認めるようになっている（"Oscar" 159）。ルーアはこの変化に注目し、シナリオライターの地位が（「ハリウッドのライターたち」で彼が批判していたように）低いのは映画という芸術の性質ゆえであることをチャンドラーは理解していったものの、その理解は彼が映画から離れていくことをむしろ促進したと論じているが、慧眼だろう（Luhr 76）。

一九四九年四月の手紙で、シェイクスピアが生きていたら間違いなく映画を作っていただろうと書いているチャンドラーは（Chandler, *SL* 172）、映画という芸術の価値と可能性を認めていた。だがそれは、「個人」として作品を作りたい「小説家」にとってのジャンルではなかったのだ。生前未発表の（おそらく五〇年代の初頭に書かれたと思われる）エッセイ「控え目な告別」はこう閉じられる――「私は作家であり、私が書くものが私に属していなくてはならないときが、つまり一人で、沈黙のうちに、誰にも肩越しに見られることなく、誰からももっとうまく書く方法を教えてもらうことなく書かれなくてはならないときがいつかは来る。それは偉大な作品でなくても構わないし、素晴らしくよいというものでさえなくてもいい。それはただ、私のものでなくてはならないのだ」(*Notebooks* 76)。

チャンドラーのハリウッド時代は、その小説に対する評価も高まっていった時期であり、また、「単純な殺人芸術(むだのない殺しの美学)」(一九四四)という有名なエッセイも発表されているのだが、これらについては次章で触れることとして、本章ではチャンドラーが関与した映画作品について、駆け足ではあってもなるべく包括的に見ていくことにしたい。

まずは①『深夜の告白』である。この映画はフィルム・ノワールの傑作として名高いことはもちろん、その(殺人と不倫を扱う物語でありながらの)成功が「ヘイズ・コード(映画製作倫理規定)」下で撮れる映画の幅を広げたという点において映画史的にも重要な作品であるのだが、チャンドラーの貢献として最も頻繁に指摘されるのは、登場人物達の台詞である。原作の会話をそのまま使おうと思っていたワイルダーにチャンドラーがケインの会話は目で読むためのものだといって反対し、ケインもチャンドラーに同意したことはよく知られている。結果、ほとんどの台詞は映画オリジナルとなったのであり(Luhr 33)、その中でおそらくいちばん有名な例を引用しておこう。

フィリス　……ミスター・ネフ、明日の夜、八時半頃に来てくださいｌ。その時間にはいるでしょうから。
ネフ　誰がです？
フィリス　主人が。主人と話したかったんでしょう？
ネフ　ええ、ただ、もうよくなってきましたけど。どうでしょうかね。
フィリス　この州には制限速度というものがあるのよ、ミスター・ネフ。時速四五マイル。
ネフ　私はどのくらい飛ばしていましたかね、おまわりさん。
フィリス　九〇マイルってところでしょうね。
ネフ　バイクから降りて、チケットを渡してくれてはどうでしょう。
フィリス　今回は注意だけで許してあげるというのはどうかしら。
ネフ　それじゃすまないとしたらどうでしょう。
フィリス　きつく叱らざるを得ないとしたらどうかしら。
ネフ　私がわっと泣き出してあなたの肩に顔を埋めるというのはどうでしょう。
フィリス　夫の肩でそうしてみたらどうかしら。
ネフ　それじゃ台無しですね。……では、明日の夜、八時半に、ミセス・ディートリクソン。

（Chandler, *LNOW* 884-85）

保険の販売員ウォルター・ネフと、金持ちの夫を持つ美女フィリス・ディートリクソンが、はじめて会った日のやり取りである。スピード違反の比喩が性的なニュアンスを帯びているのは明らかだが、映画冒頭、ウォルターの運転する車がストップ・サインを無視して走っていたことを想起させるものにもなっている（875; Phillips 174）。

こうした台詞／会話をちりばめた『深夜の告白』は、チャンドラーを一流の会話を書けるライターとして認知させ（Luhr 36）、ハリウッドにおけるチャンドラーのキャリアを大いに後押しすることになったのだが、この映画に関して本書の文脈でそれ以上に重要なのは、チャンドラーが主要人物達の関係を変化させることで、『さよなら、愛しい人』で定立させた「デザイン」を見事に活用していることだろう。原作でも映画でもフィリスがファム・ファタールであることには変わりがないが、ケインの小説におけるフィリスは「わたしの中には〈死〉を愛する何かがある」という（Cain 18）、「死」に取り憑かれた女であり、そのような「正真正銘の精神異常者」（108）にうっかり手を出してしまったことにウォルターの「不運」はあった。

それに対し、映画版のフィリスは「人間化」され[*5]（Spiegel 96）、ウォルターはファム・ファタールによって利用される「カモ（sucker）」となる。そして重要度を高められた、ウォルターの上司にして「探偵」役をつとめるバートン・キーズが、作品の「感情的中心」として（Karydes 29）、そのノワール的な「物語」を「読む／見る」わけだ。キーズとウォルターの精神的距離は、フィリップ・マーロウとムース・マロイのそれよりもはるかに近い。キーズはウォルターを自分の後継者にしたいと思っているし、ウォルターがフィリスとの関係を断つ決意をするのも、ただちに逃走する代わりに「告白」をおこなうのも、キーズへの愛ゆえである（原作ではフィリスの義娘ローラへの愛がその動機となっている）。そうした距離の近さ――キーズがなかなか犯人を見つけられなかったのは「そいつが机のすぐ向こうにいたからだ」というウォルターに、キーズは「もっと近いところにいたよ、ウォルター」という（Chandler, *LNOW* 972）――は、『さよなら、愛しい人』以上に強い叙情性と、そしてさらに重要なことに説得性を、極めて洗練されたやり方で『深夜の告白』に付与しているといっていいだろう。そしてさらにいえば、撮影はされたものの蛇足として採用されなかったもう一つの結末における、ウォルターの処刑に立ち会ったあとの「ゆっくりと陽光の中に出ていく、動きは固く、頭を垂れた、哀れな孤独な男」というキーズの姿は（Chandler and Wilder 117）、マーロウがやがてたどることになる運命を予示しているように見えるかもしれない。*6

『深夜の告白』はさまざまな長所を持つ作品だが、その成功のあと、チャンドラーはもっぱら「ダイアログ・ドクター」と見なされるようになった（Hiney 146）。それぞれ脚本の執筆が進んでいた②『愛のあけぼの』と③『見えざるもの』に関して声をかけられたのは、「会話」を磨きあげる能力を見込まれていたからである（Luhr 39）。もっとも、この二作に対する彼の貢献度は評価が難しい。特に『愛のあけぼの』は、医師と患者のラブロマンスであり、点在するタフで知的な会話にチャンドラーの痕跡が認められたとしても（Phillips 186）、ヴァンス医師がタフでビターにすぎるように感じられてしまうきらいもある（Luhr 40-41）。一方、『見えざるもの』はサスペンス仕立てということもあってか、チャンドラーが全面的に書き直したとか（Clark 43-44）、結末に関与しているということがあったとしても（Phillips 185）、全体として不自然に感じられることはない。どちらも商業的に成功しているが、前者のヒットがおそらく主演のアラン・ラッドの人気によるところが大きかったのに対し、後者に関しては批評家にもまずまず好評で（辛口のジェイムズ・エイジーなども「かなりの知性と洗練をもって作られている」と述べている［Agee 158］）、レヴューではチャンドラーへの言及が多く見られたようだ（Luhr 42-43; Phillips 186）。

こうした作品の成功は、後年のチャンドラーに、自分は優れた脚本家ではなかったとしてもよい「ダイアログ・ライター」ではあったと述懐させることになったのかもしれない（Luhr 75）。しかし、当時のチャンドラーはすでに「ダイアログ・ドクター」としての仕事に飽きており（Phillips 187）、一九四四年の九月にパラマウントとの契約がいったん終わると、交渉はエージェントにゆだね、小説を書くために家に帰ることになった（Marling,

*Raymond* 39)。その時期の成果として目立つのは「単純な殺人芸術」であるのだが、小説も書いていたのだろう――一九四五年の初頭、プロデューサーのジョン・ハウスマンに、進まない小説をシナリオとして売ることを考えていると話したことでプロジェクトが始まった④『青い戦慄』は（Houseman xii）、もともとマーロウを主人公とする小説として構想されていたのだから（Bruccoli, "Afterword" 135）。

『青い戦慄』の脚本が完成されるまでの話はほとんど伝説化しているが、やはり紹介しておくべきだろう。チャンドラーは一月一八日にはプロットの説明をスタジオに提出し（Naremore 109）、二月一〇日の手紙ではオリジナル脚本を書くのを楽しんでいるといいながら、シナリオの前半を三週間で書く。だが、そこで停滞が生じる――海軍がシナリオを検閲した結果、主人公の戦友である帰還兵バズ・ウォンチェック（「シェルショック」で苦しんでいる）を殺人者にできなくなってしまい、誰を「犯人」にすればよいかわからなくなってしまったのである（Williams 213-14）。主役のラッドが陸軍に戻る日が迫り、焦ったパラマウントの制作部長はチャンドラーを呼び出して、脚本を間に合わせてくれれば五〇〇〇ドルのボーナスを出すと申し出たが、これは彼の機嫌を大いに損ねてしまった。彼は仕事を降りるといい出すが、結局、ハウスマンの立場を慮って提案をする――自宅で酒を飲み続けながらであればやり遂げてみせるといったのである（そのために、二台の車と六人の秘書、ビタミン注射のための医師と看護師が常時待機することになった）。これは無茶苦茶な、危険な計画というしかなく、シシーはもちろん反対したのだが、彼は安全よりも名誉の方が重要だといって押し切り（Houseman xvii）、脚本を書きあげたのだった。

影響力あるフランク・マクシェインの伝記では、「その努力にはほとんど価値がなかった――『青い戦慄』はチャンドラーの評価を高めるのにほとんど寄与しない」とされている（MacShane 116）。だが、チャンドラーのシナリオライターとしての評価は、かなりの程度この作品によるものである（Luhr 48）。「多くの批評家はチャンドラーの作家としての技量を熱烈に褒めあげた」し（Phillips 198）、晩年のチャンドラーも脚本はなかなかよかったと述べていたという（199）。もっとも、公開当時の彼はこの映画に不満足だったともいわれるが（Bruccoli, "Afterword" 134）、それは検閲によって犯人を変えられたことと、映画のラストシーンがチャンドラーの脚本から大きく変更された――脚本では三人の帰還兵が（冒頭場面と円環構造をなすように）飲みに行こうとするのに対し、映画では主人公ジョニー・モリソンがヒロインのジョイス・ハーウッドと結ばれて終わる――ことへの不満が大きかったのではないだろうか。

実際、右で見てきた結末に関する二度の変更は、チャンドラーにしてみればさぞかし面白くなかっただろう。というのも、『青い戦慄』は、『水底の女』がうまく処理できなかった「戦争」というメタナラティヴに、再度取り組もうとした作品であるように思えるからだ。海兵隊員との悶着が「兵士の絆」によって修復されるシーンで始まるこのシナリオは、ひと言でいってしまえば、戦争に行った男（達）が何もかも失ってしまうという話である（はずだった）。戦争に従事しているあいだ――それが過酷な経験であったことは、彼らが早期除隊を認められた事実にうかがわれるし、バズはジョニーを「俺たちに一一二回も戦闘飛行をさせた男」と呼んでいる（Chandler, *BD* 65）――ジョニーは息子を失い、妻ヘレンを戦争に行かなかった（そして軍需工場で金を儲けている）男エディ・ハーウッドに寝取られている。その意味において、劇中で生じるヘレンの殺害は、それ自体としてはショッキングな出来事というより、虚しい「確認」のようなものでしかない。おそらくはそれに「意味」を与えるのが、戦友のバズが「犯人」であるという設定だった。戦地で受けた傷のために知的／精神的な問題を抱え、殺人を犯してしまう……というのは（今日の観点からすれば）凡庸であったとしても、ジョニーという帰還兵の「悲劇」を完遂するには必要だったのである。

そう考えてみると、バズは軍隊で培われた（と思われる）銃のスキルにより身の潔白を証明し、ジョニーはハーウッドの妻ジョイスと結ばれて――いわば「寝取り返す」ことに成功して――新しい人生を始めるというのは、チャンドラーの本来の構想からあまりにもかけ離れた結末といわねばなるまい。新たに「犯人」とされたのがホテル探偵であることは、初期短編におけるホテル探偵がブルジョア社会の暗い面を暴く役割を担っていたことを思うと興味深いし（Wolfe 36）、犯行の動機に階級問題があって刑事（探偵）が同情的になるというのも『高い窓』を想起させるところなのだが、「戦争」というメタナラティヴがぼやけてしまったことは否めないだろう。

⑤『湖中の女』については、他人に脚本化されるのが嫌で引き受けておきながら、題材にすっかりうんざりしてしまったチャンドラーは全面的に改作しようとして、スタジオともめているうちに契約が切れた……といった説明をかつてはされていたが (Clark 86)、研究が進み、チャンドラーが原作から逸脱したのはもっぱら最初の方だけであることがわかっている (Phillips 104)。彼がMGMに提出した脚本は通常の倍ほどの長さであり、カットしなくては映画にならず、だからリトル・フォーン・レイクの場面とそれに関わる人物はすべて削られることになったのだが、それ以外はチャンドラー自身が書いた脚本にかなり近い形で撮影された (105)。つまり、原作からの顕著な改変――エイドリアン・フロムセットとマーロウを恋仲にしたことと (106)、マーロウをパルプ作家志望者にしたこと (109) ――はチャンドラー自身によるわけだが、どちらもトピックとしてさほど重要には思えないので、詳しく論じる必要はないだろう。なお、チャンドラーが『湖中の女』に自分の名がシナリオライターとしてクレジットされるのを許さなかったのは、この映画を有名にした唯一最大の特徴である「主観撮影」を許せなかったためである。

⑥『罪のないダフ夫人』と⑦『バックファイア』に関しても、本書としていうべきことは特にない。前者については、チャンドラー自身がパラマウントに映画化を勧めておきな

がら、脚本化作業にすぐ飽きてしまったようで（Luhr 67）、パラマウントに五万三〇〇〇ドルの損失（うち一万八〇〇〇ドルはチャンドラーの七二日分の給料）をもたらすことになった（Haut 35）。後者については、いかんせん梗概にすぎないため、『青い戦慄』と似たところがある――戦争から戻ってくると家庭がだめになっているなど――という指摘があることだけを記しておこう（Luhr 69）。

シナリオライターとしてはしばらくまとまった仕事ができないでいたチャンドラーだが、ラ・ホヤに移り住んだ翌年の一九四七年は、⑧『プレイバック』の執筆に精力を傾けた。この作品は、ユニヴァーサルの経済的な事情ゆえに――とりわけ、物語の舞台がカナダであったために――製作されなかったこと、そしてのちに「小説化」されたこともあって、どうしても目立たないことになってしまっているが、「あまり出来のよくない小説『プレイバック』の元になったすぐれたシナリオ」という見方には一理あるように思えるし（小鷹「もう一つの『プレイバック』」二九二）、少なくとも、二つの『プレイバック』を併読することはかなり面白い読書体験になるように思う。

その「面白さ」をここではシナリオ版に寄せる形でいえば、「マーロウ」の視点を介在させない形で、ベティ・メイフィールドという女性人物を主人公とした「長編」を読めるということになるだろう。ヴァンクーヴァー警察のジェフ・キレイン警視は、「ガラハッド」に喩えられていることからも推されるように（Chandler, *The Screenplay of Playback* 86）、マーロウに似た人物として造形されている。例えば「おそらくあの手の女はご存知でしょう。世界中のホテルやリゾートで見かけますよ。決まってたくさんのドレスと金、そしてたいてい三、四人の夫を持っています。大いなる注意を払って身を飾り立て、目の端にある小さな皺《しわ》を大いに気にして――そしてラリー・ミッチェルのような人間と関わることで、人生にかけては無能であると証明するのです」という言葉など(61)、マーロウの台詞だといわれても何ら違和感がないだろう。だが、キレインは特権的な「主人公」ではない。ユニヴァーサルはこの脚本には「ダイナミックなヒーロー」が欠けていると感じたそうだが(Nolan, "Marlowe's Mean Streets" 33)、「マーロウもの」を読み慣れている者には、キレイン(=マーロウ)の視点に回収されない人物が存在すること自体が、むしろ「ダイナミック」な印象を与えるはずだ。その「ダイナミクス」は、チャンドラーの後期作品におけるマーロウの扱いに、どこか通じるところもあるかもしれない。

『プレイバック』が未製作に終わったことは、やむを得ぬ事情があったにせよ、チャンドラーに自分のシナリオライターとしての「商品価値」が一年前のようなものではなくなったことを実感させただろうし(Luhr 76)、彼が『リトル・シスター』という「ハリウッド小説」を書きあげたことは、「ハリウッド時代」の終わりを象徴的に示すようにも見える。

だが、彼はもう一度だけ映画業界に関わることになった。一九五〇年にワーナー・ブラザーズ社／ヒッチコックから依頼を受け、パトリシア・ハイスミス(一九二一 - 九五)の、

「交換殺人」プロットで有名な『見知らぬ乗客』（一九五〇）の脚本化を引き受けたのである――それは後味の悪い仕事となってしまうのだが。

チャンドラーの⑨『見知らぬ乗客』への関与は、あまり論じられることがない。チャンドラーはヒッチコックが「私が書いた痕跡をほとんどすべて消し去った」といっていたし（MacShane 177）、チャンドラーの後任チェンツイ・オーモンドが（自分の役割は微修正だと思いながら）脚本を見せてくれといったところ、ヒッチコックがそれを親指と人差し指でつまんでゴミ箱に捨てたというエピソードもある（Clark 107）。ただ、ワーナー・ブラザーズがヒッチコックの強い反対を押し切ってチャンドラーの名をクレジットした事実からも推されるように、チャンドラーはこの映画に一定の貢献はしていたと見なすのが公平だろう（Phillips 212）。プロットに関わる変更（原作では建築家だったガイ・ヘインズがテニス選手になっていることなど）の多くは、チャンドラーが加わる前になされていたとしても（Luhr 87）、例えばガイにブルーノ・アントニー（原作ではチャールズ・アンソニー・ブルーノ）の父を殺させないことで、物語を原作とは決定的に異なる方向に進ませたのはチャンドラーだったのだから（Phillips 209）。

だがそれでも、チャンドラーの貢献は、「一定程度」のものでしかなかったともいえる。いま触れたストーリーの大きな変更は、ガイのような男が（交換）殺人を犯すはずがないという「リアリズム」に基づくと考えれば、チャンドラーという作家に相応しい改変であったといえるだろうし、シナリオの最終稿を受け取ったチャンドラーが、一九五〇年一二月六日付けの（賢明にも）投函されなかった手紙で、ヒッチコックに向けて並べ立てている批判にしても、ストーリーもキャラクターもリアリスティックではないということに尽きているように思える（Chandler, *SL* 243-45）。しかしそうした「リアリズム」は、サスペンス効果を高めるためなら何でもやるというようなヒッチコックにとっては、ほとんど意味がないものだっただろう。ヒッチコックとチャンドラーという意外な組み合わせは、結局のところ、化学変化を起こす呉越同舟とはならず、同じ列車に乗った他人同士でしかなかったのである。

チャンドラーがハリウッドですごした時間は、小説家としてのキャリアをサボタージュしたのか、それとも気分転換になって小説執筆への意欲を新たにさせたのか、判断するのは難しいなどといわれる（Fowles 141）。だが、いずれにしても、この時期の「作品」は、チャンドラーの世界が「マーロウもの」にとどまらない広さを持っていることを十分示しているように思える。チャンドラーはいつも、自分が「マーロウもの」の作者でしかないことに複雑な気持を抱いていた。チャンドラーの愛読者は、ともすればその複雑な気持ちに対して複雑な気持ちになるのではないかと思うのだが、おそらくはその複雑さがなければ「マーロウもの」は違ったものになってしまったはずである。そうした意味においいて、彼のキャリアに「複雑さ」を与えるハリウッド時代は、前期と後期のあいだの「幕間」ではあっても、断じて「空白期」などではない。少なくとも『深夜の告白』『青い戦慄』『プレイバック』という三つのテクストが、チャンドラーのキャノンとして認知され、広く読まれるようになることを期待したい。

＊1　一九四二年一〇月の手紙におけるケイン評はつとに知られている——「彼が触れるものはすべて雄山羊のような臭いがします。彼は私が憎んでいる、あらゆる種類の作家なのです……。そのような人々は文学の屑肉です。汚いものについて書いているからではなく、それについて汚いやり方で書くからです」（Chandler, *SL* 23）。

＊2　関心のある読者のために記しておくと、製作された①～⑤、および⑨は、現在すべてインターネットなどで視聴可能である。また、①④⑧に関してはスクリプトを読むことが難しくないどころか、翻訳もある（④の脚本邦題は『ブルー・ダリア』、⑧は『過去ある女——プレイバック』）。なお、②については「米映畫シナリオ對譯シリーズ5」（赤坂一郎訳、國際出版社、一九四八年）でシナリオを読むことができる（省略されているシーンに関しては要約が載っている）。

＊3　この時期の作品ではないが、『ロング・グッドバイ』のアダプテーションについては、拙論「裏切りの物語」を参照されたい。

＊4　ワイルダーの反応は、「これはクズですよ、ミスター・チャンドラー」だったという（Luhr 3）。

＊5　フィリスがウォルターにとどめを刺そうとする瞬間に、彼への「愛」を悟って躊躇してしまう（そして逆に殺されてしまう）という改変は、『さよなら、愛しい人』のヴェルマが最後には夫を守ろうとして振る舞うというマーロウの説を想起させる、いかにもチャンドラーらしいものであるように感じられる。

＊6　『深夜の告白』については、拙著『ノワール文学講義』、とりわけ五六－七二、一一四－一一五頁も参照されたい。

第九講

# 依頼人のいない世界

『リトル・シスター』

レイモンド・チャンドラーの第五長編『リトル・シスター』は、一九四九年に刊行された。最初の四冊が一九三九〜四三年という短期間に立て続けに出版されていたことを思うと、六年ぶりのカムバックということで、六一歳となっていた作者にはさぞかし思うところ、期するところがあっただろう。もっとも、その六年のあいだ、チャンドラーは姿を消していたわけではなく、むしろその知名度を大いに高めており、それは『リトル・シスター』の売り上げにも大いに貢献したと思われるのだが、[*1]「映画」との関わりが高めたその名声は、「小説家」としての彼にとっては心理的重圧として働いたとも推察される。『リトル・シスター』の出版は、彼にしてみれば、自分が映画界によって堕落させられておらず、芸術家として去勢されてはいないことを証明するべきものだったのだ（Luhr 78）。

前章で「ハリウッド時代」として扱った期間は、チャンドラーに「小説家」としての立ち位置／あり方を、深く考えさせた時期でもあった。「シナリオライター」としての共同作業が性に合わなかったことについては触れておいたが、ここで確認しておきたいのは、「ハードボイルド作家」としての評判と不可分な形で得られた経済的成功は、「ただの探偵小説家」であることに関する彼の自意識を、それまで以上に複雑にしたと思われる点である。ケン・フラーは、この時期のチャンドラーの書簡には「ただのミステリ作家」であることへの苦い後悔のトーンが明らかだと指摘しているし（Fuller 98）、実際、例えば一九四三年一一月のアルフレッド・A・クノップフ宛の手紙では、フィリップ・マーロウを主人公とした一人称小説をミステリ小説ではないものとして書いてみたいなどと述べられている（Chandler, *SL* 25）。

「非ミステリ作品」を書きたいというチャンドラーの志向は、「二人の作家」（生前未発表／一九五一年二月執筆）や「ビンゴ教授の嗅ぎ薬」（一九五一年六月〜八月）といった短編でその後も顕現していくことになるのだが、そうした流れにおいてみると、彼が一九四九年五月の手紙で、『リトル・シスター』の結末でどこまで「謎」をクリアにするべきか——誰が誰を殺したのかがこれほど不明瞭なのは、チャンドラー作品としても例外的である——迷っているという事実は興味深い。彼がその手紙で『リトル・シスター』は「本格推理小説（proper mystery story）」ではないし、そう見せかけようともしていないと述べているのは（175）、改稿作業にうんざりしていたからというより、この小説に対する彼の姿勢を率直に示したものと受け取っていいように思える。ある伝記作家の表現を借りていえば、『リトル・シスター』は「ミステリ小説をこえるものを書くという野心を実現しようとした最初の試み」なのだ（Williams 239）。

『リトル・シスター』は出版時にまともな批評的関心を集めたはじめてのチャンドラー作

品ではあるが（Van Dover, "Chandler," 26）、彼の小説の中で最も批判されてきたものであり（『プレイバック』は「批判」というより「無視」されてきたという感じだろう）、そうした批判にはそれなりの正当性があるというしかない。[*2] だが、この小説に関して頻繁に指摘される「まとまりのなさ」は、作者がそもそも「ウェルメイドな探偵小説」を目指していない以上、あげつらってもさしたる意味はあるまい。実際、マーロウが自分自身に向けて「今夜のお前はどうかしているぞ、マーロウ（You're not human tonight, Marlowe）」と繰り返す第一三章や、名前もわからないピアノ弾きの警官が登場する第三〇章が探偵小説としての本筋に関係がないとはよくいわれるし、[*3] それをいえば第一九章における、三匹の犬を連れた映画会社社長ジュールズ・オッペンハイマーとマーロウが会話する場面などにしてもそうだろうが、そういったエピソードを取り去ってしまえば、『リトル・シスター』はまったく別の小説になってしまうはずである。

したがって、『リトル・シスター』を読むという営みは、それを——すっきりしない結末に至るまで——まとまりのない、カオティックな世界を投げ出すように提示する小説として受け入れることを意味するだろうが、そうした特徴は、この小説が与える暗い印象ともつながっているように思える。この小説の「暗さ」は、チャンドラー自身の「これは自分の本の中で、私が積極的に嫌っている唯一のものです。悪いムードの中で書かれ、それがはっきりあらわれています」という一九四九年一〇月の手紙における言葉と結びつけてただちに納得されがちだが*4(Chandler, *RCS* 225)、それは作者の「気分」というより「詩学」の次元での問題、つまり語り手である探偵マーロウが世界を秩序立ったものとして把握できていないことと連動しているように思えるのだ。

ここでは雑駁《ざっぱく》な整理をするしかないが、一般的な探偵小説においては、世界とは本質的/先験的に「秩序立った」ものとしてある。そこに「イレギュラー」な事件(例えば殺人)が起こり、探偵は理性の光によって事件を解決することで「秩序」を――「明るさ」を――復旧させるわけだ。だが、『リトル・シスター』にそのような予定調和は存在しない。チャンドラー作品の結末では、殺人犯がわかっても、解決したという感じがほとんどなく、不満足な印象が残ることはときに指摘されてきたが(Beekman 97)、七つもの殺人が起こっているのに、「犯人」が誰ひとりとして逮捕されないどころか、そもそも誰が誰を殺したのかもはっきりしない『リトル・シスター』は、物語としての幕が一応は引かれても、片づいていないことがあまりにも多い。

「片づいていない」ことの筆頭が、マーロウの気持ちである。物語の結末で「このひどい事件はずっとそうだった。私は一度として、すんなり自明の行動をとれたことがなかった」と告白する彼は(Chandler, *LNOW* 415)、最初から最後まで「探偵」として安定した視座を持つことができない。その安定した視座の欠如は、彼を孤独の中に落としこみ、(ときには自虐的なまでに)内省的にし、彼が語る物語を暗く染める。「私立探偵は道徳的荒地を観察し、（ハック・フィンとは違って）逃げ込むべき「テリトリー」が存在しないので、自分自身の中に退却する」とか（Grella 111）、「マーロウは事件の解決より精神的孤立を逃れる方に関心があるようにしばしば見える」と指摘する論者がいるが（Schopen 183）、そういった傾向はまさしく『リトル・シスター』以降の後期長編にこそ顕著である。「マーロウもの」の愛読者としては、マーロウには「ハードボイルド・ヒーロー」としての個人的な、しかし確固たる「規範《コード》」があり、それを恃みにできるはずだと思いたいかもしれない。だが、この小説のチャンドラーは——ダシール・ハメットが『ガラスの鍵』においてそうしたように——主人公をそれが持てないところに追い込んでしまったのである。

『リトル・シスター』はホレス・マッコイ『彼らは廃馬を撃つ』（一九三五）、ナサニエル・ウェスト『いなごの日』（一九三九）、F・スコット・フィッツジェラルド『ラスト・タイクーン』（一九四一）などとともに「ハリウッド小説」として論じられることも多いが、「ハリウッド」に関連する伝記的背景については前章の議論で概観しておいた。本章では、右で述べてきたことを踏まえ、ハリウッド時代のチャンドラーに「小説家」としての自意識を深めさせたいくつかの事実に触れておくことにしたい。

そうした観点からまず見ておかねばならないのは、一九四四年一二月の『アトランティック・マンスリー』誌に「単純な殺人芸術」を発表したことである。あらためて紹介するのがはばかられるほど有名なエッセイだが、ハードボイルド小説を黄金時代のイギリス探偵小説と対比するという、今日ではほとんど常識となっている見方を言語化した功績は（Hickman 290）、やはり銘記しておかねばならないだろう。

チャンドラーがこのエッセイを書いていたのは、パラマウント社との最初の契約が終わった頃であり、（実際にそうはならなかったとしても）「本職」である「小説」に戻る際におこなった「立ち位置」の確認として読むことも可能である。したがって、このエッセイは——その有効性を現在でも失っていないにしても——単なる客観的な分析というわけではない。ときに指摘されるように、ハメットのリアリズムを称揚するためには、ドロシー・セイヤーズやアガサ・クリスティを批判する必要は本来ないはずなのであり（291）、そこにはハメットを、そして彼自身を、「アメリカ的」で「男性的」なスタイルの書き手として位置づけようという意図が感じられるのだ[*5]（Thomas 417）。

その意味において、「単純な殺人芸術」は「パフォーマティヴ」な性格を強く持つ文章である。そのことは、チャンドラーがハワード・ヘイクラフトに宛てた一九四六年一二月の手紙で——有名なアンソロジー『推理小説の美学』は同年の出版——あれは論争的なものので、それゆえに誇張があるのだから、あまり文字通りに受け取るべきではないと述べている事実からだけでも察せられるが（Chandler, *RCS* 52）、このエッセイに関して読者が感じる「有効性」がチャンドラー自身のキャリアにかなりの程度基づいていること（つまり、チャンドラーの作品群があるからこそ、その「分析」が説得的に感じられるということ）、そしてチャンドラーがこのタイトルを持つエッセイで何度か「リアリズム」の扱いを変えていることからも、[*6] 確認されるといっていいだろう。

このようにして「単純な殺人芸術」の「パフォーマティヴ」な性格を強調してきたのは、それがチャンドラー自身の作品を含む既存のハードボイルド探偵小説の分析にとどまらず、数年後の『リトル・シスター』に始まる後期長編を書く彼に、影響を与えた可能性を無視できないからである。実際、例えば「人がほんの端金のために殺され」「そうした死が文明と呼ばれるものの通貨となる」「あまりかぐわしくない世界」というのは（LNOW 991）、まさに『リトル・シスター』が提示している世界のことであるようにも思える。

しかしながら、その「影響」は、それほど単純なものではない。というのは、そのような世界を描く作品が「芸術」となるには「救済という性質」がなくてはならないとして、それを与えるのが（マーロウのような）ヒーローだとされるとき（991-92）、そのヴィジョンは——後期作品に照らしてみると——楽観的にすぎるように感じられるためだ。『リトル・シスター』で孤独に苛まれるマーロウは、「単純な殺人芸術」が提示する理想的探偵像にあてはまらないとはいわないが、それに収まらない「人間」であるように見える。そこから顧みると、「単純な殺人芸術」の探偵は、結局は「大衆小説のヒーロー」でしかないように見えてしまうのだ。この現象に関して、優れた作家がたいていそうであるように、批評家チャンドラーを小説家チャンドラーはこえていったと理解してもよいのだが、当面の文脈においては、ハードボイルド探偵小説の条件を突き詰めて考えたチャンドラーが、それにあてはまらない小説を書くことになり、その「ズレ」が『リトル・シスター』に「片づかなさ」を、そして「暗さ」をもたらしたのではないかといっておきたい。

そうした「片づかなさ」や「暗さ」を「文学性」と呼んでもよいのだろうが、チャンドラーがそこに向かって進んでいったことに、この時期の彼が「文学的」に評価され始めたことが無関係とはいえないだろう。第二次世界大戦の末期、映画評論家ディリス・パウエルが優れたアメリカ作家としてチャンドラーの名前を出したところ、アーウィン・ショー（一九一三－八四）とウィリアム・サローヤン（一九〇八－八一）は「パルプ作家じゃないか！」と声を揃えていったそうだが（Powell 84）、しかし同時代のアメリカを代表する評論家エドマンド・ウィルソンが、一九四四～四五年に書いた探偵小説をめぐる一連の論争的エッセイの一つで『さよなら、愛しい人』を読むに堪える作品として留保つきながら褒めたことは（Wilson 262-63）、チャンドラーが探偵小説ジャンルの枠外で評価される最初のステップとなったし（Van Dover, "Introduction" 6）、イギリスではW・H・オーデンが、一九四八年のエッセイ「罪の牧師館」でやはりチャンドラーを例外的存在と見なし、彼の「力強いが極めて陰鬱な本は、逃避の文学としてではなく、芸術作品として読まれ、評価されるべきだ」と述べたのだった（Auden 151）。

チャンドラーはそうした文人達からの「評価」をおそらく喜んだはずだが、いかにも彼らしくというべきか、複雑な反応を示している。例えばオーデンが、チャンドラーが書いているのは「探偵小説ではなく、犯罪的環境——〈大いなる悪しき場所〉——のシリアスな研究」だといったことに対し（151）、チャンドラーは執筆中の『リトル・シスター』の原稿を見ながら、「お前はシリアスか？」「これは犯罪的環境なのか？」などと自問してどちらにも「ノー」と答え、自分が扱っているものは「メロドラマティックな面を誇張した、平均的な腐敗した生活にすぎない」と（一九四八年五月の手紙で）記しているのである（Chandler, *SL* 115）。

いま触れたオーデンへの「反論」はそれ自体として、「犯罪的環境」なるものが独立した「別世界」のように存在するという（呑気な）考えへの批判になっているように思えて興味深いのだが（Athanasourelis, "Film Adaptation" 327）、チャンドラーがそもそも自分の作品を好まない人も好みすぎる人も誤解していると感じるような（Krystal 447）、複雑な自意識を持つ作家であったことは忘れるべきではないだろう。本書で何度も用いてきた表現を使えば、彼はどこにいても居心地の悪い人間だったのであり、それは——あらためてはっきりいってしまえば——彼が典型的な「近代人」であったということである。近代人はその「主体性＝自我」を世界からの「ズレ」において担保するのだから。

世界に「馴染めない」ことを、世界に「馴染まない」ことで超越し、自分の「スタイル」にしてしまうこと。チャンドラーがその前期キャリアで「探偵小説」に対してとっていたスタンスとはそういうものである。「ただの探偵小説」を軽蔑しながら探偵小説を書くことによって、自意識的に主体性＝文学性を担保していたわけだ。しかしそのようにして私的に担保されていた「主体性＝文学性」が、この時期に至って、いわば人目につくようになった。それが注目されるようになったのは——ウィルソンもオーデンも言及しているる「単純な殺人芸術」のためでもあるものの——もちろん才能と努力の正当な結果であり、だから自信を持ってよいはずではあるのだが、自意識を意識化させられてしまうというのは、やはり恐ろしいことであったに違いない。チャンドラーの後期キャリアは、そうした恐怖と対峙しつつ始まったのである。

すでに述べたように、『リトル・シスター』は（とりわけ「探偵小説」としては）批判されることが多い作品であるのだが、「ハリウッド小説」ということでは必ずといっていいほど言及される小説であるし、「ハリウッド小説の中で群を抜いて最も正確」だとさえいう評者もいる（Ruhm 183）。チャンドラー自身が考える「ハリウッド小説」とはハリウッドの（人々ではなく）「システム」を扱うべきものであり、その点では『リトル・シスター』が条件を満たしているとはいいにくいのだが（Luhr 59, 81）、それでもメイヴィス・ウェルド（リーラ・クエスト）とドロレス・ゴンザレスという映画女優二人を中心人物とした上、映画会社の社長や映画俳優のエージェントを登場させて風俗小説的な配慮もしているのだから、[*7]「ハリウッド」はこの小説に「メタナラティヴ」を提供する舞台として措定されていると考えるのが自然だろう。

チャンドラーの長編はいつもロサンゼルスを舞台にしてはいるものの、物語の中心とされる地域は毎回異なっており、それは彼の作品が一作ごとに異なるテーマ＝メタナラティヴを提示してきたことに通じている。マーロウが訪れた場所で出会った人々と「メタナラティヴ」を共有し、彼らに同情／共感することで（テーマの重要性が前景化されつつ）叙情が発生するというのが「マーロウもの」の「シリーズ化」を支えてきた一つのパターンであることは、これまでの議論で見てきたとおりである。

しかしながら、そのようなパターンが『リトル・シスター』では機能していない。前作『水底の女』においても、「戦争の影」というメタナラティヴは途中で失調してしまってはいたが、それは作者がその主題を扱いあぐねたためであり、だから作品自体の強度はともかく、マーロウは登場人物達から距離を取り、「クールな探偵」として活躍することができた。それに対し、『リトル・シスター』において起こっていることは、ある意味ではずっと単純である――マーロウはハリウッドで出会う人々、「メタナラティヴ」の中で生きているさまざまな人間達に、ほとんどまったく「同情／共感」できないのだ。この「ハードボイルド探偵」が、『さよなら、愛しい人』のジェシー・フロリアンのような人物に

――『リトル・シスター』

さえつい同情してしまっていたことを思い出していえば、これはかなりの異常事態である。この暗い小説が、刊行の直後からしばしばその「人間嫌い」の面に言及され（Speir 57）、チャンドラーの「最も怒りに満ちた本」と呼ばれたりもするのは（Ruehlmann 84）、ここに一因があるのだろう。

急いで強調しておけば、いま述べたような特徴は、この小説の欠点というわけではない。マーロウが同情／共感できないキャラクターというのは、裏を返せば、ロマンティックな語り手の「物語」に回収されない「強さ」や「他者性」を有しているということでもあるからだ。実際、この小説には、一方的な被害者や搾取されるだけの弱者は出てこない。メイヴィスにせよドロレスにせよ、そしてもちろん依頼人のオーファメイ・クエストにせよ、表面的な態度はともかく、マーロウに助けを求めるような「弱者」ではなく、よく指摘されるように、彼女達と同じ中西部出身である『高い窓』のマール・デイヴィスとは著しい対照をなしている。

マールとオーファメイの違いはデイヴィス家とクエスト家の違いでもあり、その違いをもたらすのが「ハリウッド」というメタナラティヴということになる。ジェリー・スピアは、この小説を「ハリウッド小説」と呼べないとしても、チャンドラーは明らかにハリウッドとそのメンタリティが個人（と社会）に与える影響には関心があるとしているが（Speir 58）、実際、ハリウッドのさまざまな欠点がほとんど一身に帰せられているドロレス

（Marling, *Raymond* 129）――ハリウッド的な経歴詐称者であり（Phillips 120-21）、女優としてはうまくいかず、成功した人間を嫉妬する典型的な失敗者（122）――が、クエスト家の子供達全員に関わるというのは、そうした「影響」を示唆する設定といっていいだろう。オリンが「ゆすり屋兼アイスピック殺人犯」になってしまうことにはドロレスによる使嗾《しそう》／誘惑が大きく関係しているし、「真面目な田舎娘」として登場するオーファメイ――その眼鏡は「cheaters」と呼ばれ続ける――が、マーロウとの二回目の会見ではキスを求める振る舞いをし、三回目には香水までつけてくるというのも、ドロレスというセクシュアルなダークレディの影響がないとはいえないはずだ。

もっとも、オリンやオーファメイはもとより、事件に関与する全員が、カリフォルニアにそう長くは住んでいない中西部人――クエスト家の三人以外は、オハイオ州クリーヴランド出身――であるという事実からも推されるように、彼らに影響を与える「ハリウッド」とは、多分に象徴的／観念的なものでもある。その点を意識しつつ、『リトル・シスター』がチャンドラーの後期キャリアの始まりである事実に鑑みて、『高い窓』から七年経っての出版が意味する「時代の違い」もふまえておきたい。

『リトル・シスター』の世界は、『水底の女』の二年後だとされているのでまだ戦時中（おそらく一九四四年の春）だと思われるもの*8の（Chandler, *LNOW* 321）、作品自体は戦後に執筆されている。それはつまり、この小説が好景気の中、恐慌期の（あるいはその記憶が新しかった頃の）前期作品とは大きく異なるコンテクストにおいて書かれたことを意味するだろうし、例えばショーン・マッキャンは、戦前には階級間の敵意によって引き裂かれていた社会が、戦後は浅薄な、快適志向の、市場を優先した同意に基づく社会へと変貌したようにチャンドラーには見えていたとして、パルプ小説の読者だった労働者階級が豊かな社会に溶けこんでいって階級的アイデンティティを喪失した結果、[*9]チャンドラーは後期作品で、芸術的にも政治的にも、前期作品とはまるで違う前提を導入しなくてはならなくなったと論じている[*10]（McCann 173-77）。

マッキャンの啓発的な議論が示唆することの一つは、「階級差」が薄れた豊かなアメリカにおいて、チャンドラーが富裕階級をわかりやすい「敵」とできなくなったということである。これは『リトル・シスター』の戦時中世界でもそうであり、登場する人々のあいだに、金を持っていることが「悪」であるという空気はほとんどない。そこに瀰漫《びまん》しているのは、金と成功を求めて競争するのが「自然」だというイデオロギーだ。それは舞台がハリウッドであるからだとはいえようが、そうであるとすれば、本作のチャンドラーが作品世界を出版より五年も遡るという例外的な形で設定した一因が（第二〜第四長編の作品世界は出版の前年と推測される）、理解できるように思えてくる——彼の目には、「ハリウッド」が戦後のアメリカを先取りしていた、あるいは戦後のアメリカが「ハリウッド」的になってしまったように見えていたのではないだろうか。

どこを見渡しても「ハリウッド」的な人間ばかりである世界が、マーロウにとって住みにくい世界であるというのは論を俟たないが、それは単に「住みにくい」というにとどまらない形で、マーロウという探偵の実存を脅かすような世界である。振り返ってみれば、「マーロウ以前」の初期短編からずっと、チャンドラーの探偵は金持ちや（富に基づく）権力者に対しては即座に反抗的な感情を抱いていたが（Wolfe 93）、もはやそうした姿勢が「ヒーロー」の資質を保証するものではなくなってしまった――いささか皮肉なことではあるが、「階級差」が薄れ、「弱者」がいなくなった（ということになった）豊かな戦後のアメリカでは、戦前〜戦中の作品で活躍していた「弱者の味方」としてのマーロウが必要とされなくなったのである。

徴候的なことに、『リトル・シスター』でマーロウを悩ます問題の一つは、彼が「依頼人」をなかなか確保できないということである。行方知れずの兄オリンを見つけてくれというオーファメイとのあいだで往還する二〇ドルは、そうしたマーロウの状況を象徴するものといっていい。成功者となりつつある姉に金をせびってもいい（恐喝の対象／道具として利用さえしてもいい）と考える弟、そしてそのような兄からの連絡／送金が途切れると、それを不当だと考えて兄の居場所を小金と引き換えに密告しても恥じるところがない妹（と母）というクエスト家の面々は、「ハリウッド」のイデオロギーに染まっており、マーロウが助けてやれる弱者＝依頼人ではあり得ないのだ。

クエスト家の長女は、もちろんその例外である。オリンの脅迫は「家族の絆」を捨てたメイヴィスの行動に倣うものだとする論者もいるし（Wolfe 190）、あるいはオリン（と他のクエスト家の人々）はそうやって自己正当化しているかもしれないが、抑圧的な家を逃れてハリウッドでの成功を目指すメイヴィスは、古きよきアメリカン・ドリームの追求者と見なすのが妥当だろうし、[*11]そうした女性を苦境から救い出すというのはいかにもマーロウに相応しい役回りであるように思える。だが、彼女はなかなかマーロウを頼ろうとしない。ある批評家は、この小説の登場人物達——「ハリウッド」という「メタナラティヴ」の住人達——は、マーロウが他の人間とは違って金銭欲と競争意識にとらわれているわけではないことを知らないため、彼を疑い、恐れ、攻撃的になると論じているが（Rhodes 98）、ハリウッドでサヴァイヴしてきたメイヴィスが、他のキャラクターと同様の目でマーロウを見る、つまり（胡散《うさん》臭い）「探偵」という「イメージ」で彼を判断するのは、仕方がないことではあるだろう。

マーロウが他のキャラクターから（当初は）誤解されるというのは、取り立てて珍しいことではない。むしろ「私立探偵」のイメージからの「ズレ」によって、彼の「ヒーロー性」が担保されてきたといってもいいだろう。だが、『リトル・シスター』においては、その「ズレ」はこれまでの作品と比べ、はるかに深刻なものとなっている。これは一つには、「ハリウッド小説」に相応しく、「イメージ」と「実態」のズレが——それを複雑化する「演技」という問題を加えてもよい――はっきりと主題化されているからであるだろうが（例えば刑事クリスティ・フレンチに「俺達は警官で、誰もが俺達を心底嫌っている」と始まる長い演説をさせるのも、「イメージ」で判断されてしまうことへの強い苛立ちだろう［Chandler, *LNOW* 382］）、右の議論の流れにおいては、やはりマーロウの「存在意義」が危うくなっているからであるように思える。

実際、このように考えてくると、この小説で最も有名な――小説の「本筋」にはまったく関係のない――第一三章が、メイヴィスに「依頼」を断られた直後の章であることは、とうてい偶然には見えないだろう。気分を落ち着かせるためのドライブはマーロウの憂鬱を悪化させるばかりで（Brewer 42）、「どうして私がまとも（human）であるだろうか?・」「私のビジネスとは何だ?・私はそれをわかっているのか?・それをわかっていたことなどあるのか?・」という虚しい自己懐疑は（Chandler, *LNOW* 269）、彼がアイデンティティ・クライシスに陥っていることを明瞭に示す。「依頼人」だったはずのオーファメイの裏切り（といっていいだろう）によって警察で厳しい取り調べを受けたあと、誰からも電話がかかってこないだろうと思いながら「私は空っぽの男だった。顔もなければ、意味もなく、個性もなく、ほとんど名前さえない」と考える場面（354）、そしてオーファメイから最後のコンタクトがある直前、オフィスの備品に話しかけ、「私にもかつては依頼人がいたのだ」と思う場面などを想起してもよいだろう（396）。守るべき依頼人が――たとえわがままな依頼人であっても——いてくれれば、マーロウは自分の「規範」に従い、孤独に生きることができる。しかし依頼人がいなくては、マーロウは自我を保てず、孤独に苛まれてしまうのだ。

こうした独白シーンをとりあげて、マーロウが自己憐憫《れんびん》に浸っているということはたやすいとしても、さして意味があることには思えない。「昔はこの街が好きだった」と始まる彼の有名な言葉にしても（357-58）、そこだけ切り取ればいかにもノスタルジックで、チャンドラーが「南カリフォルニアの夢の失墜を憤るよくあるプチブル趣味から一歩も出ない」証拠に見えてしまうかもしれないが*12（デイヴィス二七）、『高い窓』のときとは違い、もはや「ハリウッド」という「メタナラティヴ」がカンザスまで——アメリカ全体を——覆ってしまっているという認識があってのものであることを、チャンドラーのキャリアを追いかけてきた我々としては斟酌《しんしゃく》すべきだろう。ことは単にチャンドラー／マーロウの「自己憐憫」「趣味」の問題ではなく、マーロウの存在意義そのものに関わっているのであり、チャンドラーとしては、マーロウにアイデンティティ・クライシスをもたらすような（戦後の）「現実」を、小説を書くことにより実感しなくては、「マーロウもの」を再び書き始め、書き続けることができなかったのである。

チャンドラーが『リトル・シスター』を書いた経験をどう活かしたかは、次作『ロング・グッドバイ』を読みながら考えていくことになる。『リトル・シスター』のチャンドラーは、最終的にはメイヴィスを「依頼人」の位置に据えることで、マーロウをどうにか「ヒーロー」の座にとどめた。メイヴィスはタフな映画業界をしたたかに生き抜いてスターへの階段をのぼり、危機に際しては勇敢さを遺憾なく発揮し（彼女はジョージ・W・ヒックスの死体がある部屋を捜索し、その場にやってきたマーロウを殴りつけもする）、嫉妬するドロレスや、自分を利用しようとする弟妹のことさえ守ろうとする。そのような彼女は、ウィリアム・マーリンがいうように、マーロウと同様「規範《スタンダード》」を持った自律した人間であるのだが（Marling, *Raymond* 128）、それは取りも直さず、この作品世界においては場違いな、時代錯誤の存在であるということでもあるだろう。家族を守るためにキャリアを犠牲にすることも覚悟する彼女を、自分のキャリアを失うことを覚悟したマーロウがかばうという展開にすることで、チャンドラーはかろうじてマーロウの「ヒーロー性」を担保するのだが、戦後の「ハリウッド化」するアメリカにおいて、これは――「大衆小説」以上のものを書くつもりなら――少なくとも二度は使えない、時代錯誤の戦術であるはずだ。

そのことを、チャンドラーはよくわかっていたに違いない。マーロウはロマンティックな「騎士」としてメイヴィスに尽くし、その報酬――彼女の袖でそっと触れてもらうという恩恵――を一応は得たかもしれない（Chandler, *LNOW* 395）。だが、責任を負ってしかるべき人物の一人であるオーファメイは無傷で（一〇〇〇ドルを手に）逃げ去ってしまう。これは醜い「現実」に対するマーロウの「敗北」を意味するだろうが、似たようなことは

『大いなる眠り』のエディ・マーズや『高い窓』のエリザベス・マードックの場合にも起こっており、マーロウは道徳的な「勝利」を手放したわけではなく、その「ヒーロー性」が損なわれたとまではいえないかもしれない。

しかしながら、この小説世界を代表する「悪役」であるドロレスに関してはどうだろうか。マーロウはその運命を予感しながらも、元夫のヴィンセント・ラガーディ医師が彼女を殺す（そして自殺する）のをとめないのだが、これはかなり危うい振る舞いであるといわねばならない。類例として想起されるのは、『さよなら、愛しい人』におけるムース・マロイとヴェルマ・ヴァレントの対決だが、そこでのマーロウにはこの二人の個人的な物語は警察という公的機関の手が及ばぬところで決着するべきだという強い確信／共感があっただろうし、彼自身はあくまでも「傍観者」にとどまっていた。しかし『リトル・シスター』の結末が持つ「意味」は大きく異なる。ドロレスにもラガーディにもシンパシーを抱かないマーロウは、ドロレスを警察に引き渡せないのでラガーディを使って私的に裁いたといわれても仕方があるまい。事件を「解決」するには倫理的にグレーなことをしなくてはならないというのは、もはや「規範」に従っているだけでは駄目だということを認めたようなものだろう。かくしてこの小説は、主人公の「ヒーロー」としての基盤を深く転覆し、その視座をぐらつかせ、「片づいていない」という感覚とともに、チャンドラーの作品中随一の苦い後味を残して終わるのである。

『リトル・シスター』は、チャンドラーの苦労がいたるところからにじみ出ているような小説であり、正直なところ、よく完成することができたものだと感じずにはいられない。本書をチャンドラー自身が嫌っていたことや、さまざまな瑕疵が指摘されてきたことを思うと、そうした苦労が報われたかどうかは判断が難しいともいえるのかもしれないが、少なくともこの作品を苦労して書き、身をもって学んだことを前提としなくては『ロング・グッドバイ』が書かれ得なかったことは間違いないと、次章への予告という意味をこめていっておこう。しかし当面は、ハリウッドでかなりの成功を収め、一九四七年からはマーロウを主人公としたラジオドラマのシリーズも始まり、一九四九年には新雑誌のタイトルに名前を使わせてくれれば年に一二〇〇ドルの報酬を支払いたいとオファーされるなど（SL 177）、金のために筆を手にしたパルプマガジン出身の作家が望むようなものはすべて得ていたチャンドラーが、このように苦労して小説を書いたという事実の前に、襟を正しておきたいと思う。

＊1　『リトル・シスター』は、アメリカでは初版一万七〇〇〇部、イギリスでは二万七〇〇〇部をハードカバーで売り上げ、さらにフランスのセリ・ノワール（暗黒叢書）では一九五〇年に刊行されると四万二〇〇〇部が売れた（Phillips 125-26）。なお、セリ・ノワールには、一九四八年に『水底の

女』『さよなら、愛しい人』『大いなる眠り』、一九四九年に『高い窓』が収められている（Meplède et Schleret 86）。

＊2　最も網羅的な批判は、『リトル・シスター』を「チャンドラーの最低の小説」と総括するピーター・ウルフの議論だろう（Wolfe 191-94）。Fuller 107-09なども参照。

＊3　ジェリー・スピアは、第三〇章を、探偵小説の「範囲」を拡大したいというチャンドラーの強い気持ちを示す好例であると述べている（Speir 62）。

＊4　例えばウィリアム・ルーアは、この「悪いムード」を、「ハリウッドでの芸術的停滞」に対するチャンドラーの気持ちを指すものと見なしている（Luhr 78-79）。

＊5　「単純な殺人芸術」のジェンダー意識に関する詳しい議論として、E. Smith 36-42を参照。

＊6　「単純な殺人芸術」には、①『アトランティック・マンスリー』誌掲載の一九四四年版、②『推理小説の美学』所収の一九四六年版、③『サタデイ・レヴュー・オブ・リテラチャー』誌掲載の一九五〇年版がある。①を改稿した②が現在一般に流通しているものであり、③はいわば別物で、紛らわしいが一九五〇年刊行の『単純な殺人芸術』という作品集においては「序文」として収められている。これらについての詳しい比較としてミランダ・B・ヒックマンの論考があり、チャンドラーが②で「リアリズム」を強調したものの、③では「リアリズム」という語は使わず、むしろ「シーン」の重要性が強調されるようになったと論じられている（Hickman 295-97）。

＊7　映画会社社長ジュールズ・オッペンハイマーのモデルは、MGMのルイス・B・メイヤーであると

も（Marling, *Raymond* 126）、パラマウントのY・フランク・フリーマンであるともいわれる（Phillips 124）。ステッキを振り回し、マーロウにいろいろ指図するエージェント、シェリダン・バルウのモデルは明らかにビリー・ワイルダーである。

＊8 「ハリウッド」をメタナラティヴとする本作に「戦争の影」は希薄だが、「最近のストッキングの値段」への言及や（Chandler, *LNOW* 248）、「その年はあらゆる場所が高価だった」という表現などは（259）、戦時中であることを示唆するだろう。

＊9 パルプ誌自体、いわば「第二次大戦の犠牲者」であり、一九五〇年代の初頭には消えていくことになった（Goulart 183-84）。

＊10 マッキャンの議論はハードボイルド小説に話を限定しているが、大恐慌の時代に活躍した作家全般に敷衍できるところもある。ウィリアム・フォークナー、ジョン・スタインベック、アースキン・コールドウェル（一九〇三－八七）など、第二次大戦後に精彩を欠いたり、作風に変化を加えたりした小説家は多い。また、一九三〇年代の初期ノワール小説が社会批判的な性格を強く持っていたのに対し、戦後ノワールでは「個人の内面、より限定的には異常な心理状態といったものに作品の焦点があわされていくことになった」点も意識しておいてよいだろう（諏訪部『ノワール文学講義』三六）。拙著『薄れゆく境界線』第五章も参照されたい。

＊11 メイヴィスの愛人スティールグレイブ（ウィーピー・モイヤー）が、他所で犯罪を犯してカリフォルニアにやってきたギャングだというのも、大戦間期の犯罪小説に典型的な設定である。

＊12　デイヴィスは否定的な評価をするが、南カリフォルニアが「夢」の場所と見なされてきたことが、チャンドラー文学に厚みを与えていることは間違いない。「「西」という概念から生まれた最後の大都市」であるロサンゼルスは（Lehan 30）、一九二〇年までには人口がサンフランシスコをこえ、「カリフォルニアの夢」を代表する場所となっており（Fine, "Introduction" 8）、さらに二〇年代には南カリフォルニアの開発熱が急上昇し全米第四位の都市となる——「開発に携わる人々は全力投球で南カリフォルニアがいかに天国に近い理想的な住み処であるかを繰り返し強調していた」（小塩七一）。ジョージ・グレラの古典的エッセイからの比喩的な一節も引いておこう——「［探偵］は〈天使たちの街（the City of the Angeles）〉と〈聖なる林（the Holy Wood）〉を探し、その代わりにロサンゼルスとハリウッドを発見する」（Grella 115）。

## 第一〇講

# 「人間」としてのマーロウ

——『ロング・グッドバイ』①

いよいよ『ロング・グッドバイ』である。レイモンド・チャンドラーのキャリアにおける集大成ともいえるこの大作——一九五三年一一月にイギリスで、一九五四年三月にアメリカで刊行された——について詳しく論じることは、この「講義」が果たすべき一つの義務でもあるだろう。そこでこの小説に関しては、ペースを落とし、二章にわたって扱うことととしたい。

以前にも触れておいたように、第六長編『ロング・グッドバイ』は日本においてはチャンドラーの——あるいは「ハードボイルド探偵小説」の——代表作として圧倒的な知名度と人気を誇るものの、アメリカ本国における評価はそれほど一枚岩的ではない。実際、チャンドラーに関する「論文」としては、第一長編の『大いなる眠り』を扱ったものが群を抜いて多いのである（次に扱われることが多いのは『さよなら、愛しい人』だろう）。だが、チャンドラーのキャリア全般をカヴァーする「研究書」ということになると、『ロング・グッドバイ』を最重要視しているものが多くなる。つまり、チャンドラーの作品を「ハードボイルド探偵小説」（あるいは「ノワール小説」）の一例として考察しようという研究者が概して前期長編に注目する一方、「チャンドラー文学」そのものに強く惹かれ、一冊の本まで書いてしまうような人々の多くは、『ロング・グッドバイ』を最高傑作と見なしているわけだ。

事実、というべきか、『ロング・グッドバイ』に関しておそらく最も頻繁にいわれてきたことは、この小説がただの「(ハードボイルド)探偵小説」ではないということである。「最も複雑で野心的であり、ジャンルの限界を超越するところに最も接近した作品」(Porter 108)、「最も自伝的な作品であると同時に、探偵小説の制限をこえようとした最も大胆な試み」(Speir 65)、「ミステリではないミステリを書くことに最も近づいた」(Ruhm 180)、「探偵小説が、最良の場合、文学と呼ばれ得ること(彼はそれをすでに示していたが)を証明すべく、[チャンドラーは]形式を変えてシリアスな小説に近づけようとした」(Arden 90)――まさに「ほとんどすべての批評家が、チャンドラーがこのジャンルで遂げた革命を認めてきた」といっていい(Marling, *Raymond* 145)。

『ロング・グッドバイ』が傑作である理由は、それがハードボイルド探偵小説の枠をこえるから(あるいは、ハードボイルド探偵小説ではないから)だといわれると、素直に納得しがたいという向きもあるだろうが、ここではそうした定説を受け入れて話を進めたい。これは紙幅の都合もあるが、この「講義」はチャンドラー作品の「ハードボイルド性」について、それを「チャンドラー以後」のハードボイルド探偵小説の発展から顧みるような形で――ロス・マクドナルドやロバート・B・パーカーやジェイムズ・クラムリー(一九三九－二〇〇八）のような後続作家達の作品との共通点や相違点などを意識しながら――評価するような視座を、なるべく排除しながら進めてきたからだ。

本書がそうした「以後」の視点からのアナクロニズムを避けたいと思うのは、ハードボイルド小説史におけるチャンドラーの位置をなるべく正確に測定したいからでもある。例えば、チャンドラーが『ロング・グッドバイ』を書いた時点では、その一二万五〇〇〇語という長さは本作を「それまで書かれた中で最も長い私立探偵小説の一つ」にするものだったのであり（Pendo 138）、それがスピーディな展開を（ほとんど無意識のうちに）期待する当時の読者にとっては「非ハードボイルド」的に感じられたことはおそらく間違いない。そうした歴史的文脈を軽視してしまうことは、『ロング・グッドバイ』の革新性をともすれば見えにくくしてしまうのではないだろうか。

いずれにしても、チャンドラーのキャリアを最初期から追いかけてきた我々にとって何より重要なのは、チャンドラーの小説家としての成長／変化をしっかり追跡していくことである。いま触れた「長さ」にしても、それが単なる「程度」の問題ではなさそうだということは、短編から長編へと媒体を変化させたときのチャンドラーが見せた質的飛躍を想起するだけでも明らかであるように思える。実際、彼の長編作品は、その長さに相応しいだけの時代的な情報を含み、それらが「メタナラティヴ」として作品の独自性と豊かさを担保してきたのだから、そうしたチャンドラー文学の「歴史性」を魅力として確認してきた本稿は、『ロング・グッドバイ』という小説を超時代的な、あるいはハードボイルド探偵小説の「典型」となるようなテクストとして読むことには、やはり慎重であるべきだろう。[*1]

したがって、『ロング・グッドバイ』を扱うに際して心がける姿勢は、これまでと同様、前章／前作からの継続性を意識してというものになる。これは直接的には、『リトル・シスター』で直面することになった――例えば「依頼人の不在」という――後期／戦後チャンドラーの問題に、『ロング・グッドバイ』がどう対処したかということであるが、『ロング・グッドバイ』がチャンドラー文学の総決算とも呼べる作品であることに鑑みて、前期長編にもなるべく言及し、チャンドラーの成長／変化を実感していければと思っている。

一九四九年の『リトル・シスター』から一九五三年の『ロング・グッドバイ』までには四年ほどの間隔がある。『ロング・グッドバイ』が大作であることを思うと、執筆に時間がかかったのは仕方がないとひとまずはいえそうだが、一九五〇年に秘書を雇い始めたことが端的に示しているように、この時期のチャンドラーがかなり忙しかったということもあるはずだ。一九五〇年にアルフレッド・ヒッチコックに依頼されて『見知らぬ乗客』のシナリオを書き、愉快とはいえない経験をしたことについては「第八講」で述べておいたが、明るい話題としては、同年の九月に短編集『単純な殺人芸術』が刊行され、好評を博したということがある。初期短編がハードカバーでまとめられたという事実自体、彼が重要作家として認められたことの証左であるともいえるだろう。J・B・プリーストリーやサマセット・モームといったイギリスの有名作家との交流が始まったのもこの時期である。

もっとも、この時期のチャンドラーの忙しさは、かなりの程度、老齢の妻シシーの身体的衰弱ゆえのことだった。何度も計画しては中止を余儀なくされたイギリス旅行を一九五二年八月〜一〇月に実現できたことは慰めであったといえようが、シシーは帰国後まもなく入院せざるを得なくなったし、以後、その病状は悪化の一途をたどることになる。後年、彼女に捧げられる本を書けなかったことを後悔していると述べたチャンドラーが(Chandler, *SL* 373-74)、『ロング・グッドバイ』を妻に捧げなかったのは、彼女が死にかけていることを認めたくなかったからであるようにも思えるが、回復の見込みがない妻を介護しながら書いたことが『ロング・グッドバイ』に「強烈な感情」を付与したという定説は(Marling, *Raymond* 132)、やはり否定するのが難しいだろう。

シシーの死後に見せるひどい狼狽を思うと、チャンドラーが『ロング・グッドバイ』をそうした苦しい状況において完成させたのは驚嘆すべきことに感じられるかもしれない。だが、おそらくはまさにそうした苦境にあったからこそ、長く続いた映画界との関わりから自由になった彼は、小説を書くという本来の仕事に没頭することを心の支えにしていたのだろう――「彼はラ・ホヤでさまざまな用事のために何時間も費やさなくてはならず、絶望的に病んでいる妻の看護をしなくてはならず、そしてそのあとは不眠症のために夜遅くまで起きていた。しかし、そのすべてを補うものとして、午前中、タイプライターの前に座るという喜びがあった」のである（MacShane 209）。

もちろん小説執筆には「喜び」だけではなく、「苦しみ」もあっただろう。齢六〇をこえた自分には残された時間が少ないという思いがあったとも推測される。この時期にチャンドラーが「二人の作家」（生前未発表／一九五一年二月執筆）や「ビンゴ教授の嗅ぎ薬」（一九五一年六月～八月）という「非探偵小説」を書いたことには、そうした焦りもあったのかもしれないが、ともあれ彼は一九五一年に（『アイドル・ヴァレーの夏』というタイトルで）『ロング・グッドバイ』を書き始め、翌年の五月には最初の草稿をエージェント（ブラント・アンド・ブラント）に送っている。

草稿送付の際にチャンドラーが記した「ともかく私はこれを書きたいように書きました――私はいまやそうすることができるからです。謎が見え透いているかどうかは気にしませんでしたが、人々については、我々が生きているこの奇妙な腐った世界については、そして正直であろうと努めた人間であれば最後にはセンチメンタルかまったくの愚か者に見えてしまうことについては関心をもって書きました」という手紙の文章がしばしば引用されるのは（Chandler, SL 315）、それがこの小説におけるフィリップ・マーロウの性格を示すように思えるためだろうが、原稿を受け取ったエージェントがその「マーロウの性格」について、「ほとんどキリスト的になってしまったように見えます」と懸念を表明したことは

(Williams 291)、チャンドラーにはショックだった。[*2] 彼がエージェントを変更しただけでなく、一年以上の時間を費やす改稿をおこなったのは(脱稿は一九五三年七月)、[*3] そのショックが大きかったためであるのかもしれない。

実際に出版された小説のマーロウが「キリスト的」であるかどうかはともかく、そうしたショックを受けたこととも関連するだろうが、チャンドラーがマーロウというキャラクターに深く思いを致しつつ『ロング・グッドバイ』を書いたことは間違いない。そのキックボードとなったのは一九四四年の「単純な殺人芸術」であっただろうが、よく言及されるのは一九五一年四月の、「まったくの他人」に宛てた、「マーロウの人生を詳細に描写した二五〇〇語にもなる長さの五ページにわたる手紙」である(MacShane 198)。そこで提示されているのは(「小説指南本」が作成を推奨するような)「裏設定」のようなものだが、強調しておきたいのは、フランク・マクシェインがいうように、マーロウが「生きている人間」として紹介されていることだ(198)。

この手紙が『ロング・グッドバイ』に取り組み始めた時期に書かれたという事実を想起しつついえば、チャンドラーは長年親しんできたマーロウを「リアリズム小説」の主人公としてとらえ直していたように思える。リアリズム小説のキャラクターを真に「リアル」にするのは、「設定」ではなく、キャラクター間の「関係性」であるというべきだろうが、設定を固め直すことは、『ロング・グッドバイ』のマーロウを(『水底の女』や『リトル・

シスター』のときとは大きく異なり）他者に深く、「個人的」に関わらせていくにあたって、おそらく必要な準備作業だったのだろう。かくして「リアリスティックな探偵小説」を書くことで出発したチャンドラーは、その集大成となる作品を「模倣者達がついてこられないところ」（Chandler, *SL* 315）――「探偵を主人公としたリアリズム小説」――へと向かわせたのである。

いまも述べたように、『ロング・グッドバイ』のチャンドラーは、マーロウを「個人的」な形で他者に関わらせた。そのように考える際に念頭に浮かべているのはもちろんテリー・レノックスとの友情関係である。前章からの流れでとりわけ重要なのは、マーロウのレノックスとの関係が、「探偵」と「依頼人」という形で始まったわけではないという点だろう――マーロウはたまたま酔っ払ったレノックスを助け、友人となったのだ。出会った最初の日がいつなのかは曖昧だが、二度目の遭遇は「感謝祭［一一月の第四木曜日］の翌週」であり（*LNOW* 423）、最後に〈ヴィクターズ〉で酒を飲んだのは五月（435）、そしてその約一ヵ月後に拳銃を持ったレノックスがマーロウの家にあらわれることになる（437）。チャンドラーの長編はたいてい数日間の物語であり、『ロング・グッドバイ』がその例外であるという事実は、この小説が「普通小説」だという印象を与える一つの特徴として留意しておいていいことだろうが、ともあれ彼らは、半年というそれなりの長期間にわたって、友人としての関係を構築するのである。

『リトル・シスター』のマーロウは「依頼人」を確保できずに苦労しており、そうしたマーロウの「苦労」はチャンドラー自身の苦労でもあったというのが前章の論点の一つであった。「ハリウッド」が象徴する豊かな戦後アメリカにはマーロウの助けを必要とする社会的「弱者」がおらず、一九三〇年代のチャンドラーが「批判」していたような「敵」が消えてしまった。かくして「アイデンティティ・クライシス」に陥ったマーロウは孤独に苛まれ、それはマーロウという「個人」をある意味では深く掘り下げて示すことにつながったものの、孤独に苛まれているマーロウの語りはモノローグになりがちで、「小説」としての発展性を欠くところがあったわけだ。

そうした観点からすれば、チャンドラーが『ロング・グッドバイ』——そこには堕落した社会に対するオルタナティヴとしての「忘れられた人々」や一般労働者はほとんど出てこない（McCann 180）——を、マーロウが依頼料を受け取って始まるのではない最初の作品としたというのは（Fowles 146）、『リトル・シスター』で直面した問題を乗りこえるという意味で、まことに理にかなった戦略であったように思える。だが、それはマーロウの立ち位置に影響を与えかねない、大胆な処置でもあった。「テリー・レノックスは私にたくさんのトラブルをもたらした。しかし結局のところ、それが私の稼業なのだ」という言葉はいかにもマーロウらしく聞こえるかもしれないが（Chandler, *LNOW* 421）、金も絡まないのに首を突っ込むというのは「プロの探偵」の振る舞いではないのだから、わざわざ「私の稼業」を引き合いに出すということには矛盾があるのではないだろうか。

その矛盾は、レノックスを最初に家に送り届けたマーロウが、「私はタフであるということになっているが、その男には私の心をつかむ何かがあった」と考えるところにもあらわれている（423）。「タフであるということになっている」のは「探偵」としての話であるはずで、そのような人物が日常生活において心を動かされる経験をしたとしても別におかしくないはずだ。それにもかかわらずこのようないい方をするのは、マーロウには「探偵」としての性格が「人格」そのものと不可分である――いわば一日二四時間「ハードボイルド探偵」である――という自己認識があるからだろう。そのような人物は、「公」と「私」の区別がないという意味において「叙事詩的」であるといえようし、それは言葉を換えれば「大衆小説的」ということでもあろうが、マーロウがわざわざそう考えているということからもう一歩踏みこんでみるなら、彼が「ハードボイルド探偵」という身分を、「ソフトな心」を守り、隠すための「鎧」として身につけていることを意味するだろう。

もっとも、「マーロウもの」の読者は、そのことをずっと知っていたとはいえる。マーロウはそもそもいつだって優しく、常に人を救いたいと思っている――〈ダンサーズ〉の白服の言葉を借りていえば――「お人好し（sucker）」なのだから（421）。彼にとって「探偵」であることは、生計を立てる手段というより、大っぴらに人助けをするための「理由

／名目」にすぎないのであり、携帯する私立探偵のライセンスは、他人がどう思おうと——それを見せられた相手はしばしば軽蔑の目で彼を見るわけだが——彼にとっては「騎士」としての身分証明書のようなものなのだ。彼がすぐに依頼料を返すと口にするのは、クライアント（という金持ち）に縛られない自立心や矜持《きょうじ》を示すだけでなく、彼にとって探偵業がただの「仕事」ではないことの何よりの証拠である。

マーロウの「タフな探偵」としての典型的振る舞いの一つとして、警察に対してしばしば情報を隠し、職業上の守秘義務を主張するというものがある。そうするのは腐敗した警察を相手にするという場合にはやむを得ないところもあるだろうし、彼自身が折に触れ主張するように、依頼人を裏切ってしまえば探偵業という「仕事」に差し支えるという可能性もないわけではないだろう。だが、読者としては、彼が単なる「仕事」というレヴェルをこえて——「仕事」を「名目」として——振る舞っているという印象を受けてきたはずだし、そうした印象は『ロング・グッドバイ』でレノックスに関して黙秘を貫く姿を見ることによって、いっそう強められることになるのだ。

マーロウは弁護士スーウェル・エンディコットに向かって、警察に抵抗して留置所に勾留されているのは自分の仕事の一部だというし（462-63）、地方検事グレンツにも似たようなことをいうのだが（470-71）、その一方で、部長刑事グリーンには、レノックスは友人で、警察に脅かされたからといって彼に感じている情を損なうわけにはいかないとはっき

——『ロング・グッドバイ』①

りいってもいる（452）。ショーン・マッキャンは、この小説の警察は「個人事業」や「私的自由」といったものに敵意を抱く存在であり、マーロウは「市民」としての権利を主張することを指摘しているが（McCann 182）、警察との衝突がそのようなものとして立ちあらわれるのは、「依頼人」でない人間を守ろうとするマーロウが、「探偵」であることを「理由」にできないからでもあるだろう。

このように見てくると、「依頼人」がいれば「探偵」であることを「名目」にできるというだけで、結局マーロウの行動には差がないように思える。実際、正式な依頼人が信頼できない場合が多いこともあってか、『大いなる眠り』におけるモナ・マーズや『高い窓』のマール・デイヴィス、そして『リトル・シスター』のメイヴィス・ウェルド（リーラ・クエスト）など、マーロウが救おうとする相手は「依頼」と無関係なことも多いし、『さよなら、愛しい人』におけるムース・マロイへの持続的関心――レノックスとの友愛をマロイとの関係の「再創造」と呼ぶ批評家もいる（McCann 179）――にしても、「仕事」とは無関係であるというしかない。さらにいえば、チャンドラーは『ロング・グッドバイ』においてマーロウのレノックスに対する態度をさまざまなキャラクターに評価させているが、彼らの称賛は概して「探偵」というより「人間」としてのマーロウに向けられているといっていいし、そのことは、最初の「称賛」が、酔ったレノックスの面倒を親切心から――つまり「仕事」とはまったく関係なく――見てやるマーロウに、タクシー運転手が与えるものである事実からも確認されるはずだ。
したがって、『ロング・グッドバイ』のマーロウは、それまでのマーロウと行動的にはさして変わらないといえるのだが、今作のチャンドラーは、その「変わらなさ」をマーロウに突きつける。つまり、自分がどうして探偵仕事をやっているのかを、マーロウに自問させるのだ。作家ロジャー・ウェイドをヴェリンジャー医師の施設から連れ戻した直後の第二一章は、探偵の「日常」を提示するそれ自体として興味深い章だが、ここで見ておきたいのはそのような一日に関するマーロウの内省である。

このようにして私立探偵の人生の一日がすぎていった。必ずしも典型的な日というわけではないが、完全に例外的な日というわけでもない。どうしてこんな人生を続けているのかは、神のみぞ知るといったところだ。金持ちになれるわけでもないし、そうそう楽しいこともない。ときには叩きのめされたり、撃たれたり、監獄に放り込まれたりする。まれにではあるが、死んでしまうこともあるだろう。二ヵ月ごとに、もうやめにして、頭をふらつかせずに歩けるうちにまともな仕事を見つけようと決意する。するとドアのブザーが鳴り、待合室につながっている内側のドアを開けると、見知らぬ人間が立っているのだ——新たな問題を抱え、新たな悲しみの荷を背負い、ささやかな金を持って。

——『ロング・グッドバイ』①

「お入りください、ミスター・シンガミー。どんなご用件でしょうか」
そこには何か理由があるはずなのだ。

(Chandler, *LNOW* 549)

最後のセンテンスはいささか曖昧だが、その「曖昧さ」ゆえに印象深い。一義的には自分が「探偵」を続けていることには理由があるはずだということだろうが、マーロウにとって仕事と人生は同義であるといっていい以上、これは人生に「意味」を求めている人間の実存的な呟きでもあるだろう。

フィリップ・ダーラムは、このようなマーロウは「老い、疲れ、飽いている。四二歳の老人として、この私立探偵はトラブル・ビジネスを退屈なビジネスと思うようになり始めたのだ」と述べている(Durham 100-01)。マーロウが「探偵」としての人生に「意味」を求めることをやめていない以上、この見方はいささか短絡にも思えるが、「マーロウもの」には「すべての経験は以前起こったことであるという感覚」が浸透していると指摘するスチュアート・バロウズが、「何も起こらない」「反復的人生」ゆえにマーロウが自分自身を話し相手として内省を深めていくという旨の観察をしていることもふまえると[*4](Burrows 59, 61)、マーロウの実存的な問題を「シリーズもの」という文脈で少し考えておいてもいいかもしれない。

『大いなる眠り』で登場したときのマーロウは三三歳だったが、その後、彼の年齢はしばらく作中で言及されることはなかった。それが『リトル・シスター』で三八歳、そして『ロング・グッドバイ』では四二歳と明示されている。年齢への言及が定例化したことは、後期長編においてマーロウの「老い」や「経験」が主題化されていることを示唆すると考えてよいだろう。そうした観点からすれば、『ロング・グッドバイ』のマーロウが、都会のアパートを離れて一軒家に引っ越しているという設定も、偶然とは思いにくくなる。ウィル・ノーマンは『リトル・シスター』に即して、ロサンゼルスは第二次世界大戦中に高速道路が発達したために町の境界線が（いっそう）薄まり、四〇年代の前半には町は脱中心化され、ダウンタウンの歴史的エリアは破壊されたことを指摘しているが[*5]（Norman 763-64）、マーロウの転居は――フレドリック・ジェイムソンはそこに「ある時代の終焉」を見ている（Jameson 72）――彼が「都会の探偵」ではなくなったことを意味するだろう。マーロウは金物店に勤めて上司の娘と結婚するといった別の人生を夢想しながら「私は卑しく、汚い、歪んだ大都市を選ぶ」と自分にいい聞かせてはいるが（Chandler, *LNOW* 625）、もはや彼は日々変化していく都市と同一化する若者ではなく、私邸で自分の時間を持ち（趣味のチェスがこれほど何度も言及されるマーロウ作品ははじめてである［429, 430, 488, 574, 657］）、自分の人生について思いを馳せる中年男性なのだ。

孤独な中年男性が自分の人生について思考すれば、明るいヴィジョンが出てこないのはほとんど自然であるともいえるはずだが、「マーロウもの」の読者にとって、先に長く引用した一節は、いかにも重たく感じられるだろう。というのも、こうしたマーロウの内省は、これまでの五つの長編における彼の「活躍」をふまえて出てくるものであると考えさせられてしまうからだ。ミルチャ・ミハイエシュは、シリーズが進むにつれてマーロウは失望を重ねていき、それが彼の人格に消せない痕《あと》を残すと論じている。「タフネスや皮肉、見せかけの無感情やこれ見よがしの冷静さは、彼の人生が失敗の累積であることを隠すことができない」のであり、だからシリーズの進行にともない、マーロウはだんだん内省的になっていき、最初のヒーロー像からだんだん離れていくことになるというわけである(Mihaies 33)。

こうしたミハイエシュの主張は、「マーロウもの」の世界に入り込んでいる読者にとっては一定の説得力を持つと思われるが、その正しさを証拠立てることはおそらく不可能であるだろう。作品の「継続性」をチャンドラーが重視するなら、マーロウは過去の事件についてもっと具体的に思い出してもいいはずだ。また、マーロウの変化が後期作品、そしてとりわけ『ロング・グッドバイ』において顕著に生じている以上、その「変化」を書き手であるチャンドラー自身のものとして考える必要がどうしてもある。マーロウはムース・マロイのことを思い出さないが、チャンドラーは自分がかつてマロイをどう扱ったかを思い返しながらレノックスを造形しているはずだろう。だからこそ、マーロウのマロイに対する関係とレノックスに対する関係は、一見似ていたとしても——というよりは、まさしくそれゆえに——重みがまったく異なるものとなるのだ。マーロウにとってレノックスとの関係が重要なのは、彼が自分のアイデンティティに悩み、人生に「意味」を求める中年になっているからこそのことである。「シリーズ」を軌道に乗せる『さよなら、愛しい人』では「傍観者」的なマーロウに人生の切なさをしみじみと確認させるためにマロイを登場させたチャンドラーが、『ロング・グッドバイ』ではマーロウに自分自身と向かいあわせるためにレノックスという人物を登場させているのであり、そこには継続性というより断絶が——作者の「成長」が——存在するといっていいはずだ。

この小説に登場する重要人物はもちろんレノックスだけではなく、そうした他者との関わりを通してマーロウがどう自己と向かいあっていくかを見ていく作業は、次章でおこなうことにする。本章の議論の締めくくりとして（あらためて）確認しておきたいのは、マーロウが「探偵」というアイデンティティを行動の「理由／名目」とできなくなったことが、『ロング・グッドバイ』がそれまでの「マーロウもの」と「雰囲気」が異なることと、連動した現象に思えるという点である。

本章の冒頭で紹介したいくつもの評言にも明らかなように、論者達は『ロング・グッドバイ』をそれまでのチャンドラー作品とは質的に異なるものと見なしてきた。アンソニー・ファウルズは、最初の五冊は同じジャンルに属しているというだけではなく、「移調」

はあるにしても「調（キー）」は同じだったが、『ロング・グッドバイ』はそうではないと、音楽の比喩を使って述べている（Fowles 142）。この「違い」は、『ロング・グッドバイ』の「文学性」がもたらしたものと考えてよいだろう。例えば、この作品ではマーロウが珍しく昏倒しない。殴打や薬物によって意識を失わされる（しかし殺されない）というのは「ハードボイルド小説」のコンヴェンションであり、「普通小説」のキャラクターはそうそう気絶しないのだ。

『ロング・グッドバイ』の「文学性」を示す証拠は他にもいろいろあるだろうが、ここで特に注目しておきたいのは、その文体である。訳者の村上春樹は、「チャンドラー独特の闊達な文体は、この『ロング・グッドバイ』において間違いなく最高点をマークしている」と述べているし（「準古典小説」五九六）、ピーター・ウルフもその凝った文体を「誇張法」「提喩《ていゆ》法」「緩叙《かんじょ》法」「くびき語法」の例をあげて紹介している（Wolfe 195-96）。しかしそうした文章の華やかさに鑑みて目立つ現象は、「チャンドラーの以前の作品を特徴づける豊富な修辞からの退却」（Marling, *Raymond* 134）、すなわち、「直喩（simile）」や「ワイズクラック」の減少である[*6]（Irwin 60-61）。とりわけ直喩に関しては、まさにチャンドラーのトレードマークといっていい文体的特徴であり、[*7]その使用の回避が——それが意図的であることは、ウェイドのメモで「くだらない、愚かな直喩」が言及され、その頻用が揶揄されていることからも明らかである（Chandler, *LNOW* 586）——作品全体の「雰囲気」に与える影響は極めて大きいといっていいだろう。

直喩の使用は初期短編からすでに見られるが――『ブラック・マスク』デビュー作である「ゆすり屋は撃たない」にも、最初の章でさっそく「きれいな顔が一ドルのストッキングのようにありふれている町［ハリウッド］でも、美しい手は満開のジャカランダのように珍しい」といった表現が出てくる（SEN 6）――長編を書き始めた頃にはすっかり「スタイル化」しており、小鷹信光によれば、『大いなる眠り』で使われている（ほとんどが直喩の）比喩表現は一六〇にもなるという（「R・チャンドラー」一四〇）。おそらく最も有名な比喩は、『さよなら、愛しい人』におけるマロイの登場場面だろう――「セントラル・アヴェニューは、世界で最も落ち着いた服装をした人々の通りではないが、そこでさえ彼の目立たなさときたら、エンジェルケーキに乗ったタランチュラと同程度といったものだった」（Chandler, *SEN* 767）。この例は、チャンドラー自身が「単純な視覚的イメージを即座に伝える」と表現していた直喩の目的にかなうことはもとより（*SL* 164）、黒人街にあらわれた白人が白いケーキに乗った黒い蜘蛛に喩えられるという、巧みな「ひねり」も含んでいる。そうしたテクニカルな工夫がチャンドラー一流の文体を形作っていったことは間違いないだろう。

ただし、というべきか、作品全体の「雰囲気」に影響を与えるということでは、直喩が用いられるのがマーロウの一人称の語りにおいてであるという点を重視しておきたい

(Gutkin 1304)。直喩がキャラクターの「態度」を示すために用いられるものであるとすれば(Lott 69)、マーロウがそれを駆使すること自体が、状況を彼が掌握していることのパフォーマティヴな「証拠」となるからだ。直喩は現実を「比較可能な、そしてそれゆえに理解可能なサイズに縮小させ」(Skenazy 42)、「支離滅裂な、腐敗した、当惑させる世界を、秩序立ててコントロールする方法を与える」(Tanner 173)。だとすれば、「「凡庸」な常套句としかいえないものも数多く用いられ」ていても(小鷹「R・チャンドラー」一三七)、問題ないということになろう。例えば『大いなる眠り』において、モナを救出しにいったマーロウは殴り倒されて昏倒してしまうのだが、そうした絶体絶命であるはずの(そして不面目な)状況は、目を覚ました彼が「私はオーヴンに入れる準備が整った七面鳥のように縛りあげられていた」と直喩を使って表現することで(Chandler, *SEN* 733)、窮地と感じられなくなるのである。

「ワイズクラック」も同様の機能を持つと考えてよく、批評家達はそれが「コントロールの手段」(Speir 123)、「攻撃というより防御の武器」(Mihaies 31)、「他者から距離を取る方法」といったものであることを指摘してきたが(Palmer 30)、ここで例を出して似たような説明を繰り返す必要はないだろう。いずれにしても、そうした文体的(言語的)特徴がマーロウに世界から「距離」を取らせ、「ハードボイルド探偵」として振る舞うことを可能にさせていたなら、それが『ロング・グッドバイ』で(あまり)見られなくなるというのは、必然といわねばならない。『ロング・グッドバイ』のマーロウは、もはや「ハードボイルド探偵小説」という「ジャンル」がシリーズものの主人公に保証してくれるような加護を受けていない。彼は探偵を職業とする一人の「人間」として、世界と、他者と、そして自分自身と向かいあわねばならないのだ。

＊1　拙著『「マルタの鷹」講義』では、ダシール・ハメットがジャンルの始祖であるという歴史的事実に鑑みて、「原理的」な議論を多くしているので参照されたい。

＊2　もっとも、チャンドラーが改稿によって削ったところには「聖書的なトーンが確かにあった」ようなので（Hiney 206）、エージェントの指摘はいささか不注意であったとしても、必ずしも的外れではなかったのかもしれない。

＊3　なお、「改稿作業」はアメリカでの初版が出るまで続き（その作業はイギリス版では一九五三年一二月の二刷で反映されている）、例えばマーロウが留置所にいた時間がイギリス版の初版で「三六時間」となっていたものを「五六時間」に修正している（Miller 280-81）。

＊4　例えば『高い窓』には、マーロウのオフィス風景が一年前も二年前も現在と同じだという一節がある（Chandler, *SEN* 1003）。

＊5　海野弘は、アイドル・ヴァレーという作品舞台に即して、「四〇年代を境とするロスの変化」につ

いて述べている（一〇〇−〇一）。

＊6　キース・ニューリンは、『ロング・グッドバイ』では「大げさな直喩」が消え、「普通の比較」となっており、それも最初の四〇ページで六回にとどまっていると指摘している（Newlin 39）。

＊7　チャンドラーの「ノートブック」には、彼がストックしていた比喩表現のリストが収められている（Chandler, *Notebooks* 64-65）。

第一一講

# チャンドラー文学の到達点

――『ロング・グッドバイ』②

前章の終わりでは、レイモンド・チャンドラーの第六長編『ロング・グッドバイ』における文体上の変化が、フィリップ・マーロウが世界から「ハードボイルド探偵」的な距離を取れなくなっていることを示すと述べておいた。こうした「距離」の消失をもたらす背景として、チャンドラーのパルプ雑誌時代〜初期長編時代には明瞭に存在した階級イデオロギー——資本家と労働者の敵対関係——が、第二次世界大戦後の豊かなアメリカ社会においては薄れてしまったことがあるという点については、「第九講」から「依頼人の不在」という問題と絡めて示唆してきたつもりでいる。一九五〇年代の初頭にはパルプマガジンが消えていった事実が象徴するように、大恐慌の時代に生まれたハードボイルド探偵小説は、戦後には「モデルチェンジ」が必要だった。例えばミッキー・スピレーン（一九一八―二〇〇六）が一九四七年に『裁くのは俺だ』でデビューして一世を風靡したことには、時代的な必然性があったというべきだろう。[*1]

そうしたコンテクストに鑑みると、チャンドラーが『ロング・グッドバイ』でハードボイルド探偵小説を「文学」にしたとしても、それは彼が「文学」を書きたいと思っていたためだけではなく、自分が従事してきたハードボイルド探偵小説というジャンル自体に関する批評性があってのことだと考えた方がいいだろう。彼はマーロウが「キリスト的」になってしまったというエージェントの言葉に対し、「私はマーロウの性格が変わったことは承知していますし、そうでなくてはならなかったと思っています――いまとなっては、ハードボイルドなどというもの（the hardboiled stuff）はあまりにも〈ポーズ〉なのですから」と返信している（Chandler, *SL* 315）。ある論者は、『リトル・シスター』のマーロウには自分のハードボイルド探偵としての「役割」に関する自己パロディ的な意識が見られるとして、その自意識がありふれた「タイプ」から「個人」を峻別するのだと述べているが（MacDermott 85）、本稿の文脈においては、後期チャンドラーがマーロウを内省へと追い込んでいったことに、作家自身の自意識が看取される点を強調しておきたい。

整理しておけば、「依頼人の不在」という形であらわれている歴史的状況は、「ハードボイルド探偵」がポーズ／紋切り型となってしまったジャンル史的状況と同時に出現したのであり、『ロング・グッドバイ』はそうした状況に対するチャンドラーの反応であったということになる。それが主人公の実存的問題を追求した長いリアリズム小説になったというのは、戦後のアメリカ小説全般が――六〇年代にポストモダン小説が書かれるようになるまでは――そのような傾向を見せることと一致しているように思えて興味深いが、次作『プレイバック』で同じ傾向が続いたわけではない以上、これは言及するだけにとどめておきたい。*2

前章においては、マーロウがテリー・レノックスとの友情にこだわる背景として、人生に「意味」を求める中年男性になっていることを指摘しておいた。探偵としての人生に絶望とまではいえないにしても懐疑を抱き、いささか疲れてきてもいるマーロウの前に登場したのがレノックスであり、そうした「仕事抜きの友人関係」が彼にとって慰めになったとしてもおかしくないだろう。

この小説にはバーニー・オールズやスーウェル・エンディコットといった過去の作品に出ていた人物が、チャンドラーには珍しく再登場する。ただし、というべきか、「シリーズもの」における同一人物の再登場は、親近感を喚起するのが通例だろうが、本作においてはむしろ緊張感をかき立てる。警部補オールズ——ファースト・ネームで誰かを呼ぶことがめったにないマーロウが彼を「バーニー」と呼んでいることを、レノックスを「テリー」と呼んでいることとあわせて想起しておこう——に関しては、マーロウは「我々は、かつては友人だった……。だが、そいつは少々あやしくなってきた」といわざるを得なくなるのだし（Chandler, *LNOW* 699）、『リトル・シスター』では名裁定によってマーロウに「法があなたのようであれば」自分も法に対して義務を負っていると思うだろうといわしめた地方検事エンディコットは（395）、本作においては億万長者ハーラン・ポッターの弁護士になってしまっており、前作におけるような信頼を持つことがマーロウには難しくなっている。

その流れで注目しておけば、二人の娘（リンダ・ローリングとシルヴィア・レノックス）を持ち、リンダによれば娘婿（レノックス）を気に入っていたはずだとされるポッターは、『大いなる眠り』のガイ・スターンウッド将軍と明らかに類似したポジションを与えられているにもかかわらず、[*3]マーロウはこの大富豪——ナチスに捕まっていたレノックスによれば「中身はゲシュタポの悪党どもに劣らず無慈悲」[*4]（436）——にシンパシーを感じることはない。スターンウッド将軍に対する「騎士」マーロウの深い愛着は、将軍がある意味ではすべての元凶であったことを思うと問題含みであり、作家として成熟したチャンドラーがデビュー長編の問題点を修正してみせたと考えることもできようが、当面の文脈においては、こうした「再利用」をめぐる処置からも、散文的な世界に生きる探偵マーロウにとって、レノックスとの友情が特別な「意味」を持つものになっていくことがうかがえるといっておけばいいだろう。

そのようなレノックスとの関係は、警察とのトラブルにマーロウを巻きこむことになり、その「意味」を決定的に強めることになる。「依頼人」のためにひどい目を耐え忍ぶのは「探偵」の「仕事」であるが、「友人」のためにそうするのは「人間」としての振る舞いだからだ。それは「人間」としての振る舞いであるがゆえに、ともすれば「センチメンタリストで……いささか愚かに見える」ともいわれてしまうわけだが（Pendo 143）、それでも『ロング・グッドバイ』の最初の一二章は、「おかしくなった世界」において、隔離された友愛を求めるマーロウを確かに満足させる」物語になっているとひとまずは考えてよさそうに思える（Orr 82）。

「ひとまずは」というのは、第一二章とはマーロウがレノックスからの五〇〇〇ドル札が同封された手紙を受け取る章だからである。彼がその紙幣に関して落ち着かない気持ちを抱き、それを「マディソン大統領の肖像」と呼び続けるのは（Wolfe 201）、「代金」を受け取ることで自分の行動を「仕事」にしてしまいたくないからだろう。しかし彼が「その紙幣を両替せず、金庫に鍵をかけてしまっておき、もっぱらセンチメンタルな目的でときおりそこから出す」としても（McCann 180）、「ハードボイルド探偵」にとって金は金なのだし、しかも依頼人をその他の人々と差異化する条件とは「金」以外にない。その意味において、届いた紙幣はマーロウとレノックスの物語が「美しい友情物語」として完結してはいないことを象徴的に示しているといえそうだし、そうした見方はこれまでの「マーロウもの」に照らしてみても確認されるはずだ。

前章でも強調しておいたように、マーロウは納得できなければすぐに依頼料を返却しようとする探偵であり、それは彼が金のために仕事をしているわけではないことを意味する。「返却できない金」というのは、彼の「規範」においては、受け取ってはならないものなのである。職業的探偵でありながら金のために行動しているわけではないという矜持は、彼のアイデンティティの根幹をなす意識なのであり、だからレノックスに対する「友情」からの献身は、彼の人生における「意味」を純粋な形で確認させるはずだった。仮に封筒に入っていたのが手紙だけだったとしても、それを読んだ彼は友人の無実を晴らすべく行動しただろう。だが、その五〇〇〇ドル札は、その「純粋さ」を汚してしまう――というより、そんな「純粋さ」は彼がこの世界で「探偵」でいるかぎりロマンティックな迷妄にすぎず、あるいはさらに悪いことに自己欺瞞でさえあるという可能性を、たえずリマインドするのではないだろうか。

そのように考えてみると、マーロウがその五〇〇〇ドル札に関してずっと居心地の悪い思いをし続けていることはもとより、ほとんど頑ななまでにウェイド夫妻から金を受け取らないというのは[*5]、そのアイデンティティのゆらぎを示唆しているように思えてくるが、ともあれ本作のマーロウにとっては「友情」こそ重要なのであるし、チャンドラーはその問題を彼に意識させ続けようとするかのように、作中にいくつもの「友情関係」を「メタナラティヴ」としてちりばめる――マーロウとレノックス、マーロウとオールズ、マーロウと作家ロジャー・ウェイド、レノックスと二人のギャング（ランディ・スターとメンディ・メネンデス）、ヴェリンジャー医師とアール、そしてウェイドとハウスボーイのキャンディ。

本書で繰り返し見てきたように、マーロウが捜査の過程で出会った人々と「メタナラティヴ」を共有し、彼らに同情／共感するというパターンは、「マーロウもの」の「シリーズ化」を強固に支えてきたわけだが、『ロング・グッドバイ』においては、それが物語の関心事とまさに直結しており、それだけに個々のエピソードにも印象深いものが多くなっている。いつもの「麻薬医師」にすぎないように見えたヴェリンジャーは、アールのために一文無しとなって施設を手放す「人間」でもあり、ウェイドに「あいつに金をやらなかったことで、自分がろくでなしのような気になる」といわせる（Chandler, *LNOW* 540）。ゆすり屋のように思われたキャンディは、ウェイドに忠実であるがゆえにマーロウに敵対的に振る舞い続けていただけであって、真相を知ったときには謝罪して（680）、彼を「アミーゴ」と呼ぶようになる[*6]（671, 684）。マーロウのメネンデスやスターに向ける非難が、戦友にして命の恩人であるレノックスに対する彼らの忠実さゆえに、やわらげられているというのも確かだろう（Wolfe 205）。

しかも、というべきか、この小説の「メタナラティヴ」を構成するさまざまな友情関係は、それが人と人との「関係」であるがゆえに、動的なドラマをはらんでいる。「孤独」「資本家による搾取」「戦争の影」「ハリウッド的世界」といったこれまでのメタナラティヴは、いってみれば個人には「どうしようもないもの」であり、だからそのような世界で苦しみ、耐える人々に向けるマーロウの超越論的な――誤解を避けるために強調しておくが、「超越的」ではない――視線が叙情を生むことになっていた。だが、「友情」とは自分で選び、育て、維持していくことができるものと一応は考えられるし、そのようなものであるがゆえに、主体の中で常に葛藤を産み続ける。『ロング・グッドバイ』において友情が――「愛」がといっても構わないだろうが――中心的な問題とされていることと、それが「リアリズム小説」となっていることは、不可分の関係にあるのである。

いま述べた「葛藤」が生じるのは、友情というものが一人では成り立たず、相手を必要とするからであるのだが、リアリズム小説において重要なのは、そこに「第三者」の存在が絡んでくることである。そもそもリアルな「人間関係」が発生するのは三人からといってもいいくらいだ。エドワード・ローリング医師がリンダに近づくあらゆる男性に嫉妬するというのは極端なケースだとしても、メネンデスがマーロウに嫉妬し、キャンディがマーロウを排除しようとするのがわかりやすい例であるし、マーロウが最初からシルヴィアに対して冷たい態度をとっていることを想起してもよいだろう。

しかし『ロング・グッドバイ』という「リアリズム小説」に深みを与えるのは、そうしたわかりやすい例（だけ）ではない。主要人物達のほとんどが知り合いとなるこの小説は、入り組んだ人間関係をいくつもの「三者関係」として提出する。いま触れた①レノックスとシルヴィアとマーロウの関係に加え、主だったものだけ列挙しても、②レノックスとアイリーンとシルヴィア、③レノックスとアイリーンとウェイド、④レノックスとシルヴィアとウェイド、⑤アイリーンとシルヴィアとウェイド、⑥レノックスとウェイドとマーロウ、そして⑦レノックスとアイリーンとマーロウ……と実にさまざまなのであり、チャンドラーが尊敬するヘンリー・ジェイムズの小説を彷彿させる「関係性のドラマ」を形作っている。マーロウが事件の真相に到達するには――そして自分自身に向かいあうには――こうした人間関係の絡み合った糸をほぐしていかねばならないのである。

右で列挙したほとんどにレノックスが、そしてすべてにレノックスかアイリーンが関わっていることは、この二人の関係が事件の中心にあることを意味しているが、[*7] その点を押さえた上で、時系列順に整理しておこう。まず、レノックス（ポール・マーストン）とアイリーンがイギリスで第二次大戦中に結婚するが、レノックスは出征して行方不明となる。レノックスが死んだと思ったアイリーンはウェイドと再婚するが、アイリーンの前夫の存在をウェイドは知っており、ウェイドがレノックスの「代用品」であるという問題はすでに生じていただろう（③）。一方、アメリカに戻ってきたレノックスはシルヴィアと再婚するが、その後、ローリング邸で彼は昔の妻と顔を合わせる。この再会がアイリーンにとって衝撃だったことは疑いないし、レノックスもその後すぐに家を出ることになるのだから、関係②が「問題」として発生したといっていい。

ここでマーロウが登場する。家出したレノックスは、泥酔していたところをマーロウに助けられて親しくなる。彼はいったんシルヴィアと別れるも再婚し、マーロウにはそれが気に入らない（①）。ウェイドとシルヴィアの情事が始まった遠因に、関係③があったこ

――『ロング・グッドバイ』②

とは確かだろう。ウェイドがレノックスを妻の前夫と認識していたかどうかは断言できないが、少なくとも形としてはレノックスの妻を寝取ることで（④）、関係③における自分の立場に関する意趣返しをすることになった。この情事は、アイリーンの立場からすれば、シルヴィアがレノックスとウェイドの両方を自分から奪ったということであり（⑤）、それはアイリーンによるシルヴィア殺害と無関係ではあるまい。

そして逃亡したレノックスがメキシコで「自殺」したあと、マーロウはウェイド家に呼ばれ、夫婦それぞれと関わることになるが、彼の立場はどちらとの関係においてもレノックスの影を感じさせるものになる。ウェイドはマーロウのことを気に入って、そばにいてほしいと「友人として頼む」とき、「きみはレノックスのためにはそれ以上のことをしてやったじゃないか」（Chandler, *LNOW* 564）という（⑥）。そしてアイリーンは、マーロウにコンタクトをとったのはポール・マーストンとイニシャルが同じだったからだというのは方便だったとしても（実際には彼がシルヴィア殺しについて何を知っているかを確認するためだった）、ウェイドの自殺騒動のあとは、「あなたが戻ってくると、私はずっと知っていたわ……。たとえ一〇年経ってからでも」と（593）、彼をレノックス＝マーストンに見立てて「誘惑」するのである＊8（⑦）。

こうした概要からだけでも、『ロング・グッドバイ』という小説が、主人公を「個人的」に巻きこんだ複雑なリアリズム小説であることは明らかだろう。そしてそれが明らかとなったからには、マーロウが深く関わることになった（シルヴィアを除く）三人のキャラクターについて、さらに掘り下げて考えてみなくてはならない。

まず注目したいのはウェイドである。彼はF・スコット・フィッツジェラルドを尊敬するアルコール依存症の大衆小説家で、『ロング・グッドバイ』でチャンドラーが「三つの自画像」を描いているとするナターシャ・スペンダーの影響力あるエッセイにおいて「悪い自我」とされていることもあってか[*9]（Spender 135）、論者達のコメントは伝記的事実に引きつけた辛口のものが多い。例えば、「チャンドラーがミドルブラウの大衆文化に関して嫌っていたあらゆるものを体現」しており、「チャンドラーが、批評的信念を捨ててメインストリームでの成功という誘惑に屈してしまったら、自分の書くものもそうなってしまうと恐れていたような存在」だというショーン・マッキャンのウェイド評などは（McCann 171）、否定するのが難しいように思える。

しかしながら、「小説の登場人物」としてのウェイドは、最も同情に値するといっていいキャラクターである。ジョン・T・アーウィンは、「［アイリーンは］アルコール依存症で女遊びをするウェイドとのひどい結婚を、失われた恋人ポールの記憶と、ロマンティックに理想化された戦時中の恋愛に身を投じていた自分自身のイメージにしがみつくことによって、何年も続けてきた」と述べているが（Irwin 57）、ウェイドがそのような夫になってしまったのは、かなりの程度、結婚相手に問題があったためでもあるはずだ。実際、リンダは、ウェイドが自分の妹の不倫相手だったにもかかわらず、彼が酒浸りになったのは「あの不感症のブロンドの見世物と結婚したせい」だと擁護しているし（Chandler, *LNOW* 603）、その観察の信憑性は、彼が「ノルウェーで行方不明になった、［アイリーン］の最初の恋人」のことを知っており（572）、彼女の中には「共有できるものなど何もない……何も、何も、何もないんだ」と切ない心情を吐露していることによって確認されもするはずである（571）。

ウェイドはその五年間の結婚生活を通し、自分がレノックスの「代用品」でしかない――あるいは、それでさえない――ことを思い知らされてきた。そのことを知らなかったマーロウは、当初はウェイドに対してほとんど冷淡だった（アイリーンにキスしてしまうのはその証拠だろう）。論者の中にはマーロウがレノックスの件について手がかりを得るためにウェイドを利用したとする者もいるのだが（J. Smith 196）、それが極端な見解だとしても、ウェイドが彼に愛着を示し、先に触れたようにレノックスに言及しながら「友人」としてそばにいてくれと頼んだことを思えば――そしてマーロウが彼の金を受け取らないことを思えば――マーロウもこの（レノックスと同じ）酔っ払いを、レノックスの「代用品」のように扱ってしまったといえるかもしれない。しかも、その「代用品」の「役割」が、レノックスを死なせてしまった（と思っている）マーロウにとってのセカンド・チャンスであったとしたら、彼はそれにも失敗してしまうわけだ。

この失敗は、ウェイドとの関係が深まるにつれて、彼に対して（レノックスに対してと同様）「いくらか責任を感じる」ようになり、彼を「自分自身をじっくりと厳しい目で見つめ、そこに何があるかを見ることができる男」と評価するようになっていったマーロウにとっては（Chandler, *LNOW* 573）、大いに悔やまれるべきものであっただろう。マーロウが最終的にレノックスを許さない理由の一つは、レノックスがアイリーンにシルヴィア殺しの罪を逃れさせたことが第二の殺人を生じさせたことにあるはずだが（Wolfe 201-02）、それを指摘するマーロウが、ウェイドについて「もちろん、彼は特に重要な人物というわけではまったくなかった。血と脳味噌と感情を持った、ただの人間だった。何が起こったかをやはり知っていて、それを抱えながら生きようと懸命に頑張っていた」と述べていることにも注目しておきたい（Chandler, *LNOW* 732）。いささか遅きに失した感はあるものの、「オリジナル」の魅力が消失したあと、ウェイドはついに「代用品」などではなく、一人の人間としての尊厳を獲得したのである。

ウェイドに続いては、「真正のファム・ファタール」などと呼ばれるアイリーンについて見ていこう（Phillips 141）。もっとも、チャンドラー作品におけるおそらく最高の美女であるとはいっても（登場時、その美しさに関する叙述は二頁ほど続く［Chandler, *LNOW* 490-92］）、読者にとって彼女の「ファム・ファタール性」はわかりにくいところがある。物語の現在において、最大の犠牲者であるウェイドが、彼女が「空っぽ」な人間であることを知っており（572）、幻滅してしまっているからだ。「ファム・ファタール」が男の幻想をかき立てる女性であるとするなら、小説に登場するアイリーンはそうではない。彼女は自分の幻想の中に引きこもっており、リンダのいうように、「誰かがあの女と寝るなんてとてもありそうもない」のだ（604）。

そのようなアイリーンは、自分の幻想を守ろうとする――とだけいってすませられれば簡単なのだが、これもなかなか複雑である。まず、すでに述べたように、再婚したときのアイリーンにとって、ウェイドがレノックスの「代用品」であったことは確かだろう。もっとも、仮にこの再婚生活が幸福なものになっていたら、彼女がレノックスとの思い出に浸る必要性は消えていったかもしれない。だが、レノックスの存在は、ウェイドにとっては障壁となっただろうし、それでウェイドが浮気したとしても、それはアイリーンにとってはレノックスとの思い出を美化するだけで、形骸化した結婚生活を修復しようと努める義務など感じさせなかっただろう。シルヴィアについても、自分が相手にしていないウェイドを相手にしているだけの、つまらない女と思っていればよかったはずである。

しかしながら、シルヴィアの夫がレノックスであるという事実は、いま述べた図式を完全に反転させてしまう。レノックスに幻滅させられたことはいうまでもないが、見下していたシルヴィアは最愛の男を奪った女となり、ただの「代用品」にすぎなかったウェイドは彼女が理想化していた男から妻を寝取ったことになる（彼女がウェイドを殺したのは、口封じのためだけではなく、こうした理由もあったのかもしれない)。かくしてプライドを粉微塵にされたアイリーンが、シルヴィアを憎むようになったのは理解できるだろう。*10 彼女がシルヴィアを「あの赤毛の売春婦」と呼び(672)、「あの女は[ウェイド]にとってトロフィー以外のものではありませんでした」などと貶めるようなことをいうのは(674)、彼女がレノックスの思い出とともに超越的な高所にいられなくなったことの証左であるといっていい。

そしてアイリーンはシルヴィアを殺すわけだが、だからといってレノックスの価値が復旧するわけではもちろんない。彼女にとって、ウェイドは「ただの夫」にすぎず、ダメな男でも構わなかったが、「ポールはそれよりもはるかに素晴らしくあるか、さもなければ無の存在」でなければならなかったのであり(673)、遺書においては「彼は私がかつて愛して結婚した男の抜け殻でした。私にとって、いかなる意味もありませんでした」とされ、「あの二人が一緒にいるところを見つけて一緒に殺さなかったこと」を悔やんでいるとさえ書いている(692)。実際、彼女はレノックスのことも(シルヴィアを殺すより前に)「無き者」にしたと見なしてもいいかもしれない――結局のところ、再会したあと、彼女は二度と彼に会わなかったのだから。その後のマーロウに対する「誘惑」を思えば、彼女の狂気の中では「ポール」との幻想はかろうじて生き続けていたといえるのかもしれないが、いずれにしても彼女はその「幻想」のために二人の人間の命を奪い、その残骸を抱えて自らの命を断つことになる。

ここで問題となるのは、もちろんマーロウの関与である。真相を知った彼はどうして警察に知らせなかったのか。彼を非難するオールズとのやり取りを見ておこう。


「……彼女は死なずにすんでいたんだぞ。俺達は容疑者として彼女を確保することができた。だが、お前は彼女に死んでほしかったんだ、この野郎、そのことをお前はわかってるはずだ」

「私は彼女に自分自身をじっくりと冷静な目で見つめてもらいたかった。それでどうするかは彼女の問題だ。私は一人の男の無実を晴らしたかった。手段なんてどうでもよかったし、いまもそう思っている。……」(700)


このマーロウの返答にはいくつか興味深い点があり、少し詳しく考えてみたい。

まず、「彼女に自分自身をじっくりと冷静な目で見つめてもらいたかった(I wanted her to take a good long quiet look at herself)」という表現は、先に引用したウェイドについての「自分自身をじっくりと厳しい目で見つめ、そこに何があるかを見ることができる男(a guy who can take a long hard look at himself and see what is there)」という評価と対応するものであり、それはマーロウの行動が、部分的には殺されてしまったウェイドのためになされていることを示唆するだろう。

続く「それでどうするかは彼女の問題だ」というのは、それ自体としていかにもマーロウらしい言葉である。『さよなら、愛しい人』でムース・マロイとヴェルマ・ヴァレントに、警察の手が及ばぬところで決着をつけさせたことが想起される。ただ、それが今回の場合は「自殺幇助」となってしまうところは（『リトル・シスター』の結末と同様に）倫理的問題をはらむが、この小説のマーロウが事件に関して「個人」として、そして警察に対して「私人」として――つまり「探偵」としてではなく――対峙してきたことで、「チャンドラー作品における「法」は内在的なもので、強制されるものではない」という点が前景化されているといえるかもしれない（Wolfe 32）。

厄介なのは、最後の二行である。確かに、アイリーンが告白文を遺して自殺し、警察がそのコピーをマーロウに渡し、マーロウがそれを新聞社に流したからこそレノックスの汚名をそそぐことができた――ついに彼に「さよなら」をいえた（Chandler, *LNOW* 695）――とはいえる。だが、彼女が遺書を書くかどうかはわからなかったし、遺書をマーロウが入手できる見込みなどなかったはずなのだから（彼はキャンディからの電話で遺書の存在を知ったとき、それを警察に渡せといっている［684］）、これは結果論にすぎず、マーロウがそれを計画したと考えるのは難しいだろう。

このように考えてくると、オールズのいうように、マーロウはとにかくアイリーンに自決してほしかったといわざるを得なくなってくる。アイリーンを警察に突き出しても起訴の見込みはないことを彼女自身は知らないという彼の言葉は(682)、そうした彼の意図を露呈させる不気味なものだし、その不気味さは、この彼の「自殺幇助」がどうしても正当化され得ないことを示しているのではないだろうか。マーロウはこれまでの作品においても、個人的な規範に従って行動してはいたのだが、その「規範」はいくら「個人的」とはいっても、「腐敗した社会」の「法」に対置されるという点で「個人的」なものであり、その意味では「普遍的」なものでもあった。「私立探偵」というアイデンティティは、「個」と「普遍」をつなぐ回路——あるいは、その二つが直結可能であるという「幻想」を担保する装置——であったといってもいい。しかし『ロング・グッドバイ』のマーロウはただの「個人」であり、ハードボイルド探偵小説では彼をヒーローとした「私的正義」は、リアリズム小説においては「詩的正義」的に相対化され、批判の対象にさえなるのである。

そうした相対化は、マーロウ自身のレノックスに対する態度が、アイリーンのものと似通っているという皮肉な事実にあらわれている。実際、アイリーンは自分の幻想を破壊したシルヴィアを憎んで殺したが、これはほとんどマーロウ自身の願望充足ではなかっただろうか。彼はシルヴィアに対しては一度たりとも好意を示さず、レノックスとの再婚記事は「犬のゲロ」のようなものとさえ感じ(430)、その後も彼の結婚生活に関してはネチネチと嫌味をいい続ける。「酔っ払って、落ちぶれ果てて、腹をすかせて打ちのめされ、それでもプライドを持っていたときの彼の方が私は好きだった」というマーロウは（435）、アイリーンと同様、自分がレノックスに関して作りあげた「幻想」を崩すシルヴィアが嫌いなのだ。

アイリーンがレノックスに二度とは会わなかったという事実は、彼女が愛していたのはロマンティックな幻想で、レノックスという人間そのものではないことを意味するだろうが、マーロウに関しても、事情はさして変わらないように思える。マーロウはレノックスの過去については聞かず、ただ目の前にいる友人を愛する――といえば聞こえはいいが、人生に「意味」を求める中年男性が抱くそのような「愛」は、どうしてもナルシシズムの色を帯びるだろう。論者達が指摘するように、レノックスは「マーロウ的な大げさな名誉の感覚」の持ち主であるように見えるし（Wolfe 206）、「最初は、その「旧世界」的なアクセントや礼儀作法は、新世界においても騎士が存続できるのではないかという可能性を示すサインとして受け取られる」（Speir 115）。この小説は酒に関する数々の名言によっても知られているが、それらが――マーロウがいいそうな言葉が――すべてレノックスの台詞であることにも留意しておいていいだろう。

マーロウがレノックスをそのような――自分自身の「鏡」のような――存在として愛しているなら、「現実」のレノックスについては知る必要がないし、むしろ知らない方がよいわけだが、好都合なことにというべきか、マーロウが出会ったときのレノックスは、その「個性」を示すものが何もなく「誰かが住んでいるようには見えない」アパートが象徴するように（Chandler, *LNOW* 422-23; Routledge 103）、すでにそのハートには「何もない」人間（Chandler, *LNOW* 734）——作中で何度か言及される詩人T・S・エリオットの有名な作品タイトルから表現を借りれば「うつろな人間」（一九二五）——になっていた。[*11] この「空虚さ」というイメージは最終的にレノックスとアイリーンを結びつけ、このカップルを「美しい過去と虚しい現代」を象徴する存在にするわけだが、当面の文脈においては、レノックスに「中身」がないからこそ、マーロウは彼をロマンティサイズできたことを強調しておきたい。[*12]

レノックスとの関係が第一二章で終わっていれば、マーロウはレノックスとの友情物語を、アイリーンがそうしたように美しく保ち続けることができたかもしれないが、五〇〇〇ドル札は彼をじっとさせてはおかないし、何よりアイリーンに呼び出されてしまったことで、彼は本来知りたくなかったはずのレノックスに関する情報を得ていくことになる。もっとも、彼の希望は友人の無実を晴らすことにあり、それはロマンティックな友情物語を正しく「完結」させることであるのだから、シルヴィア殺しの真相に近づいていくことに大きな葛藤はなかったといえるかもしれないのだが、しかしその探求はウェイドの死とアイリーンの自殺という結果に終わる。アイリーンが自らの幻想を守るために二人の死者を生じさせたというのなら、マーロウもまたそうなのだ。

そのように考えてみれば、目的を見事に果たしてレノックスとの友情物語を完結させたつもりになり、いわばその「エピローグ」としてリンダと寝ることまでしたマーロウが――ハードボイルド的規範の侵犯として評判が悪いエピソードだが[*13]（Margolies 50; Pendo 143）、レノックスの義姉からの求婚を断ることで自分を「シルヴィアと結婚しなかったレノックス」にしてみせるエピソードでもある――レノックスと再会を果たすというのは、まさに因果応報といわねばならない。このラストシーンにおける彼は、レノックスと再会したアイリーンを追体験しているように見える。死んでいたはずの男が名前を変えて――よく知られたことだが、偽名マイオラノス（Maioranos）はスペイン語で「better years」の意（Marling, *Raymond* 138）――あらわれた結果、その中身がどうしようもなく空虚であると思い知らされることでロマンティックな幻想は崩れ、以後は二度と会うことがないのだから。

自分が結局はアイリーンと同じ立場にいたという認識は、マーロウにとっては承服しがたいものだろう――それはこの小説で起こったほとんどすべてのことに関して責任を引き受けなくてはならないということでもあるのだから。しかし登場人物達の関係性を読み解いてきた「リアリズム小説」の読者にはそれがわかるし、マーロウ自身もそのことをわかってしまっているように思える。だからこそ、彼は最終場面で再び「ハードボイルド探偵」に戻るのだ。

きみに腹を立てているわけではない。きみはただそういうたぐいの男なんだ。私は長いこと、きみという人間がまるでわかっていなかった。よい振る舞いとよい人柄の持ち主だったが、おかしなところがあった。規準というものを持ってそれに従って生きていたが、その規準は個人的なものだった。倫理や良心のとがめといったものとは、まったく何の関係もなかった。……きみは道徳的敗北主義者なんだ。ひょっとしたら戦争のせいでそうなったのかもしれないが、あるいは生まれつきそうだったんだろう。

(Chandler, *LNOW* 732-33)

これはマーロウが自分自身に向けていっている言葉のように思える。アイリーンを自殺させたとき、彼が従っていた「個人的な規準」は、「倫理や良心のとがめ」と関係があっただろうか。ここで使われている「道徳的敗北主義者(moral defeatist)」という見慣れない表現は、「正しさ」に「意味」を求めようとしないシニカルな人間の謂《いい》であるといっていいだろうが、ともあれこの一節が示すのは、マーロウが「探偵」であることの虚しさに屈してしまえば、レノックスになってしまうということである。自己懐疑にかられて「個人」として振る舞い続けた本作のマーロウは、その危機にずっとさらされていたのだし、最後に登場してギムレットを飲みに行こうと誘うレノックスは、彼に「責任」など放棄して楽になってしまえと使嗾する悪魔的な――あるいはあまりにも「人間的」な――マーロウの分身でもあろう。

そうした誘惑を、マーロウはきっぱりと退ける。主人公が「自分で仕掛けた罠」から脱出し（488）、分身的キャラクターを批判して物語が終わるというのは、「リアリズム小説」としてはいささかぬるいと思われてしまうだろうか。だが、本書としては、やはりこの『ロング・グッドバイ』にチャンドラー文学の到達点を見ておきたい。これは一つには、いま見た最後の決断や、それでいてレノックスが去っていく足音に耳をすませてしまうという感傷を含め、マーロウの自己欺瞞を批判的に――「リアリズム小説」的に――読むことも十分に可能だからである。そしてもう一つには、チャンドラーがそのような読み方を可能にしておきながらも「ハードボイルド探偵小説」を捨てなかったことを、積極的に評価したいと思うからだ。

自分の「分身」を完全に拒絶するというのは、マーロウがさまざまなキャラクターにシンパシーを抱くことでシリーズが展開してきたことを思えばなおさら、文字通りにラディカルな決断であるといわねばならない。例えば『水底の女』のマーロウなら、レノックスの戦争体験をもっと重視して同情していただろう。あるいは『さよなら、愛しい人』のマーロウなら、レノックスの行動が、アイリーンをまだ愛していて、彼女を救うためのものだったという「フィクション」を作りあげたかもしれない。だが、そのようなシンパシーを可能としてきた「心理的距離」を、『ロング・グッドバイ』のマーロウは持てなかった。「探偵」としての「距離」を失っておこなわれた自己との戦いは、かろうじて勝利を収めたとしても、マーロウに大きな傷を残すものであったはずだし、その「傷」は「シリーズもの」の主人公にとっては致命傷であってもおかしくはない――かくしていささか不吉な予感とともに、最終章となる次章は『プレイバック』を読むことになる。

＊1　チャンドラーは(もちろん、というべきだろうが)スピレーンの作品をひどく嫌っており、インチキで読めたものではなく、「最悪のパルプ小説でさえここまでひどくはなかった」とさえいっている(Chandler, SL 310)。

＊2　そうした観点からは、チャンドラーが『プードル・スプリングス物語』でマーロウの結婚生活をどのように描くつもりだったのかが気になるところではあるが、極めて短い遺稿から推測を広げるのは危険だろう。

＊3　ジョン・T・アーウィンは、『ロング・グッドバイ』が『大いなる眠り』の材料を用いた「書き直し」であると指摘して論じている(Irwin 56)。Lid 62も参照。

＊4　プライヴァシーを脅かすあらゆるものを金の力で破壊しようというポッターを、エゴイズムの点で

ギャングのメネンデスと変わらないとする論者や（Whitley 24）、この二人が共謀してマーロウを黙らせ、レノックスの告白と自殺を偽装したと論じる批評家もいる（Richter 36）。

＊5　行方不明のロジャー・ウェイドを探すときに約束された報酬が、レノックスがマーロウの家に残していったのと同じ五〇〇〇ドルであることは、ヴェリンジャー医師がウェイドに請求する金額が五〇〇〇ドルであることと同様、偶然ではないだろう。

＊6　エドワード・ソープは、当時の読者にとって、キャンディのようなラテン系の召使いは、黒人の召使いより邪悪なイメージがあったと述べている（Thorpe 38）。ラルフ・ノーマンは、異人種キャラクターに対するマーロウの関係が、ステレオタイプ的な見方に始まり、敬意や信頼に変わっていくという傾向があると指摘して、キャンディをその代表例と見なしている（Norrman 127）。

＊7　クリストファー・ルートリッジは、一見互いに関係ないサブプロットのそれぞれにレノックスの影響が及ぼされているため、この「探偵小説」はレノックスのアイデンティティをはっきりさせることが主眼になると指摘している（Routledge 103）。

＊8　この場面には、おそらくアーネスト・ヘミングウェイの『武器よさらば』（一九二九）の影響がある。ヘミングウェイの長編では、ヒロインである看護師キャサリン・バークリーが、主人公フレデリック・ヘンリーとの関係の発端で、彼に戦死した昔の恋人が戻ってきた場面を演じさせている（Hemingway 26）。

＊9　なお、マーロウは「よい自我」、レノックスは「不安な自我」とされている（Spender 135）。

＊10　宮脇孝雄は、「チャンドラーの長篇は、いずれも女の対立を巡って広げられる物語である」として、『ロング・グッドバイ』をその典型としてあげている（二二三）。

＊11　『ロング・グッドバイ』全体に感じられるエリオットの影については（「うつろな人間」への言及はないが）、Eburne を参照。

＊12　メーガン・E・アボットは、レノックスの「空虚さ」を「ファム・ファタール」的な特徴であるとして、それがマーロウを惹きつけると述べている（Abbott 121）。

＊13　マーロウが『ロング・グッドバイ』で性的にアクティヴになることに、「マーロウは明らかにホモセクシュアルである」とガーション・レグマンが主張したことの影響を指摘する論者もいる（Legman 70; Van Dover, "Introduction" 10）。同様の指摘をウェイドが同性愛について語ることに適用している批評家もいる（Mason 98-99）。

第一二講

# 未完のプロジェクト

『プレイバック』

レイモンド・チャンドラーの第七長編『プレイバック』は、ある意味では日本において最も強い影響力を持ってきたチャンドラー作品かもしれない。「タフでなければ、生きていけない。優しくなければ、生きる資格がない」というフレーズは、ある世代以上の日本人なら誰もが知っているはずであり、それは取りも直さず、フィリップ・マーロウ／チャンドラー／ハードボイルド探偵小説のイメージを、強固に定着させてきたということでもあるからだ。

今日のチャンドラー読者にとっては、それが正確な翻訳ではないという事実も常識となって久しいだろうが、*1 そもそも「イメージ」とは作品を読んでいない人々のあいだで伝播するといえようし、だとすればそれが「誤訳」であろうと、そして原典から遊離した形で流通しようと――「さよならをいうのは、少しだけ死ぬことだ」にしても「ギムレットには早すぎる」にしても、オリジナルの文脈を知る人がどのくらいいるだろう――たいした問題ではないのかもしれない。実際、『プレイバック』から切り離してみれば、「タフでなければ……」は秀逸なキャッチコピーとしかいいようがないし、それが喚起するイメージにしても、必ずしも間違っているとはいえないだろう。マーロウ／チャンドラーの「イメージ」にこだわってきた本書としては、この「原典から切り離された」「誤訳」を許容できてしまうところに、チャンドラー文学を総体として理解することの難しさと面白さがともにあるといっておきたいと思う。

とはいえ、このフレーズが長く影響力を保ってきたというのは、村上春樹も「訳者あとがき」で示唆するように日本独特の現象であり（三三二）、アメリカでは『プレイバック』についてはその「名台詞」であれ何であれ、ほとんど評価されていない。[*2]『ロング・グッドバイ』は刊行時に絶賛されたわけではないが、一九五五年にエドガー賞を授与されていたし、チャンドラーはまぎれもなく高名な探偵小説家であった。そのような作家の新作として一九五八年に出版された『プレイバック』は、「平均的な探偵小説よりは優れていても、チャンドラー作品としては失望させられる」というトーンで書評され（Moss 250）、以後も批評家には無視されてきたのである。

この批評的無視については、仕方ないところもあるだろう。『プレイバック』はチャンドラーの長編では最も短く（『ロング・グッドバイ』の半分もない）、明らかに「軽量級」の小説である。ストーリー／プロット上の瑕疵も目立つ——とりわけゆすり屋ラリー・ミッチェルの死体が消えたという「謎」に関する伏線の欠如は、他のチャンドラー作品と比べてもあまりにも杜撰《ずさん》で、[*3]作者が有名作家でなければ出版されたかさえ怪しいと感じさせるほどだ。

ただし、『プレイバック』が無視されてきた主な理由は、小説単体の問題というよりも、「シリーズ」の読者が抱く違和感のためであるようにも思われる。物語の中心舞台がエスメラルダ（チャンドラーが長年住んでいたラ・ホヤがモデル）であることが、本書を「LA小説」として論じることを難しくするというのはその一例である。さらに厄介な問題は、マーロウが二人の女性と性的関係を持ってしまうことであり、それは多くの読者に「ハードボイルド的規範」の侵犯であると感じさせ、居心地の悪い思いをさせ続けてきた。

そう考えてみれば、『プレイバック』に関する無視とは、この小説が存在しなければよかったのにという、「愛読者」（ならでは）の「否認」のようにも見えてくる。後述するように、妻に先立たれたあとのチャンドラーの不幸な晩年は、ともすれば老醜をさらすばかりだったように感じられてしまうのだが、そのような醜態から目を背けるのと同様の態度を、最後の長編に向けてきたということである。事実、『プレイバック』の「違和感」に関しては、晩年の伝記的事実を引き合いに出して簡単に説明されることが多いように思える。

右に述べてきた『プレイバック』にまつわる定説を突き崩すことは難しいだろう。しかしながら、チャンドラーという作家の「成長」を追ってきた本書としては、最終章においてもこれまでの姿勢を貫きたい。つまり、『プレイバック』が「愛読者」に違和感を抱かせる作品になったことを、著者の晩年における筆力の衰えや乱心の顕現というより、『ロング・グッドバイ』のような作品を書くに至ったチャンドラーが、筆を折らずに「マーロウもの」を書き続けるのであればどうすればよいかという問題に取り組んだことの結果として考えてみたいのである。

そうした観点に立つ本稿としては、『プレイバック』に関する無視が、それが作者の死によってたまたま最後の長編作品になったことと無関係ではないと思われる点は強調しておきたい。もしチャンドラーが『プードル・スプリングス物語』を完成させていたら[*4]、チャンドラー批評における『プレイバック』の扱いは、きっと違っていただろう。その場合、『プレイバック』における「違和感」には、作者の「意図」が積極的に読みこまれることになっていたはずなのだ。いささか大胆な推測かもしれないが、『ロング・グッドバイ』『プレイバック』『プードル・スプリングス物語』は、その継続性に鑑みて、「三部作」と呼ばれることになったのではなかろうか。

もっとも、そのようにして作家の意図をすくい上げる読み方をしても、『プレイバック』が優れた小説として評価されることにはなかなかならないだろう。この作品は、チャンドラーが「先」に進もうとした意欲作と呼ぶには、完成度の点で低いばかりか、いささか熱量を欠いているように感じられてしまうからだ。だがそれでも、『プレイバック』はチャンドラーがその時点でできることをやろうとして書かれた小説だったのであり、それに相応しい敬意を払うべきだと思う――この自意識の強い、常にベストを尽くして作品を書いてきた小説家は、そうしたリスペクトを「愛読者」に要求する権利を有しているはずなのである。

示唆しておいたように、『ロング・グッドバイ』の出版後、チャンドラーの人生は幸せなものではなかった。最大の原因は、一九五四年一二月一二日、妻シシーが長患いの末に八四歳で世を去ったことである。*5 翌年一月五日付けの手紙における有名な一節——「三〇年と一〇ヵ月と四日のあいだ、彼女は私の人生の灯火であり、私の野心のすべてでした。他に私がやったことが何であれ、それはただ彼女の手を温めるための火だったのです」(Chandler, SL 379)——からだけでも、深い喪失感は十分に察せられるだろう。鬱々として家に引きこもり、酒浸りになった彼は、二月二二日には拳銃での自殺未遂を起こす。三月にラ・ホヤの家を手放したのも、シシーとの思い出が染みついた場所にいるのが耐えがたかったからだろう。

それほどの傷心を思えば自然なことだろうが、妻を亡くしたチャンドラーは、一九五五年も五六年も、生産的な仕事をしていない。何度かイギリスに渡ってロンドンに滞在し、ピアニストのナターシャ・スペンダーや、のちに彼のエージェントとなるヘルガ・グリーンらと交友を深めたことは慰めになったようだが、飲酒への依存は深まるばかりだったし(自殺未遂のときから死ぬときまで、彼は過度の深酒のために幾度となく入院する)、女性達との交友も問題含みのものだった。この時期からの彼は「事実上、出会った女性の全員に――とりわけ、女性が何らかの形で傷つきやすい状態にあり、助けを必要としていると彼が信じた場合には――恋をした」のであり（Freeman 302）、ほとんど手当たり次第にといいたくなるほど――ファンレターを送ってきた女性や、秘書として雇ったシングルマザーのオーストラリア人なども含む――女性達に援助／求愛／求婚の手を差し伸べたのである。

この時期のチャンドラーは長年の飲酒のために性的不能だったとも推測されているが（Hiney 221）、彼が周囲の女性達に求めたのは精神的な慰めだっただろうし、その慰めを得るために、自分が女性を救っているというロマンティックな幻想が必要だったのだろう。かくして、スペンダーの言葉を借りていえば、女性達は「全員レイモンド・チャンドラーの小説の登場人物になった」（MacShane 238-39）。彼が自意識の強い人間だったことを思うと、これはあまりにもわかりやすすぎる事態のような気もするが、アルコールが自意識の箍《たが》を外してしまったということはあるだろう。

さらにいえば、チャンドラーがシシーの死後、女性達に対して「はなはだしく騎士的になった」事実は（Hiney 220）、愛妻の喪失で開いた心の穴を埋めようとしたことはもとより（そこには「サバイバーズ・ギルト」もあったかもしれない［Wolfe 4-5］）、そもそもシシーとの関係が、彼にとって共依存的なものであったようにも思わせる。会社勤めをしていた若きチャンドラーは、シシーを蔑ろにして飲酒と浮気にふけったが、その後は年長の妻が自分に依存している事実を受け入れ、それでいて――というより、それゆえに――自分も妻に依存し、崇拝するようになっていった（Fuller 6-7）。妻への自己犠牲的な献身は、最初は贖罪だったとしても、三〇年続けばアイデンティティの核をなすものとなっておかしくない。そこから翻れば、マーロウの「ヒーロー性」が、信頼できない依頼人のために払う「自己犠牲」により担保されるという仕組みは、チャンドラーにとっては実人生と密接に結びついたものであったのかもしれない。

幸運なことに、女性達の多くはチャンドラーの「幻想」を理解した上で守ってやったし、とりわけグリーンはエージェントとなり最後まで彼の近くにいることになったのだが、ともあれ飲酒と「求愛遊戯」を続けていくかたわら、彼は一九五六年六月にラ・ホヤに戻ってアパートを借り、翌年には執筆活動を再開する。最初に着手したのが一九三〇年代末に書いたきり放置していた「イギリスの夏」――アメリカ人男性がイギリス人女性に利用される短編で、「［ヘンリー・］ジェイムズの国際小説の変種として着想された」と考えられる（Tate 132）――の改稿だったのは、繰り返された渡英に触発されたのだと思われる。それを長編か戯曲に膨らませようという企図は成就しなかったが、執筆の習慣を取り戻しただけでも意味があったというべきだろう。彼はグリーンの励ましを受けながら、[*6] 一九五三年に半分ほど書いていた『プレイバック』に取り組み、一九五七年の一二月末には（予定より三ヵ月も早く）脱稿に至ったのである。

『プレイバック』はチャンドラーが一九四七（〜四八）年に書き下ろした映画シナリオの「ノベライゼーション」だが、脚本版とは大きく異なる物語となった。例えばベティ・メイフィールドは「主人公」の座をマーロウに譲り、三人の主要人物を擁する「群像劇」としての性格は消え（警視ジェフ・キレインは存在さえしなくなった）、舞台はヴァンクーヴァーからエスメラルダに移されたのである。ロバート・B・パーカーが指摘するように、チャンドラーは「マーロウもの」にするために、「物語の起源にあたるものといくつかの登場人物名を除いて、すべて放棄せざるを得ない」ことになったといっていい（Parker, "Introduction" xviii）。

シナリオ版が興味深い書き下ろし作品であることもあり（十分に論じたとはとてもいえないが、「第八講」を参照されたい）、チャンドラーが「原作」に忠実なノベライゼーションをしてくれたらと思わされもするが、あえて「マーロウもの」として小説化したからには、それによってやりたいことがあったと考えるのが自然だろう。それは別のいい方をすれば、「マーロウもの」にした以上、『ロング・グッドバイ』（まで）で直面した課題に対処しなくてはならなかったはずだということでもある。

例えばミルチャ・ミハイエシュは、作品の舞台がロサンゼルスではなくエスメラルダとされたことについて、ラ・ホヤに戻ったチャンドラーが、その地のよさを理解するようになり、エスメラルダという名でその土地を永遠のものにしようとしたと推測しているが

(Mihaies 172)、そのような積極的な意図を認めたとしても、前作のマーロウがすでに「都会の探偵」ではなくなっていたことを、同時に想起しておかねばならないだろう。一九五七年五月の手紙で、チャンドラーは「私はロサンゼルスを舞台として失ってしまいました。その土地についてリアリスティックなやり方で書いたのは私が最初でしたが、それはもはや、かつてそうであったような私の一部ではないのです」と述べている(Chandler, *SL* 446)。彼のロサンゼルスは第二次世界大戦前、シティからメトロポリスへの過渡期のロサンゼルスだったのであり(海野 一八七)、それを失ってしまった(ことを自覚していた)彼は、それでも小説を書こうとしたとき、舞台を違う場所に移さねばならなかったのだ。

したがって、エスメラルダを舞台としたことは、チャンドラーが時代の変化に対応しようとしてのことだと理解されるし、そうした意識はその土地についてモーテルの経営者に語らせる第二〇章——物語の本筋とは無関係の章として知られている——によっても確認される。ただ、そのような工夫がエスメラルダを「マーロウもの」の舞台として十分に魅力的にしているかは微妙といわねばならない。第二〇章で提示されるエスメラルダは社会的結束が衰え、コミュニティは分裂しつつあり、金と自分のことしか考えない(『リトル・シスター』における「ハリウッド」的な)倫理が幅を利かせるようになっている場所であり(Swirski 117)、リタイアした金持ちに対する風刺はこの小説において例外的な「社会批判」ではあるのだが(Marling, *Raymond* 150)、それでも全体として、マーロウというハードボイルド探偵――卑しい街を行く孤高の騎士――が「活躍」するには、エスメラルダはクリーンにすぎるという印象は拭いがたいのではないだろうか。

そうした印象を特に強めてしまうのは、エスメラルダでは警察が「まとも」に機能していることである。これまでのどのチャンドラー長編とも異なり、悪徳警官が登場しないどころか、マーロウは警察が彼を正当に扱ってくれることに一度ならず感激しさえするのである。依頼人をかばって警察と衝突するのが「マーロウもの」の定型だったことを思えば、理解ある警察は「マーロウ」のアイデンティティにとって好ましい存在ではないだろう。チャンドラーは一九五八年一〇月の手紙で「警官達と本当に仲よくできてしまえば、マーロウはマーロウでなくなってしまうでしょう」と書いているが (Chandler, *LNOW* 846, 847)。この言葉は『プレイバック』における警察の扱いに関する反省が心にあったことを示すのかもしれない。

しかも、というべきか、警察が「まとも」であるというのは、作品の緊張感を弱めてしまうだけではない。『プレイバック』のヒロインにとっての最大の脅威は、追いかけてくる過去――ノースカロライナ州で陪審員を支配して彼女に無実の罪を負わせようとし、判事の英断でそれが却下されたあとも、執拗《しつよう》に彼女につきまとって嫌がらせを続ける愚劣な義父ヘンリー・カンバーランド――であるが、この苦境から彼女を解放するのは警察署長のアレッサンドロである。つまり、マーロウは「主人公」であるにもかかわらず、ヒロインを救ってさえいないのだ。小説序盤、サンディエゴ（ラ・ホヤはその一部）でマーロウがタクシーの運転手に尾行を頼むと、「そういうのは本で読むことだよ、ミスター。ディエゴではそういうことをしてないんだ」といわれてしまう（*LNOW* 745）。この小説の世界においては、警察が犯罪をちゃんと扱えるので、私立探偵は不要なのである（Orel 62-63）。

このように見てくると、私立探偵が不要な『プレイバック』の世界におけるマーロウの主な役割は、せいぜい「狂言回し」を務めるくらいであるようにも思えてくるが、顧みれば「シリーズ探偵」としてのマーロウは、これまでも「傍観者」的な位置を与えられていた。そうした観点からすれば、チャンドラーは『さよなら、愛しい人』のマーロウに「ノワール小説」の読者のような立場を与えたように、『プレイバック』では「LA小説」の読者のような立場を与えたといえるかもしれない。もちろん本作の舞台はロサンゼルスではないが（しかし「南カリフォルニア小説」は広義の「LA小説」と呼べるだろうが）、LA小説の典型と見なせるような馴染みあるプロットを、チャンドラーが利用したように思えるのだ。

デイヴィド・ファインは「ロサンゼルス小説の登場人物達は、ほとんどの場合、何かを求める人間で、新規まき直し、もしくは最後のチャンスの場所としての南カリフォルニアに、希望にあふれて、もしくは死物狂いになって、引き寄せられた男女である」と述べている（Fine, "Introduction" 7）。これをチャンドラー作品における移住者達についての「彼らはカリフォルニアに新たな出発を求めて——あるいは少なくともしばらくのあいだ絶望を食いとめることを期待して——やってくる。彼らは習慣を、名前を、人格を変えようとし、流行遅れの服のように過去を捨てる」というポール・スケネイジーの観察[*7](Skenazy 35)、さらにファインのもう一つの指摘——チャンドラーの犯罪者は犯罪で稼いだ金で過去から守られるが、「ゆすり屋」に狙われることになり、犯罪者はそのゆすり屋を次の犠牲者にする[*8](Fine, "Nathanael West" 200)——と組み合わせるだけで、『プレイバック』のプロットを(そしてベティとクラーク・ブランドンという二人の主要人物についても)かなり理解できるだろう。

こうした特徴を持つ「LA小説」が「ノワール小説」と両立することは明らかであるし、むしろ相性がよいとさえいえるだろうが、『プレイバック』ではその「両立」は目指されて——あるいは果たされて——いないように思える。特に気になるのは、シナリオ版では回想シーンとして早い段階で開示されていたベティの過去が、この一人称小説においては(小説終盤、カンバーランドの口から説明されるまで)不明のままにとどまってしまうことだ。その結果、過去の「再生《プレイバック》」という皮肉な事態に直面しているベティに、読者は共感しにくくなってしまっている(Parker, "Introduction" xviii-xix)。シナリオのためにチャンドラーが書いた梗概ではベティが自殺することになっており、「一週間のあいだに、彼女の人生の挫折と悲劇が要約された形で反復されて、ほとんど彼女がその運命を自分で招いたように、そして彼女がどこに行こうと同じようなことが起こるように見えてくる」とされていたが(MacShane 143に引用)、こうしたノワール的な緊迫感――シナリオ版のベティは「わたしは過去から隠れようとして、逃げ出してきたのとほとんど同じ状況に陥ってしまいました」という遺書を書く(Chandler, *The Screenplay of Playback* 125)――は、小説には移植されなかったというしかない。

そのことをチャンドラーはおそらくわかっていたはずである。小説版において、ベティに関するプロットは、マーロウが「解決」する問題ではなかったし、むしろ「探偵小説」的な「ミスディレクション」として、ブランドンに関するプロットの「隠れ蓑」にされているのだから。ベティを守ろうとするマーロウにつきまとうカンザスシティの私立探偵ロス・ゴーブルは(そしてマーロウの推理によればミッチェルも)、ベティを搦め捕るノワール的運命の体現者などではなく、ブランドンを狙って身を滅ぼす小悪党にすぎないと判明するのだ。

ミッチェルとゴーブルに対するブランドンの関係はシナリオ版においてもほぼ同じで、ブランドンを(も)ノワール的な「主人公」の一人とするわけだが(そこでの彼は意図をもって「邪魔者」のミッチェルを殺している)、この一人称小説におけるブランドンは物語の前景にほとんど登場しない。ブランドンが「後景」にとどまっているあいだ、チャンドラーがミッチェルに「ここは社交的には入り込むのが難しい町なんだ」とエスメラルダが「階級社会」であることに言及させ（LNOW 753）、ゴーブルにブランドンの来歴とエスメラルダにおける立場――「[上流階級の人々]にとって、彼はただの黒ん坊にすぎない」（815）――について（いささか強引に）語らせるのは、大都会ロサンゼルスとは異なる作品世界を紹介しつつ、ブランドンを同情に値する人物にしようとしてのことだと思われる。*9

だが、シナリオ版のキレインとは違い、よそ者のマーロウはブランドンに深く関わることがないため、このジェイ・ギャッツビー的な設定は結局のところ「設定」にとどまっており（ゴーブルの言葉以外、ブランドンが地元社会に溶け込んでいないことを示す情報はまったく存在しない）、マーロウの共感を誘発せず、物語としてもメタナラティヴとしても「展開」されない。そのような問題に関する意識がチャンドラーにあったとしても、それを小説化するのは本作ではなく、マーロウが大富豪の娘リンダ・ローリングと結婚する『プードル・スプリングス物語』を――「三部作」の完結を――待たねばならなかったのかもしれない。

このようにして、ベティにしてもブランドンにしても、「LA小説」的な設定は――それが小説タイトルにリンクしているにもかかわらず――「ノワール小説」的な強度を与えられていないどころか、十分に肉付けされず、いわば「未完」に終わっているように思えるし、それはこの「軽量級」の小説の物足りなさと無関係ではないだろう。彼らは「マーロウもの」（という一人称小説）に移植されたことで弱いキャラクターとなってしまい、しかも彼らの抱えている「問題」にマーロウは深く関わらないのだから、そもそもなぜチャンドラーが「小説化」しようとしたのかが、よくわからないという気にさえさせられるのだ。

しかしながら、おそらくそのように考えさせられることによってはじめて納得され始めるのが、この小説におけるマーロウの女性関係が単なる「フレーバー」ではなく、チャンドラーが書きたかったことだという可能性である。探偵小説と恋愛の相性の悪さに関しては、「恋愛のテーマは、ほとんど常に謎を弱める。それは問題を解決しようという探偵の奮闘と対立するサスペンスを導入するからだ。……本当に優れた探偵は決して結婚しない」とチャンドラー自身が述べているが（RCS 70）、『ロング・グッドバイ』という「ただの探偵小説」ではない小説で「友情」を扱った彼が、「恋愛」を扱う作品に挑戦してもおかしくはないだろう。

最終章、家に戻って孤独に苛まれているマーロウのもとにリンダがパリから電話をかけてくることは、彼女がときに「機械仕掛けの（女）神」などと呼ばれることからも察せられるように（Speir 81; Wolfe 227）、チャンドラーがストーリーをうまくまとめられなかったことを示すと見なされがちである。だが、たとえリンダのプロポーズがそれ自体としては唐突だったとしても、この小説において、マーロウは何度かリンダのことを――とりわけ他の女性と性的関係を持つときに――思い出しているばかりか口にも出している。ベティを

「尾行」することで始まるこの小説は、全体としては、リンダという「女を追う」話だともいえるのである（Brewer 55）。

そのような『プレイバック』には、いくつかのカップルが登場する。〈エル・ランチョ・エスカンサード〉のフロント係であるジャックとルシールの二人が幸せそうにしている様子は強く印象的であるし、〈カーサ・デル・ポニエンテ〉のマーロウは新婚旅行中の夫婦に注意を惹かれる。手袋をはめ、握手を拒む老人ヘンリー・クラレンドン四世――チャンドラーの「カメオ出演」だともいわれる（Trott 174-75）――がミッチェルの情婦マーゴ・ウェストと結婚したいという場面を想起してもいいだろう（Chandler, *LNOW* 829）。マーロウが事件捜査の過程で出会う人々との関わりから「メタナラティヴ」が浮上するのがチャンドラー作品の常道であることを思えば、『プレイバック』においては恋愛、あるいは「結婚」が、メタナラティヴであるといっていいはずだ。

「結婚」をメタナラティヴとする小説において、結婚の経験がある二人の女性――雇い主である弁護士クライド・アムニーの秘書ヘレン・ヴァーミリアと、ベティ――が重要となってくるのは当然だろう。もっとも、マーロウが彼女達と性的関係を持つことに違和感を覚える読者は多いし、とりわけヘレンとのセックスはゆきずりの情事に思えるだけに、当時の一般的な（チャンドラーの友人だったイアン・フレミングなどの）スリラー系小説の模倣といわれるのはまだしも（Bayley xxii）、「いままでに書かれた最も荒唐無稽なラヴシーンの一つ」と酷評されることさえあるのだが（Marling, *Raymond* 148）、チャンドラーがセリ・ノワールの編集者マルセル・デュアメルへの一九五八年五月付けの手紙で、第一二章——ヘレンがマーロウの家を訪れ、マーロウがリンダの話をして、二人でヘレンの家に向かう短い章——を削ったら「パリからの電話という最終章のための適切な伏線が失われる」と述べていることからも（Chandler, *RCS* 241）、マーロウとヘレンが関係を持つことをチャンドラーが必要と考えていたことがうかがえる。

そうした観点からは、小説の「二日目」に関する混乱は、作者の不注意ではあろうが興味深い。ベティが午前三時にマーロウを起こし、ミッチェルの死体について話す場面で始まるこの日、マーロウは七時一五分にサンディエゴから列車に乗り、一〇時にロサンゼルスに到着し、一一時近くにアムニーに電話して三〇分後に会いにいく。そして午後六時半にヘレンがマーロウの家に来るも、二人は結局ヘレンの家に行って性交し、マーロウはヘレンが呼んだタクシーで帰宅する。この時点（第一三章の終わり）で二日目が終わったと考えるのが自然だろう。したがって、マーロウがエスメラルダに戻るのは一夜明けた「三日目」のはずなのだが、ここからよくわからなくなってくる。というのも、「昨夜ベティ・メイフィールドのバルコニーから見下ろした場所」という文に始まり（*LNOW* 803）、まだ「二日目」が続いていることを示す表現がずっと使われているからだ。だが、「今朝早く「ロサンゼルス」まで行ってきた」とベティにいうマーロウが（807）、早めの夕飯を食べて「七時すぎ」に駐車係セフェリノ・チャンと話している以上（818）、ヘレンと性交した夜にエスメラルダに戻っていることはあり得ない。こうした矛盾は、アムニーに会ったマーロウがすぐエスメラルダに戻っていれば生じないのであり、それはつまり、マーロウがヘレンと情事を持つシークエンスを、チャンドラーが――この小説にとって必要だと判断したために――あとから書き加えたことを示しているのではないだろうか。

ヘレンというキャラクターの存在意義は、マーロウがリンダへの想いについて最初に語る相手だということでも確認される。その話をすることで、マーロウはヘレンとは肉体だけの関係だと宣言し、リンダとの思い出の場所であるベッドを使わせるわけにはいかないとまでいっているのだから、ヘレンとのエピソードはリンダの価値を前景化するために導入されたと考えていいだろう。しかも、ヘレンはヒロインであるベティの引き立て役でもある――ベティを見たマーロウは、彼女に比べればヘレンは「街で引っ掛ける相手」にすぎないと思う（741）――のだから、この『水底の女』のエイドリアン・フロムセットを発展させた人物になり得たようにも思える秘書は、どうにも不遇な（そしていささか安易に利用されている）キャラクターだといわねばならない。

では、そうしたヘレンによって引き立てられる「ヒロイン」のベティに関してはどうだろうか。彼女はその赤毛や偽名の使用、そして自分は「嘘つき」であるという台詞などから、ハードボイルド小説のファンには『マルタの鷹』のブリジッド・オショーネシーを即座に連想させるキャラクターだが[*10]（Swirski 105）、チャンドラーの読者としては、まずは『リトル・シスター』のメイヴィス・ウェルド（リーラ・クエスト）を思い出すところだろうか。シナリオ版『プレイバック』と『リトル・シスター』が相次いで書かれた事実を想起すればなおさら、「ゆすり屋」につきまとわれながらもマーロウに救ってもらおうとはしない女性というのは、後期チャンドラーのヒロインに相応しいように思える。だが、『リトル・シスター』ではメイヴィスの周辺に何人ものキャラクターがいて物語が肉付けされていたのに対し、『プレイバック』ではミッチェルがすぐに退場し、ブランドンもあまり出てこない。しかも、すでに示唆したように、ベティの過去もなかなか開示されないので、彼女の物語にマーロウが深い関わりを持てず、その問題を「解決」することさえないのである。

　こうした関わりの薄さは、最終的にこの二人が肌を重ねようとも、彼らの間柄を、せいぜい肌を重ねる程度でしかないものにとどめてしまう。むしろセックスしてしまうことで、彼らの関係は余韻を残さず終わることになったといってもいい。マーロウが深い関わりをついに持ち得なかったベティとブランドンの「過去」は、ベティとブランドンを結びつけ、その結びつきは第一長編『大いなる眠り』におけるモナとエディ・マーズに対する関係の「再生《プレイバック》」であるようにも思わせる。マーロウを殺したかもしれない人間を雇ったブランドンのような男を愛せるのかと問われたベティは、「女は男を愛するのよ。その男がどういう人間であるかをではなくて。それに、あの人はそんなつもりはなかったかもしれないし」と答えるが（Chandler, *LNOW* 862）、これはモナが示していた態度と同じだといっていいだろう（Wolfe 231）。

『大いなる眠り』のロマンティックな騎士マーロウは、小説の結末で「シルバー・ウィグ」を思い出しているほどの苦い幻滅を味わっていたが、さすがにというべきか、『プレイバック』の中年探偵はそこまでナイーヴではない。彼は「さよなら、ベティ。私は自分が持っているものを与えたが、十分ではなかったようだ」とあっさり別れを告げるのだ（Chandler, *LNOW* 862）。テリー・レノックスに対する「長いお別れ」と比べてみれば、淡白さは歴然としているだろう。「冷たくなければ、こうして生きてはこられなかった。優しくなれなければ、生きていたって仕方がないがね」という「名台詞」にしても（861）、ベティに向けた言葉であるとしたら（そうであるわけだが）、そこに込められた思いは、その関係性に見合った薄いものというしかないのではないだろうか。

ただし、いま「冷たく」と訳しておいた「hard」という語は、もちろん「ハードボイルド（hard-boiled）」の「ハード」である。最終章、家に戻ってきたマーロウは、またしても人生の「無意味さ」を噛み締める。

……どこに行こうと、何をしようと、ここが私の帰ってくるところだった。無意味な家の、無意味な部屋の、空っぽの壁。

私は飲み物に口もつけず、サイドテーブルに置いた。アルコールはこれを癒やしてはくれない。誰からも何も求めない硬い（hard）心を除いては、何ひとつとして治癒の役には立たないのだ。（869-70）

——『プレイバック』

深い関わりを持たせてくれないベティに対し、マーロウは「誰からも何も求めない」という「ハード（ボイルド）」な態度を貫いたが、それによって確認されるのは人生の無意味さだけだった。孤独な人生を耐え抜くために必要な「ハード」な心が、彼を孤独にする——この悪循環から、結局マーロウは出られなかったといっていい。

しかしながら、この「悪循環」は、本来、予定調和でしかない。『さよなら、愛しい人』以降のチャンドラーは、どうあがいても孤独になるしかないハードボイルド探偵の——あるいは「近代人」の——宿命を、孤独を「選択」することでマーロウに超越させてきた。そのような主人公の自意識が、「マーロウもの」というシリーズの継続を可能にしてきたわけだ。だが、それが「シリーズ」を続ける方途であることは、それ自体は発展性を欠いた様式でしかないということでもある。チャンドラーは——「ハードボイルド」が「ポーズ」となっていく時代に——そうしたマンネリズムに安住するにはあまりにも自意識の強い作家であり、だから『ロング・グッドバイ』では探偵から超越性を剝ぎ取り、自分自身と向きあわせたのだった。そこでのマーロウは最後には「ハードボイルド探偵」に戻ったのだし、だとすればベティに対してレノックスに向けたような感情的コミットメントをしないのは当然だろう。だが、そのような「当然のこと」をした主人公がまた孤独に苛まれて終わるというのでは、チャンドラーが前作の「先」に進めず、立ち往生してしまったことになるように思えてしまう。

チャンドラーが『ロング・グッドバイ』の達成を乗りこえられなかったとしても、仕方がないという見方はあるだろう。だが、少なくとも、チャンドラーが乗りこえようとしたと思えることは強調しておかねばならない。マーロウがベティに「癒やし」を求めないのは、彼が「ハードボイルド探偵」であるからではなく——あるいは少なくともそれだけではなく——リンダへの愛ゆえとされているからだ。この小説において、マーロウの何も求めない「ハード」な心は、一年半前に失ったリンダを求める「ソフト」な心と重ねられている。そしてその「リンダ」とは、最終章で電話をかけてくるまでは物語の外部におり、それでいてその記憶の「再生《プレイバック》」が主人公を苦しめる、いわば「トラウマ」のような存在なのだ。

『プレイバック』のマーロウを「トラウマ」を抱えた探偵であるとしたとき、リンダにシシーの影を読みこむことはできるだろう。また、風呂敷を広げれば、そのような彼の姿に、個人的な「傷」を抱えた探偵達が頻出する六〇年代以降の「(ネオ・)ハードボイルド探偵小説」——例えばローレンス・ブロック(一九三八-)のマット・スカダー・シリーズなど——の萌芽を見ることも可能かもしれない。ただ、いずれにしても重要なことは、リンダからの電話が「トラウマ」の(一時的な)「治癒」をもたらすとしても、それによって、むしろ『プレイバック』が「未完」の作品であるという印象がはっきりと強まることである。

「リンダ」とはマーロウが「現実」から取っていた「距離」であり、その距離が担保されているかぎりにおいてマーロウは「孤独」を正当化できるのだが、そうした「からくり」をこの「ハッピーエンド」は露呈させてしまう。それはすなわち、リンダが戻ってきたときマーロウの孤独はどうなるのか——ハードボイルド探偵の孤独とは宿命的/根源的なものだったはずではないのか——という詩学上の難問を、チャンドラーに突きつける事態でもあったはずだ。『プレイバック』が『ロング・グッドバイ』の半分弱の長さしかないというのは徴候的だろう。畢竟、「話はここから」なのだから。[*11] ここで「完結」してしまえば(一義的にはそうなのだが)、確かにリンダとの結婚は「最後の手段」のように見えるし(Moore 96)、翻って物語全体の「暗さは、この誇り高き男が絶望するとこうなるといった見取り図にある」という印象も受けるだろう(権田 二二四)。だが、一九五七年の末に『プレイバック』を脱稿したチャンドラーが、早くも翌年の初頭に『プードル・スプリングス物語』に着手している事実は、彼が『プレイバック』の「未完結性」を意識していた証拠ではないだろうか。

『プレイバック』が「未完」という印象を与えることを、この小説の長所と呼ぶことは難しいだろう。だが、それはレイモンド・チャンドラーという小説家の最後の長編として、いかにも相応しいことであるようにも思える。振り返ってみれば、チャンドラーは「マーロウ（もの）」にうんざりすることはあっても、「シリーズ」を完結させようとは決してしなかったのだから。そうしなかった理由を確言することは誰にもできないだろうが、一つ断言できそうに思えるのは、仮にチャンドラーがシリーズをどのような形であれ「完結」させていれば、後代の読者が「マーロウ（もの）」から受ける「イメージ」は、はるかに単純なものに――そして、「ただの大衆小説」的なものに――なっていたはずだということである。

本書が見てきたように、マーロウはチャンドラーの成長とともに、そして時代の推移とともに変化してきた。ここまでの議論をふまえれば、それは「完結」を目指さなかった作家の軌跡であるといっていいだろう。同一の主人公を同一の舞台に繰り返し登場させ続けたにもかかわらず、チャンドラーは「主人公」に――そして「シリーズ」に――依存することがなかった。だから彼は一作ごとに産みの苦しみを味わわねばならなかったし、なかなか作品に自信を持つことができなかった。「マーロウ（もの）」とはこういうものだという方針を定め、それでよいと思えれば楽になれたはずなのだが、彼はそうするにはあまりにも誠実な「小説家」だったのである。あるいはこういってもいい――そうした苦しい道をあえて選び、歩み続けたことが、チャンドラーという「ハードボイルド作家」の矜持だったのだと。

そのキャリアを『プレイバック』の結末まで追跡してきた本書としては、「フィリップ・マーロウ」とは、チャンドラーという自意識の強い小説家が出現させ、起動させてしまった、本質的に「未完」のプロジェクトであったと結論しておきたい。そのプロジェクトが「未完」であることは、チャンドラーが探偵小説を「文学」の域に高めようとしたことと不可分の関係にあったのだ。それは「未完」であるがゆえに「イメージ」を御しがたく拡散させるが、その「未完結性」に耐えられない「愛読者」は任意の「イメージ」に固執する。作品ごとに揺れ動くマーロウ像に「ピント」を合わせることを目指さないと宣言して始まった本書が、その姿勢をどこまで貫けたかは定かでないが、筆を擱くにあたっては、本書がある種の「イメージ」を作り出してしまったとしても、それを揺るがす議論を――チャンドラー作品を「小説」として読んだ方から――提出していただく契機となれたことを願っている。

跋文《ばつぶん》として、チャンドラーの最晩年についてごく簡単に記しておこう。触れておいたように、チャンドラーは一九五八年のはじめに『プードル・スプリングス物語』を書き始めたが、死の直前まで原稿をずっと手元に置いてはいたものの、書き続けることはしなかった。マーロウとリンダを結婚させたものの、そこからどう進めればよいかわからなかった可能性もあるが、深酒による健康の悪化もあり、落ち着いて執筆できる状態ではなかったのだろう。

そのような状況で、チャンドラーは「ペンシル（マーロウ最後の事件）」——一九五八年一〇月のグリーン宛の手紙で構想が記されている（Chandler, *SL* 477）——を「遺作」として完成させた（一九五九年四月に死後出版）。ただ、これは「フィリップ・マーロウ」を主人公として書かれた唯一の短編として知られているものの、「マーロウもの」にカウントしにくいところがある。「ロサンゼルス国際空港」（一九四九年に「ロサンゼルス市営空港」から名称変更）や「ビート族」への言及がある事実から（*CS* 1242, 1237）、五〇年代に設定されているはずだが、マーロウの「助手」的な行動をする（彼に「ベタ惚れ」の）アン・リオーダンは『さよなら、愛しい人』のときと同じ二八歳であり、手慰みに書いた作品と考えてもよさそうに思える。

一九五九年二月、またしても入院中のチャンドラーは、グリーンにプロポーズをして承諾を得る（ただし、彼女の父親は結婚を認めなかった）。そして三月のはじめには彼女とニューヨークに行き、アメリカ探偵作家クラブ会長の受諾演説をおこなったが、それが最後の晴れ姿となった。グリーンは二人の新生活の場となる予定のロンドンに向かい、チャンドラーはラ・ホヤに戻るが、深酒のため体調を崩し、肺炎となり、そのまま快復せずに三月二六日に死去（享年七〇）。サンディエゴで埋葬されたときの参列者がわずか一七名であったというのは、誰よりも「孤独」に苛まれた探偵を生み出した小説家の人生に相応しい閉幕というべきなのかもしれない。

だが、たとえ感傷的と思われようとも、二〇一一年の二月一四日にシシーの遺骨が彼の墓の隣に移されたことを喜びつつこの「講義」を終えることにしたい――「どこにいても居心地の悪い」人間であったチャンドラーにとって、小説を書いているときを除けば、おそらく彼女の隣だけが安らげる場所であったのだから。

＊1　この「誤訳」については、池上（一一九－二〇）、村上「訳者あとがき」（三一九－二三）などを参照。

＊2　管見が及ぶ範囲では、このフレーズに触れている記事は一つだけで、それも「思春期の若者であれば……」という言及のされ方である（Krystal 452）。

＊3　マーロウは「釣り人」であるクラーク・ブランドンがベランダからミッチェルの死体をおろし、最終的にはヘリコプターを操縦して死体を遺棄したと述べるが（Chandler, *LNOW* 866-67）、ブランドンが釣り好きであることも、ましてやヘリコプターを操縦できることも、それまでいっさい触れられ

ていない。なお、一二階から死体を(少なくとも普通の)釣り道具でおろすことが不可能と思われることについては、ピーター・ウルフの指摘がある(Wolfe 224)。

*4 よく知られていることだが、チャンドラーが遺した原稿は最初の四章だけで、ロバート・B・パーカーがチャンドラー生誕一〇〇年の企画として書き継いだものが一九八九年に刊行された。

*5 シシーの死亡証明書に六八歳と記入されているのは、若く見られることを望んでいた妻のためにチャンドラーがそうしたのだと推測される(Freeman 295, 323)。

*6 『プレイバック』は「ジーンとヘルガ」に捧げられているが、「ジーン」・フラカッセはオーストラリア人の秘書、「ヘルガ」はグリーンである(Williams 334-35)。

*7 リアナ・K・ベイビナーも、チャンドラーの実質的に全長編が、間違った/装われた/変えられたアイデンティティを物語の軸としており、彼の登場人物達は古い自我を捨てて新しい自我を作ろうとすることを指摘している(Babener 128)。

*8 チャンドラーは一四の短編と五つの長編で、恐喝をプロット上のデバイスとして用いている(Hill et al. 35n24)。

*9 チャンドラーはあるインタヴューで、ブランドンに関して「私はかなりの同情心を持っている」と述べている(Sington 257)。

*10 原文で引用しておくと、ベティの台詞は "All right, I'm a liar. I've always been a liar" (Chandler, *LNOW* 807)、ブリジッドは "I am a liar. . . I have always been a liar" であり(Hammett 467)、ほぼ同じである。

＊11　ミハイエシュは、『プレイバック』の核心に至るまでの遅さは、チャンドラーがもともと長い小説にするつもりだったことを示唆するものの、エネルギー不足や体調不良によるプレッシャーのために、そうすることができなかったのではないかと推測している（Mihaies 173）。

# 引用文献一覧


Abbott, Megan E. *The Street Was Mine: White Masculinity in Hardboiled Fiction and Film Noir*. Palgrave Macmillan, 2002.

Agee, James. *Agee on Film: Reviews and Comments*. Beacon Press, 1964.

Arden, Leon. "A Knock at the Backdoor of Art: The Entrance of Raymond Chandler." *Art in Crime Writing: Essays on Detective Fiction*, edited by Bernard Benstock, St. Martin's Press, 1983, pp. 73-96.

Athanasourelis, John Paul. "Film Adaptation and the Censors: 1940s Hollywood and Raymond Chandler." *Studies in the Novel*, vol. 35, no. 3, fall 2003, pp. 325-38.

---. *Raymond Chandler's Philip Marlowe: The Hard-Boiled Detective Transformed*. McFarland, 2012.

Auden, W. H. *The Dyer's Hand and Other Essays*. Faber and Faber, 1963.

Babener, Liahna K. "Raymond Chandler's City of Lies." Fine, *Los Angeles in Fiction*, pp. 127-49.

Barzun, Jacques. "The Young Raymond Chandler." Chandler, *CM*, pp. ix-xii.

Bayley, John. "Introduction." Chandler, *CS*, pp. ix-xxiii.

Beal, Wesley. "Philip Marlowe, Family Man." *College Literature*, vol. 41, no. 2, spring 2014, pp. 11-28.

Beekman, E. M. "Raymond Chandler and an American Genre." Van Dover, *The Critical Response*, pp. 89-99.

Binyon, T. J. "A Lasting Influence?" Gross, pp. 171-83.

Brewer, Gay. *A Detective in Distress: Philip Marlowe's Domestic Dream*. Brownstone Books, 1989.

Bruccoli, Matthew J. "Afterword: Raymond Chandler and Hollywood." Chandler, *BD*, pp. 129-37.

---. "Editor's Preface." Chandler, *CM*, pp. xiii-xvii.

Burrows, Stuart. "Noir's Private 'I'." *American Literary History*, vol. 29, no. 1, spring 2017, pp. 50-71.

Cain, James M. *Double Indemnity*. Vintage, 1992.

Cassuto, Leonard. *Hard-Boiled Sentimentality: The Secret History of American Crime Stories*. Columbia UP, 2009.

Cawelti, John G. *Adventure, Mystery, and Romance: Formula Stories as Art and Popular Culture*. U of Chicago P, 1977.

Chandler, Raymond. *The Blue Dahlia: A Screenplay*. (*BD*.) Edited by Matthew J. Bruccoli, Southern Illinois UP, 1976.

---. *Chandler before Marlowe: Raymond Chandler's Early Prose and Poetry, 1908-1912*. (*CM*.) Edited by Matthew J. Bruccoli, U of South Carolina P, 1973.

---. *Collected Stories*. (*CS*.) Everyman's Library, 2002.

---. *Later Novels and Other Writings*. (*LNOW*.) The Library of America, 1995.

---. *The Notebooks of Raymond Chandler and English Summer: A Gothic Romance*. Edited by Frank MacShane, The Ecco Press, 1976.

---. "Oscar Night in Hollywood." Moss, pp. 157-62.

---. *The Raymond Chandler Papers: Selected Letters and Nonfiction, 1909-1959*. Edited by Tom Hiney and Frank MacShane, Grove Press, 2002.

---. *Raymond Chandler Speaking*. (*RCS*.) Edited by Dorothy Gardiner and Kathrine Sorley Walker, U of California P, 1997.

---. *Raymond Chandler's Unknown Thriller: The Screenplay of Playback*. The Mysterious Press, 1985.

---. *Selected Letters of Raymond Chandler*. (*SL*.) Edited by Frank MacShane, Jonathan Cape, 1981.

———. *Stories and Early Novels.* (*SEN.*) The Library of America, 1995.

Chandler, Raymond, and Billy Wilder. *Double Indemnity*. Ts. 2915, Story Dept. of Paramount Pictures, 1943.

Clark, Al. *Raymond Chandler in Hollywood*. Proteus, 1982.

Dawson, Jim. *Los Angeles's Bunker Hill: Pulp Fiction's Mean Streets and Film Noir's Ground Zero!* The History Press, 2012.

Dove, George N. "The Complex Art of Raymond Chandler." Van Dover, *The Critical Response*, pp. 101-07.

Durham, Philip. *Down These Mean Streets a Man Must Go: Raymond Chandler's Knight*. U of North Carolina P, 1963.

Eburne, Jonathan P. "Chandler's Waste Land." *Studies in the Novel*, vol. 35, no. 3, fall 2003, pp. 366-82.

Faulkner, William. *Novels 1926-1929*. The Library of America, 2006.

Federal Writers Project of the Works Progress Administration. *Los Angeles in the 1930s: The WPA Guide to the City of Angels*. U of California P, 2011.

Fine, David. "Introduction." *Los Angeles in Fiction*, pp. 1-26.

———, editor. *Los Angeles in Fiction: A Collection of Essays*. Revised ed., U of New Mexico P, 1995.

———. "Nathanael West, Raymond Chandler, and the Los Angeles Novel." *California History*, vol. 68, no. 4, winter 1989/1990, pp. 196-201.

Fitzgerald, F. Scott. *The Great Gatsby*. Edited by Matthew J. Bruccoli, Cambridge UP, 1991.

———. *This Side of Paradise*. Edited by James L. W. West III, Cambridge UP, 2012.

Fowles, Anthony. *Raymond Chandler*. Greenwich Exchange, 2014.

Freeman, Judith. *The Long Embrace: Raymond Chandler and the Woman He Loved*. Pantheon Books, 2007.

Fuller, Ken. *Raymond Chandler: The Man behind the Mask*. 2020.

Gilbert, Michael. "Autumn in London." Gross, pp. 103-14.

Goulart, Ron. *Cheap Thrills: An Informal History of the Pulp Magazines*. Arlington House, 1972.

Grella, George. "The Hard-Boiled Detective Novel." *Detective Fiction: A Collection of Critical Essays*, edited by Robin W. Winks, Prentice-Hall, 1980, pp. 103-20.

Gross, Miriam, editor. *The World of Raymond Chandler*. A & W Publishers, 1978.

Gutkin, Len. "The Dandified Dick: Hardboiled Noir and the Wildean Epigram." *ELH*, vol. 81, no. 4, winter 2014, pp. 1299-326.

Hammett, Dashiell. *Complete Novels*. The Library of America, 1999.

Haut, Woody. *Heartbreak and Vine: The Fate of Hardboiled Writers in Hollywood*. Serpent's Tail, 2002.

Hemingway, Ernest. *A Farewell to Arms: The Special Edition*. Edited by Seán Hemingway, Vintage, 2013.

Hickman, Miranda B. "Introduction: The Complex History of a 'Simple Art.'" *Studies in the Novel*, vol. 35, no. 3, fall 2003, pp. 285-304.

Hill, Owen, Pamela Jackson, and Anthony Dean Rizzuto, annotators and editors. *The Annotated Big Sleep*. By Raymond Chandler, Vintage Crime/Black Lizard, 2018.

Hiney, Tom. *Raymond Chandler: A Biography*. Atlantic Monthly Press, 1997.

Homberger, Eric. "The Man of Letters (1908-12)." Gross, pp. 7-18.

Houseman, John. "Lost Fortnight, a Memoir." Chandler, *BD*, pp. ix-xxi.

Howe, Alexander N. "The Detective and the Analyst: Truth, Knowledge, and Psychoanalysis in the Hard-Boiled Fiction of

Raymond Chandler." *Clues: A Journal of Detection*, vol. 24, no. 4, summer 2006, pp. 15-29.

Imbro, Richard. *The Allegorical Big Sleep: Raymond Chandler's War, Philip Marlowe's Quest*. 2023.

Irwin, John T. *Unless the Threat of Death Is behind Them: Hard-Boiled Fiction and Film Noir*. Johns Hopkins UP, 2006.

James, Clive. "The Country behind the Hill." Gross, pp. 115-26.

Jameson, Fredric. *Raymond Chandler: The Detections of Totality*. Verso, 2016.

Karydes, Karen Huston. *Hard-Boiled Anxiety: The Freudian Desires of Dashiell Hammett, Raymond Chandler, Ross Macdonald, and Their Detectives*. Secant Publishing, 2016.

Krystal, Arthur. "No Failure like Success: The Life of Raymond Chandler." *The American Scholar*, vol. 65, no. 3, summer 1996, pp. 445-48, 450-52, 454-55.

Legman, Gershon. *Love and Death: A Study in Censorship*. Hacker Art Books, 1963.

Lehan, Richard. "The Los Angeles Novel and the Idea of the West." Fine, *Los Angeles in Fiction*, pp. 29-41.

Lid, R. W. "Philip Marlowe Speaking." Van Dover, *The Critical Response*, pp. 43-63.

Lott, Rick. "A Matter of Style: Chandler's Hardboiled Disguise." *The Journal of Popular Culture*, vol. 23, no. 3, winter 1989, pp. 65-75.

Luhr, William. *Raymond Chandler and Film*. 2nd ed., Florida State UP, 1991.

MacCarthy, Desmond. Review of *The Lady in the Lake*. Moss, pp. 106-07.

MacDermott, K. A. "Ideology and Narrative Stereotyping: The Case of Raymond Chandler." *Clues: A Journal of Detection*, vol. 2, no. 1, spring/summer 1981, pp. 77-90.

MacShane, Frank. *The Life of Raymond Chandler*. Penguin Books, 1978.

Madden, David W. "Anne Riordan: Raymond Chandler's Forgotten Heroine." *The Detective in American Fiction, Film, and Television*, edited by Jerome H. Delamater and Ruth Prigozy, Greenwood Press, 1998, pp. 3-12.

———. "Introduction." *Tough Guy Writers*, pp. xv-xxxix.

———, editor. *Tough Guy Writers of the Thirties*. Southern Illinois UP, 1968.

Mahan, Jeffrey H. "The Hard-Boiled Detective in the Fallen World." *Clues: A Journal of Detection*, vol. 1, no. 2, fall/winter 1980, pp. 90-99.

Margolies, Edward. *Which Way Did He Go? The Private Eye in Dashiell Hammett, Raymond Chandler, Chester Himes, and Ross Macdonald*. Holmes and Meier, 1982.

Marling, William. *The American Roman Noir: Hammett, Cain, and Chandler*. U of Georgia P, 1995.

———. *Raymond Chandler*. Twayne, 1986.

Mason, Michael. "Marlowe, Men and Women." Gross, pp. 89-101.

Mathis, Andrew E. *The King Arthur Myth in Modern American Literature*. McFarland, 2002.

McCann, Sean. *Gumshoe America: Hard-Boiled Crime Fiction and the Rise and Fall of New Deal Liberalism*. Duke UP, 2000.

Mesplède, Claude, et Jean-Jacques Schleret. *Les auteurs de la Série Noire: Voyage au bout de la Noire 1945-1995*. Joseph K, 1996.

Mihaies, Mircea. *The Metaphysics of Detective Marlowe: Style, Vision, Hard-Boiled Repartee, Thugs, and Death-Dealing Damsels in Raymond Chandler's Novels*. Translated by Patrick Camillar, Lexington Books, 2014.

Miller, Robert Henry. "The Publication of Raymond Chandler's *The Long Goodbye*." *The Papers of the Bibliographical*

*Society of America*, vol. 63, no. 4, 1969, pp. 279-90.

Mills, Maldwyn. "Chandler's Cannibalism." *Watching the Detectives: Essays on Crime Fiction*, edited by Ian A. Bell and Graham Daldry, St. Martin's Press, 1990, pp. 117-33.

Moore, Lewis D. *Cracking the Hard-Boiled Detective: A Critical History from the 1920s to the Present*. McFarland, 2006.

Moss, Robert F., editor. *Raymond Chandler: A Literary Reference*. Carroll and Graf, 2003.

Naremore, James. *More than Night: Film Noir in Its Contexts*. Updated and Expanded ed., U of California P, 2008.

Newlin, Keith. *Hardboiled Burlesque: Raymond Chandler's Comic Style*. Brownstone Books, 1984.

Nickerson, Edward A. "'Realistic' Crime Fiction: An Anatomy of Evil People." *The Centennial Review*, vol. 25, no. 2, spring 1981, pp. 101-32.

Nolan, William F. *The* Black Mask *Boys: Masters in the Hard-Boiled School of Detective Fiction*. William Morrow, 1985.

———. "Marlowe's Mean Streets: The Cinematic World of Raymond Chandler." *The Big Book of Noir*, edited by Lee Server, Ed Gorman, and Martin H. Greenberg, Carroll and Graf Publishers, 1998, pp. 27-36.

Norman, Will. "The Big Empty: Chandler's Transatlantic Modernism." *Modernism/modernity*, vol. 20, no. 4, Nov. 2013, pp. 747-70.

Norrman, Ralf. *Wholeness Restored: Love of Symmetry as a Shaping Force in the Writings of Henry James, Kurt Vonnegut, Samuel Butler and Raymond Chandler*. Peter Lang, 1998.

Orel, Harold. "Raymond Chandler's Last Novel: Some Observations on the 'Private Eye' Tradition." *Journal of the Central Mississippi Valley American Studies Association*, vol. 2, no. 1, spring 1961, pp. 59-63.

Orr, Stanley. *Darkly Perfect World: Colonial Adventure, Postmodernism, and American Noir*. Ohio State UP, 2010.

Palmer, Jerry. *Thrillers: Genesis and Structure of a Popular Genre.* Edward Arnold, 1978.

Panek, Leroy Lad. "Raymond Chandler (1888-1959)." *A Companion to Crime Fiction*, edited by Charles J. Rzepka and Lee Horsley, Wiley-Blackwell, 2010, pp. 403-14.

Parker, Robert B. "Introduction to *Playback*." Chandler, *The Screenplay of Playback*, pp. xi-xxi.

———. *The Violent Hero, Wilderness Heritage and Urban Reality: A Study of the Private Eye in the Novels of Dashiell Hammett, Raymond Chandler and Ross Macdonald.* 1971. Boston U, PhD dissertation.

Pendo, Stephen. *Raymond Chandler on Screen: His Novels into Film.* Scarecrow Press, 1976.

Pepper, James. "Preface." Chandler, *The Screenplay of Playback*, pp. vii-ix.

Phillips, Gene D. *Creatures of Darkness: Raymond Chandler, Detective Fiction, and Film Noir.* UP of Kentucky, 2000.

Porter, Dennis. "The Private Eye." *The Cambridge Companion to Crime Fiction*, edited by Martin Priestman, Cambridge UP, 2003, pp. 95-113.

Powell, Dilys. "Ray and Cissy." Gross, pp. 81-87.

Rabinowitz, Peter J. "Rats behind the Wainscoting: Politics, Convention, and Chandler's *The Big Sleep*." Van Dover, *The Critical Response*, pp. 117-37.

Rawson, Eric. "Sound, Silence, and the Cipher of Personality in the Novels of Raymond Chandler." *Clues: A Journal of Detection*, vol. 29, no. 2, fall 2011, pp. 30-39.

Rhodes, Chip. "Raymond Chandler and the Art of the Hollywood Novel: Individualism and Populism in *The Little Sister*." *Studies in the Novel*, vol. 33, no. 1, spring 2001, pp. 95-109.

Richter, David H. "Background Action and Ideology: Grey Men and Dope Doctors in Raymond Chandler." *Narrative*, vol.

2, no. 1, Jan. 1994, pp. 29-40.

Ricketts, Harry, and Charles Ferrall. "Hissing, *Femme Fatales*, and Male Friendship: 'Christabel' and *The Big Sleep*." *ANQ: A Quarterly Journal of Short Articles, Notes and Reviews*, vol. 34, no. 1, 2021, pp. 62-68.

Rizzuto, Anthony Dean. *Raymond Chandler, Romantic Ideology, and the Cultural Politics of Chivalry*. Palgrave Macmillan, 2021.

Routledge, Christopher. "A Matter of Disguise: Locating the Self in Raymond Chandler's *The Big Sleep* and *The Long Good-Bye*." *Studies in the Novel*, vol. 29, no. 1, spring 1997, pp. 94-107.

Ruehlmann, William. *Saint with a Gun: The Unlawful American Private Eye*. NYU P, 1974.

Ruhm, Herbert. "Raymond Chandler: From Bloomsbury to the Jungle—and Beyond." Madden, *Tough Guy Writers*, pp. 171-85.

Rzepka, Charles J. "'I'm in the Business Too': Gothic Chivalry, Private Eyes, and Proxy Sex and Violence in Chandler's *The Big Sleep*." *Modern Fiction Studies*, vol. 46, no. 3, fall 2000, pp. 695-724.

Schopen, Bernard A. "From Puzzles to People: The Development of the American Detective Novel." *Studies in American Fiction*, vol. 7, no. 2, autumn 1979, pp. 175-89.

Schwoch, James. "The Influence of Local History on Popular Fiction: Gambling Ships in Los Angeles, 1933." *The Journal of Popular Culture*, vol. 20, no. 4, spring 1987, pp. 103-11.

Scruggs, Charles. "The Lawn Jockey and 'The Justice We Dream Of': History and Race in Raymond Chandler's *The High Window*." *Papers on Language and Literature*, vol. 48, no. 2, spring 2012, pp. 115-36.

Shoop, Casey. "Corpse and Accomplice: Fredric Jameson, Raymond Chandler, and the Representation of History in

California." *Cultural Critique*, vol. 77, winter 2011, pp. 205-38.

Simpson, Hassell A. "'A Butcher's Thumb': Oral-Digital Consciousness in *The Big Sleep* and Other Novels of Raymond Chandler." *The Journal of Popular Culture*, vol. 25, no. 1, summer 1991, pp. 83-92.

Sington, Derrick. "Raymond Chandler on Crime and Punishment." Moss, pp. 256-57.

Skenazy, Paul. *The New Wild West: The Urban Mysteries of Dashiell Hammett and Raymond Chandler*. Boise State U, 1982.

Smith, David. "The Public Eye of Raymond Chandler." *Journal of American Studies*, vol. 14, no. 3, Dec. 1980, pp. 423-41.

Smith, Erin A. *Hard-Boiled: Working-Class Readers and Pulp Magazines*. Temple UP, 2000.

Smith, Johanna M. "Raymond Chandler and the Business of Literature." Van Dover, *The Critical Response*, pp. 183-201.

Speir, Jerry. *Raymond Chandler*. Frederick Ungar, 1981.

Spender, Natasha. "His Own Long Goodbye." Gross, pp. 127-58.

Spiegel, Alan. "Seeing Triple: Cain, Chandler and Wilder on *Double Indemnity*." *Mosaic: An Interdisciplinary Critical Journal*, vol. 16, no. 1-2, winter-spring 1983, pp. 83-101.

Spinks, Lee. "Except for Law: Raymond Chandler, James Ellroy, and the Politics of Exception." *South Atlantic Quarterly*, vol. 107, no. 1, winter 2008, pp. 121-43.

Steinbeck, John. *The Grapes of Wrath and Other Writings 1936-1941*. The Library of America, 1996.

Sterne, Laurence. *The Life and Opinions of Tristram Shandy, Gentleman*. Edited by Ian Watt, Houghton Mifflin, 1965.

Swirski, Peter. *American Crime Fiction: A Cultural History of Nobrow Literature as Art*. Palgrave Macmillan, 2016.

Symons, Julian. "An Aesthete Discovers the Pulps." Gross, pp. 19-29.

Tanner, Stephen L. "The Function of Simile in Raymond Chandler's Novels." Van Dover, *The Critical Response*, pp. 167-75.

Tate, James O. "'My Revered HJ': Raymond Chandler and the Lesson of the Master." *The Sewanee Review*, vol. 114, no. 1, winter 2006, pp. 129-38.

Thomas, Ronald R. "The Dream of the Empty Camera: Image, Evidence, and Authentic American Style in *American Photographs* and *Farewell, My Lovely*." *Criticism*, vol. 36, no. 3, summer 1994, pp. 415-57.

Thorpe, Edward. *Chandlertown: The Los Angeles of Philip Marlowe*. St. Martin's Press, 1983.

Trott, Sarah. *War Noir: Raymond Chandler and the Hard-Boiled Detective as Veteran in American Fiction*. UP of Mississippi, 2016.

Tuska, Jon. *The Detective in Hollywood*. Doubleday, 1978.

Van Dover, J. K. "Chandler and the Reviewers: American and English Observations on a P. I.'s Progress, 1939-1964." *The Critical Response*, pp. 19-37.

———, editor. *The Critical Response to Raymond Chandler*. Greenwood Press, 1995.

———. "Introduction." *The Critical Response*, pp. 1-17.

———. "Narrative Symmetries in *Farewell, My Lovely*." *The Critical Response*, pp. 203-10.

Wells, Walter. *Tycoons and Locusts: A Regional Look at Hollywood Fiction of the 1930s*. Southern Illinois UP, 1973.

Whitley, John S. *Detectives and Friends: Dashiell Hammett's* The Glass Key *and Raymond Chandler's* The Long Goodbye. American Arts Documentation Center, 1981.

Willett, Ralph. *The Naked City: Urban Crime Fiction in the USA*. Manchester UP, 1996.

Williams, Tom. *Raymond Chandler: A Life*. Aurum Press, 2012.

Wilson, Edmund. *Classics and Commercials: A Literary Chronicle of the Forties.* Vintage Books, 1962.

Wolfe, Peter. *Something More than Night: The Case of Raymond Chandler.* Bowling Green State U Popular P, 1985.

池上冬樹『ヒーローたちの荒野』本の雑誌社、二〇〇二年。

海野弘『LAハードボイルド――世紀末都市ロサンゼルス』グリーンアロー出版社、一九九九年。

江戸川乱歩『新版　探偵小説の「謎」』現代教養文庫、一九九九年。

小塩和人『水の環境史――南カリフォルニアの二〇世紀』玉川大学出版部、二〇〇三年。

各務三郎、小鷹信光「『ブラック・マスク』を語る」『ブラック・マスクの世界5　ブラック・マスク――異色作品集』小鷹信光編、国書刊行会、一九八六年、二三四-四三頁。

小鷹信光「R・チャンドラーの文体――『大いなる眠り』における比喩表現」『ユリイカ』第一四巻第七号（一九八二年七月）、一三六-四九頁。

――『サム・スペードに乾杯』東京書籍、一九八八年。

――『ハードボイルド・アメリカ』河出書房新社、一九八三年。

――「もう一つの『プレイバック』」『過去ある女――プレイバック』レイモンド・チャンドラー、小鷹信光訳、小学館文庫、二〇一四年、二八七-九九頁。

権田萬治『宿命の美学――推理小説の世界』第三文明社、一九七三年。

諏訪部浩一『薄れゆく境界線――現代アメリカ小説探訪』講談社、二〇二二年。

――「裏切りの物語――『長いお別れ』と『ロング・グッドバイ』」『アメリカ文学と映画』杉野健太郎編、三修社、二〇一九年、一九〇-二〇六頁。

――『ノワール文学講義』研究社、二〇一四年。

――『「マルタの鷹」講義』研究社、二〇一二年。

デイヴィス、マイク『要塞都市LA』村山敏勝、日比野啓訳、青土社、二〇〇一年。

デイリイ、キャロル・ジョン「KKK《クー・クラックス・クラン》の町に来た男」矢島京子訳、『ブラック・マスクの世界1 ブラック・マスクの英雄たちI』小鷹信光編、国書刊行会、一九八六年、一三二―五五頁。

浜野サトル「七つの詩と犯罪の結婚」『レイモンド・チャンドラー読本』二七四―七九頁。

パールストーン、ゼナ『ロサンゼルス民族総覧――文化・ビジネス・生活の実態』小浪充訳、三交社、一九九五年。

船戸与一「チャンドラーがハードボイルド小説を堕落させた――自己憐憫。自己韜晦。そして諦念」『レイモンド・チャンドラー読本』二八九―九七頁。

マニング、モリー・グプティル『戦地の図書館――海を越えた一億四千万冊』松尾恭子訳、創元ライブラリ、二〇二〇年。

宮脇孝雄「アメリカ人になったイギリス人」『レイモンド・チャンドラー読本』一三一―三四頁。

村上春樹「訳者あとがき」『プレイバック』レイモンド・チャンドラー、村上春樹訳、ハヤカワ・ミステリ文庫、二〇一八年、三一九―三四頁。

――「訳者あとがき――「これが最後の一冊」」『水底の女』レイモンド・チャンドラー、村上春樹訳、ハヤカワ・ミステリ文庫、二〇二〇年、四二七―四〇頁。

――「訳者あとがき――準古典小説としての『ロング・グッドバイ』」『ロング・グッドバイ』レイモンド・チャンドラー、村上春樹訳、ハヤカワ・ミステリ文庫、二〇一〇年、五九五―六四五頁。

『レイモンド・チャンドラー読本』早川書房、一九八八年。

# あとがき

ハードボイルドが好きだと素直にいいにくくなってしまってから、もう三〇年くらいは経つだろうか。そうなったことにはそれなりに正当な理由もあるとは思うが、そうなる前からハードボイルド小説を読みふけり、深い影響を間違いなく受けていた者としては、そうした時代の趨勢《すうせい》には、どうも納得しがたいという気持ちが拭いがたくある。もっとも、ハードボイルドの美学とはそもそも反時代的なものなのだから、別に構わないはずだといわれればそうなのだが、そう思いながらこのような本を書いてしまうというのは、どこか倒錯しているような気がしないでもない。

そうした意味で、本書は私としてはいつになく書きにくさを意識しつつ書き始めた本であるのだが（その痕跡は「イントロダクション」に残っているだろう）、稿を進めていくにつれ、そうした意識はむしろ執筆へのモチベーションを高めていったようにも思う。というのも、レイモンド・チャンドラーという小説家自身が――フィリップ・マーロウという「シリーズ探偵」を作り出したために――そうした「書きにくさ」を切実に感じていたように思えてきたためである。

『「マルタの鷹」講義』（二〇一二）や『ノワール文学講義』（二〇一四）を書いていたときの私は、ジャンルの開拓者ダシール・ハメットに比べれば、チャンドラーは「ソフト」であるように感じていた。だが、いまの私は、チャンドラーが歩んだ道は、ハメットと違いこそすれ、やはり「ハード」なものであったと考えている。ハメットがキャリアの絶頂期に筆を折ったのに対し、チャンドラーは死ぬまで書き続けたが、それは両作家が体現する「ハードボイルド」の違いを示唆するにしても、それだけのことにすぎない。ハメットがハメットであるために断筆せねばならなかったのだとすれば、チャンドラーはチャンドラーでいるために書き続けねばならなかったのだ。

そう考えるに至った私のチャンドラー論が、作家の変化／成長をたどりつつ、そのキャリア全体を肯定しようとするものとなったのは必然だったはずだが、こうしたことを思うようになったのは、私が年をとったからかもしれない。『「マルタの鷹」講義』を書いた頃の私はハメットが最後の小説を書いた年齢を少しこえたくらいだったが、チャンドラーが前期キャリアを終えた年齢に近い現在の私からすると、チャンドラーがその後ハリウッドに身を投じ、さらにしばらくしてから『ロング・グッドバイ』を書いたというのは、どうにもすさまじいことだと思わざるを得ないのだ。かくして――論じる対象と自分を重ねることの危険は承知しているつもりだが――私は本書執筆の過程でそうしたチャンドラーの変化／成長を驚嘆とともに観察しながら、幾度となく励まされることになったのである。

そういった「励まし」を（いわば勝手に）受けてしまった以上、チャンドラーの全キャリアを肯定する作業は、自分がチャンドラー作品から受けた影響を確認することにどうしてもなった。したがって、本書の議論はチャンドラーを「ノワール」として論じる近年の研究をふまえてはいるものの、その根底には、チャンドラー的な「ハードボイルドの美学」を、斜に構えず、それでいて開き直るのではない形で、肯定したいという姿勢があった。だから例えば「タフでなければ、生きていけない。優しくなければ、生きる資格がない」という「美学」は相対化できるようなものではなかったし、この「あとがき」を書いているいまも、それでよかったと思っている。実際、それが時代錯誤の美学であるとするなら、チャンドラーの時代からそうだったし、そんなことをいまさらいうのは実にくだらないと思う。それはタフになれない自分をだらしなく正当化し、それゆえにもちろん優しくもなれない人間が、徒党を組んで浮かべる冷笑でしかない。そうした呪詛《じゅそ》的な冷笑はおそらくいつの世も大きく、だから卑しい街を行く孤高の騎士マーロウは永遠のヒーローなのである。

本書執筆のきっかけを与えてくださったのは、『薄れゆく境界線』（二〇二二）のときと同じく、『群像』編集部の北村文乃氏である。ハードボイルド／ノワールについては断続的に文章を発表してはきたものの、あのチャンドラーについて一冊の本を著すことになるとは想像さえしていなかったが、編集者からの意外な依頼は何よりもありがたい励ましであることを、あらためて実感させていただいた。また、書籍化を担当してくださり、お気遣いをもって作業を進めてくださった中谷洋基氏にも、篤くお礼を申しあげねばならないだろう。

　他にも謝意を伝えたい方々はあまりにも多い——本書を完成させるまでには、これまで以上にさまざまな方々からの励ましをいただいたのだから。だがこの場では、生きているかぎり感謝の気持ちを忘れることはないといわせていただくことで、ひとりひとりのお名前をあげられない非礼をお許しいただきたい。

　ただし、本書をお見せすることがかなわない故小鷹信光氏のお名前だけは、どうしても記しておかねばならない。私のハードボイルド小説との関わりが小鷹氏のご業績なくしては考えられない、というだけではない。本書の執筆には〈めりけん図書館〉から形見分けとしていただいたものが多く使われているからである。情けなくも未整理のまま退蔵していた資料をかき回していた私は、ふと手に取った『ブラック・マスク』の一冊に、「諏訪部浩一さんへ」と鉛筆書きで記されている懐かしい字を見つけ、しばらく動けなくなった。それが『「マルタの鷹」講義』を書いていたときにコピーを頂戴した号であると気づいても、励ましていただいたという気持ちは消えなかった。『チャンドラー講義』がささやかであってもご恩返しとなってくれればと切に願いつつ、ハードボイルド小説を誰よりも深く愛していた泉下の氏に本書を献じたい。

二〇二四年一〇月

諏訪部浩一

諏訪部 浩一（すわべ・こういち）

1970年東京都生まれ。アメリカ文学研究者。上智大学文学部卒業。東京大学大学院人文社会系研究科博士課程中退。ニューヨーク州立大学バッファロー校博士課程修了、Ph.D。現在、東京大学大学院人文社会系研究科・文学部准教授。2009年に『ウィリアム・フォークナーの詩学　1930-1936』で第14回清水博賞を、2013年に『『マルタの鷹』講義』で第66回日本推理作家協会賞（評論その他の部門）を受賞。著書に『ノワール文学講義』『アメリカ小説をさがして』『カート・ヴォネガット　トラウマの詩学』『薄れゆく境界線　現代アメリカ小説探訪』、訳書にフォークナー『八月の光』、同『土にまみれた旗』などがある。

初出　「群像」2023年6月号～2024年5月号

# チャンドラー講義《こうぎ》

二〇二四年一二月一〇日　第一刷発行

著者　諏訪部《すわべ》浩一《こういち》

発行者　篠木和久

発行所　株式会社講談社
〒一一二-八〇〇一
東京都文京区音羽二-十二-二十一
電話　出版　〇三-五三九五-三五〇四
　　　販売　〇三-五三九五-五八一七
　　　業務　〇三-五三九五-三六一五

印刷所　TOPPAN株式会社

製本所　株式会社若林製本工場


Printed in Japan, ISBN 978-4-06-537500-6　N.D.C. 914　319p　20cm

KODANSHA